你總會燦爛如昔

青茶無糖 著

目次

楔子　最喜歡的那人

「……於是，王子陪著公主經歷了一段段精彩的冒險，而公主也在王子的陪伴之下，走出了不快樂的過去，在故事的最後，公主回到了王國繼承王位，完成國王的心願，不僅將王后照顧得很好，也將王國治理得井井有條，最終成為了一個受人景仰愛戴的女王。」幼兒園老師緩緩闔上手中的繪本，微笑著看向眼前的孩子們：「好了，故事說完了，小朋友們，你們喜歡這個故事嗎？」

「喜歡！」

稚嫩的童音異口同聲響起，幼兒園老師看著那一張張童稚的小臉，嘴角的弧度不禁更往上揚了些，又笑著問：「那你們最喜歡故事裡的誰呢？」

「公主！」

「王子！」

此起彼落奶聲奶氣的回答，不只讓幼兒園老師笑容更深了，連坐在一旁陪伴的家長們也忍不住都笑了，所有人的眼眸裡都滿溢著寵溺神色。

今天是K市信諾小學的百年校慶，這些家長都是專程前來陪孩子們參加活動的，而為了慶祝校慶，校方也特地將附幼的兩個班級——向日葵班和小蘋果班的小朋友們集中在一起，於是此刻育樂遊戲室內，二十多位四、五歲左右的小朋友正併排坐在彩色巧拼地板上，乖巧的聆聽著老師說故事。

「這樣呀！原來在故事裡你們最喜歡公主和王子了。」幼兒園老師佯裝恍然大悟的點點頭，而當她眼角餘光瞄到現場的家長後，登時靈機一動，緊接著又笑問了一句：「那麼……小朋友們，在這個教室裡你們最喜歡的人又是誰呢？」

聽到這句問話，在座的家長們紛紛露出笑意，對於這道問題的答案，大家都沒有半點懷疑，他們都自認會是自家寶貝心目中最喜歡的人，而事實的確也是如此，因為下一秒小朋友們馬上興高采烈的舉手，雀躍的軟萌童音瞬間響徹整間教室，爭先恐後道出眾人早已心知肚明的答案。

「爸比！我最喜歡爸比！」

「我最喜歡媽咪！」

儘管早在意料之內，但家長們還是忍不住揚起欣慰的笑意，就連幼兒園老師也因沾染到這溫馨的氣氛，不禁有些感動，只是大人們這樣的情緒還沒維持多久，隨即便聽見有幾個小女生突兀的高喊著……

「唐唐！」

「唐靖遙！唐靖遙！」

「老師！我最喜歡唐唐！」

「老師！我也是！我最喜歡唐唐了！」

起初，聽到唐靖遙的名字老師還以為是自己聽錯，直到她看見面前一群小女生指著最前方的一個小男生不斷地興奮大喊著時，她這才相信自己聽力沒有任何問題。

同樣傻眼的還有一旁小女生們的家長，眼見自家女兒最喜歡的人竟然不是自己，他們不由得搖頭苦笑，神情顯得有些落寞。

至於被高喊著『最喜歡』的當事人唐靖遙同學，他本來和身旁同伴玩得正開心，在聽見有人不停地喊著自己名字時，他不禁納悶的回頭看了看，而在發現眾人的目光都在瞅著他後，一張俊秀的小臉立刻紅了起來，雙耳也紅得像是能滴出血來。

他不明白現在發生了什麼事，他只聽見女生們都在嚷嚷著最喜歡他，這使他感到有些手足無措，視線都不知道該往哪裡看才好，明明他又不是大家的爸爸媽媽，也不是糖果玩具，為什麼班上女生都要喊著最喜歡他呢？他想跟媽媽求助，卻想起媽媽剛才和他說要去看一下哥哥，等等才會回來。

唐靖遙聽著四周一聲聲高喊的最喜歡自己，小腦袋裡怎樣也想不出答案，而且他只覺得好困擾。然而，他並不寂寞，因為有相同疑惑的人不只是他，坐在最後面的徐芝唯小朋友也同樣感到百思不解。

徐芝唯不懂，最喜歡的人不應該是爹地媽咪嗎？為什麼女同學們都喜歡那個唐什麼的？難道他比爹地媽咪來得更好嗎？

這件事讓她感到困惑極了，於是她忍不住順著眾人的目光朝那位唐同學看去，而有時候世事就是這麼奇妙，她絞盡腦汁也得不到答案的問題，在她下一秒瞧見轉過頭來的唐靖遙時，一切就忽然豁然開朗了。

她總算明白為什麼大家都嚷著喜歡唐靖遙了，因為——他長得真好看！

瞧著眉清目秀、模樣俊雅的唐靖遙，徐芝唯看得眼睛都直了，不知道為什麼，她只覺得對唐靖遙有種說不出來的喜歡，光是這樣看著他，她就感到滿心歡喜。於是，這位前一刻還認為最喜歡的人是爹地媽咪的徐芝唯小朋友，這一秒整顆小腦袋裡滿滿都是唐靖遙，甚至她還開始思考起要怎樣才能帶他回家。

可惜，思來想去，徐芝唯都沒想到什麼好方法能將唐靖遙占為己有，直到她不經意地瞄見坐在一旁的自家媽媽，在電光火石之間，靈光一閃，她突然想到了！一個不僅可以表達喜歡還能將唐靖遙帶走的好方法！

沒有過多猶豫的，徐芝唯非常有行動力的站起身，屁顛屁顛的直朝唐靖遙跑去，然後在一眾還沒反應過來她舉動的大人面前，以及對她突然靠近自己而露出困惑神色的唐靖遙目光之中，她想也沒想的就親上了他的嘴唇。

「啵——！」

響亮的一記親親，頓時驚呆了現場眾人。

只見徐芝唯親完之後，還滿是得意的笑了笑，朝一臉錯愕的唐靖遙道：「唐靖遙，你現在是我的了，我喜歡你，你跟我回家吧！」

唐靖遙整個人都傻了，他怔怔地望著眼前那張嬌俏的小臉，腦中完全一片空白，所知不多的懵懂腦袋裡，隱約只知道自己似乎遇上了一件頗不得了的事情，而徐芝唯眼見唐靖遙眨也不眨的望著自己，還以為他是答應了自己的提議，當下不禁覺得自己真是太聰明了，竟能想到這個方法，因為她記得每次爹地媽咪跟她說最喜歡唯唯了的時候，總會親親她的臉頰，然後告訴她唯唯是只屬於爹地媽咪的寶貝，所以她想這應該就是表達自己喜歡的方法。

其實，她本來也只是想親唐靖遙臉頰的，但是他旁邊坐著其他同學，她要親他臉頰不太方便，只好正面啾了上去，還好唐靖遙的嘴唇很軟，跟媽咪的嘴唇很像，不像爹地的嘴唇都有粗粗的鬍渣，每次都刮得她臉頰不太舒服。

徐芝唯沾沾自喜著，她想著唐靖遙肯定會跟她回家的。然而，她還沒得到預料之中唐靖遙的應允，下一秒教室內就炸開了鍋，其他小女生見狀紛紛尖叫出聲，一個接一個大喊著她們也要親唐唐，然後站起來就要往唐靖遙身上撲，這下家長們和老師哪還坐得住，連忙上前阻止她們的舉動。

面對著這因自己而起的一團混亂，始作俑者徐芝唯同學還沒察覺到自己是做了件多不得了的事，也沒來得及再多看一眼唐靖遙的表情，接下來便聽見自家母親飽含怒氣吼著自己的聲音……

「徐芝唯——！」

第一章　陌生

（1）新生活的展開

徐芝唯從夢中驚醒，一時間感覺仍有些不太真實，她恍惚的望著天花板好一會兒，這才慢慢意識到自己剛才是在作夢，只是怎會無端端的夢見幼兒園時發生的事，她有些想不明白，畢竟最近她也沒接觸任何跟幼兒園有關的事物。

「徐芝唯，妳還不起床？」

沒等她想完，下一刻房門就被人一把推開，緊接著一道身影出現在她房門口，沒好氣的瞪著她。

徐芝唯一見來人，馬上從床上起身，陪笑道：「媽，我起來了！我起來了！我只是在發呆。」

「發呆？起床就起床了，發什麼呆？」郭彩娜不悅的擰眉，但隨即又像是想到什麼，急忙走到她床邊，伸手探了探她的額頭，語氣緊張地問道：「唯唯，妳怎麼了？是不是人哪裡不舒服？」

面對母親突如其來的舉動，徐芝唯雖有些錯愕，但因為早已習慣母親的大驚小怪，她很快就反應了過來，笑著安撫自家母親：「媽，我沒事啦！真的只是剛睡醒在恍神而已。」

「真的？」郭彩娜挑了挑眉，一臉半信半疑，「唯唯，如果妳身體有哪裡不舒服，一定要跟媽媽說，知道嗎？」

「知道！」徐芝唯點點頭，摟著母親的肩膀撒嬌，「媽，妳就別擔心了，好嗎？」

望著女兒乖巧貼心的模樣，郭彩娜又是欣慰又有些心酸，她長長的嘆了口氣，「唉！我也想不擔心，但我實在不能再失去妳，我……」

眼見自家母親好像又想起了傷心事，徐芝唯連忙轉移話題，指了指母親手中那透著奇怪顏色的杯子，「媽，妳手上拿著的那杯是什麼啊？」

「喔！這是牛虎雙寶十全果菜汁。」郭彩娜果真被轉移了注意力，將手中的杯子端到徐芝唯面前，獻寶似的介紹起來。

「啊？牛什麼虎什麼寶菜汁？」徐芝唯覺得自己好像聽見什麼很了不得的東西。

「什麼寶菜汁？是牛虎雙寶十全果菜汁。」郭彩娜瞪了她一眼，仔細地述說起自己手中這杯東西的來頭，「唯唯，妳別看這東西不起眼，這是媽在菜市場從別人那裡聽來的，他們說喝了這個東西能夠強身健體，增加人的抵抗力，讓人不容易生病呢！」

聽到母親這席話，徐芝唯吞了口口水，她忽然有種很不好的預感，當下就想借尿遁逃跑，但話還沒來得及說出口，就見母親將那杯有著詭異名字透著詭異顏色的詭異果汁遞到了她面前。

「來！唯唯，這是媽媽剛打好的，趕快喝！」郭彩娜笑著催促她。

「呃……媽，妳還記得小舅舅說過的話嗎？我覺得我們不應該亂喝東西，特別是這種道聽塗說來的。」徐芝唯伸出食指將那杯什麼十全果菜汁稍稍往外推開了些，而為了打消母親的念頭，還搬出自家小舅舅的話來試圖說服她。

「妳少聽郭俊群那傢伙胡說八道。」郭彩娜沒好氣的駁斥了句，苦口婆心又道：「唯唯，媽媽不會害妳，這東西真的挺好！聽說市場裡那個賣菜的阿婆就是都喝這個，所以現在都七十多歲了，人還挺精神的，那叫賣吆喝的聲音宏亮得很，妳也和媽媽去市場買過菜，應該也有些印象吧？就市場最裡面那個賣菜的阿婆啊！」

見自家媽媽還搬出了見證人來，徐芝唯頓時啞口無言了，她又吞了口口水，好半晌才找回自己聲音，吶吶道：「呃……可我怎麼只覺得腎開始有點痛……」

「妳這孩子在說什麼？」郭彩娜蹙眉。

「喔不！是感謝媽媽為了我的身體如此費心。」徐芝唯連忙笑著更正。

「傻孩子，跟媽媽道什麼謝，這是一定要的啊！畢竟只有妳跟媽媽相依為命，而如今妳又上了大學要搬去學校宿舍住，媽媽照顧不到妳，萬一妳身體有個什麼不適……」

見自家母親又要開啟碎念模式，徐芝唯立即打斷了她的話，故作驚呼：「啊！」

郭彩娜一聽，馬上停下話頭，緊張兮兮地看著自家女兒，「怎麼了？怎麼了？唯唯，妳哪裡不舒服嗎？」說著，她伸手又要探向女兒額頭。

「不、不是啦！媽，我人沒不舒服。」徐芝唯尷尬的笑了笑，拉住母親伸過來的手，指向床頭櫃上的鬧鐘，「是我跟小舅舅約好的時間好像快到了耶……」

郭彩娜這時也才發現時候不早了，不免有些無奈的念叨著：「妳看妳，就是愛賴床，還硬要跟我扯這麼多，待會兒要是讓妳小舅舅等久了，他又該怪我怎沒叫妳起床了。」

「不會的！不會的！媽，我一定幫妳向小舅舅解釋，是我自己貪睡又想跟媽多聊幾句，這才會遲到，絕對不會讓小舅舅有機會念妳的。」話說完，徐芝唯衝著母親咧嘴一笑。

「好，就知道妳這孩子最護著媽。」郭彩娜聽著感覺備感窩心，然後又拿起手中杯子遞向自家女兒，「來！快點喝！喝完之後趕緊去刷牙洗臉，別真讓妳小舅舅久等了，要搬去學校宿舍的行李妳也都收好了吧？」

「整理好了、整理好了，至於這個……」徐芝唯眼見自己怎樣都躲不過，只得先接過杯子放到書桌上，乾笑道：「這個燙，我等等喝。」

「燙？」郭彩娜困惑的看著杯子，「那是冰的，我放了冰塊。」

「……對！我是說它太冰了，我等等喝！」發現自己講錯話，徐芝唯趕緊改口，然後在母親再度開口說話之前，伸手邊將母親往門外推，邊說道：「好了！媽，妳先出去吧！趕緊讓我換衣服，然後去刷牙洗臉，否則我真會被小舅舅給念到耳朵長繭的。」

「知道了，妳快弄一弄吧！果菜汁要記得喝啊！」郭彩娜不放心的又叮囑了一次。

「會！我會喝的！妳放心！待會兒我就把空杯子交給妳。」徐芝唯朝母親點頭掛保證，然後沒讓母親有再說話的機會，確認母親走出房間後，便將房門關了起來，「我換衣服啦！」

「這孩子真是的！」門外的郭彩娜見狀只得搖了搖頭，無奈地嘆氣走遠。

然而，徐芝唯並沒有馬上去換衣服，她貼著門板上聽著外頭的聲響，確定母親已走遠去廚房忙活了，這才鬆了一口氣。

自從國二那年父親意外過世之後，他們家就有了天翻地覆的變化，原本就心思敏感的母親變得有些神經質，在各方面都有些過度緊張的情況，尤其是對於她的健康更加是緊張兮兮，要說她是母親的命根子她都不覺得誇大。

小舅舅說母親這是受到過度打擊，心生病了。

但其實徐芝唯又怎會不曉得呢？

國二、十四歲的年紀，雖然在大人眼裡那時的她還是個孩子，但很多事情她心底也都明白，所以她一直非常懂事，努力的做到不讓母親擔心，雖然有些時候她也是很累很累的，可她還是陪著母親走過來了。

如今她已上了大學，再過幾年出了社會工作，她想那時的自己應該就能夠把母親照顧得更好吧！

深呼吸了一口氣，決定不再多想，徐芝唯換上昨晚已準備好，放在椅子上的衣服，然後將那杯什麼牛寶果菜汁按照慣例通通倒進水壺裡，塞到行李袋的最底層，確認了一下要帶去宿舍的東西都已收齊，當下就打算去刷牙洗臉。

可，她才剛跨出幾步，就又像想起什麼，轉身朝書桌走去。

她拉開其中一格抽屜，翻起上頭的幾本筆記本後，從最底下抽出一張她珍藏許久的照片，那也是對她來說挺重要的一張照片。

大概是一直精心保存著的緣故，照片本身看起來沒什麼髒污，照片上被拍攝的男孩面容也依然俊秀乾淨．笑得一臉燦爛，讓人光是這樣看著都能感受到他滿滿的活力，而男孩的笑容更彷彿一道和煦溫暖的陽光，直直地投入觀看照片之人的內心深處。

「嗨，阿遙早安，不曉得今天的你過得好嗎？」徐芝唯揚起笑意，對著照片喃喃自語：「今天是我上大學的第一天，我會繼續跟你一樣，充滿活力、開心迎接每一天的，加油！」

這是徐芝唯多年以來的習慣，對著唐靖遙的照片給自己打氣，畢竟照片中的唐靖遙是如此耀眼奪目，就如同當年和他一起求學時，她所認識的他那般，總是人群中最不可忽視的存在，有他的地方就有陽光，於是在徐芝唯的心目中，他就是陽光的化身，所以每當她心情低落時，只要看著這張照片，瞧見那燦爛的笑靨，她就彷彿又充滿了力氣，覺得沒有什麼事是過不去的。

「所以，今後還請你多多關照了。」

將照片放進行李夾層裡，徐芝唯決定要帶唐靖遙一起迎接新生活！

（2）該來的躲不過

「小舅，放我在那邊下車就好。」徐芝唯朝身旁人指了指前面的一棟大樓。

「嗯。」被徐芝唯喚為小舅的郭俊群點了點頭，棱角分明的臉上沒什麼表情，打了方向盤就將車停到她所指的大樓前。

「謝謝小舅。」

徐芝唯笑著道了謝，解了安全帶就打開車門下車，而郭俊群見狀也按了方向盤旁的後車廂鈕，然後跟著下了車，走到車尾打開後車廂，將裡頭的行李取出來擱在地上。

「小舅謝啦！你趕緊回去吧！我自己拿上去就可以了。」徐芝唯拉開行李箱上的桿子，向自家舅舅揮手道別。

「我幫妳拿上去吧！」郭俊群伸手就要去接她的行李。

好意。

「小舅，不用了啦！這是女生宿舍，你不方便上去，我自己來可以的。」徐芝唯笑著婉拒了他的好意。

「那好吧！妳自己小心一點，要真拿不動就請別人幫忙一下。」郭俊群也沒再堅持，只叮囑了她幾句。

「小舅，你也太小看我了，就這麼兩件小小行李，我哪會拿不動，你別跟媽一樣擔心那麼多了。」徐芝唯有些哭笑不得，

郭俊群垂眸看了眼她手上的小行李袋，又看看她腳邊的小行李箱，自己也覺得有些好笑，應道：「知道了。」

「那我先上去囉！」徐芝唯轉身就要往宿舍走。

「等等！」郭俊群忽然又叫住了她。

徐芝唯疑惑的回頭看去，只見自家舅舅又走回車旁，打開車門從裡面拿了個保溫壺，然後舉步朝她走來。

「拿去。」郭俊群將保溫壺遞給她，「妳沒提到妳媽，我還給忘記了，這是妳媽要我交給妳的，說是讓我看著妳喝下去，然後把保溫壺拿回去給她。」

「這是什麼東西？」徐芝唯感覺有些不太妙，她沒敢接過那保溫壺，反倒後退了一步小心翼翼的問著。

「好像叫什麼牛寶十全湯吧？妳媽說特地給妳燉的。」那名字有點太複雜，郭俊群記不太清楚。

果然……

徐芝唯一聽，馬上又往後退了一大步。

她心中不禁暗自咋舌，老媽也太厲害了，弄了果菜汁還不夠，轉頭還燉了湯，而且還要小舅舅看著她喝下去才可以。

想起行李袋裡那瓶被她打算帶來學校處理掉的詭異果菜汁，徐芝唯閉著眼睛也能想像出那鍋湯的樣子，她是抵死也不願喝的。

郭俊群見她閃得遠遠的，兩道濃眉不禁擰起，不解問道：「徐芝唯，妳跑那麼遠幹麼？這保溫壺又不會咬人。」

「我倒寧願是這保溫壺會咬人……」徐芝唯咕噥了聲。

「妳說什麼？」

「沒！沒什麼！」徐芝唯連忙搖了搖手，指著保溫壺乾笑道：「小舅，這湯我就不喝了，你幫我解決掉吧！」

「妳這丫頭！這是妳媽花時間給妳燉的湯，妳怎麼能不喝？」郭俊群不大高興了，他覺得她這是在辜負自家姐姐的愛心，當下往前走了幾步，硬是將保溫壺塞到她懷裡，「來！快點喝一喝，我還得回去跟妳媽交差呢！」

「小舅，這湯不是普通的湯，這是……」徐芝唯揣著保溫壺簡直想哭。

她知道自家舅舅誤會了自己的意思，試圖告訴他自己不想喝這湯的原因，並不是她想糟蹋母親的心意，而是這湯的來頭有些詭異，她相信小舅舅要是明白來龍去脈後，肯定也能理解她的。

可郭俊群卻似乎沒有想聽她解釋的意思，他開口打斷了她的話，催促道：「好了！別說那麼多了，快喝吧！妳別想我會眼睜睜看著妳浪費妳媽的心血。」

「小舅……」徐芝唯還想再說。

「快喝。」郭俊群沒有絲毫讓步。

看著態度強硬的小舅舅，徐芝唯簡直沒轍了，雖然小舅舅向來很疼她，但她也知道在某些方面上，例如他認為是對她好的事情，他是不大會退讓的，眼下他既然認為母親弄這碗湯是對她有益的，那他就不會允許她不喝。

她這是該來的躲不過啊！早上那杯果菜汁讓她偷樑換柱閃了過去，誰曉得後面竟然還有這一個，她實在很想哭。

正當徐芝唯不知如何是好的時候，她眼角餘光忽然瞧見有道身影逐漸靠近，而她還來不及反應，就感覺肩膀被人撞了一下，她手中一個沒拿好，本來揣著的保溫壺就這樣掉在地上，蓋子飛開、湯汁灑了滿地，然後有個人就那樣從她面前走了過去，似乎沒發現自己撞到人了。

「唯唯，有沒有怎麼樣？」郭俊群看見這一幕，立刻一個箭步上前，著急的問著她，並仔細地巡視著她全身上下，深怕剛剛那一撞把她給撞傷了。

「……」

徐芝唯沒應聲，她愣愣地看著自己空了的手，又看了看地上本體分離的保溫壺，這驚喜來得太急太快，叫她一時間都不知該怎麼說了。

她轉頭往那『救命恩人』看去，這才發現原來剛才那人是個男生，只可惜她僅瞧見他的背影，以及他身上那黑色運動服外套和深色牛仔褲，沒能看清楚他長得什麼模樣。

「……臉都沒能看見，這將來路上遇到了要怎麼道謝？」徐芝唯喃喃自語著。

徐芝唯直瞅著那人背影是心想著，多謝他撞她那一下，解決了她的燙手山芋，他簡直是上天派來搭救她的。然而，一旁的郭俊群卻以為她是受了委屈，因為那人不僅撞了她，還連一句道歉都沒有，所以『氣惱』的瞪著對方。

尤其徐芝唯暗自咕噥的那句話音量又不大，他只聽見前半句，還當作她是懊惱沒能看見對方的模樣，想要討個公道都不行。

思至此，他不免愈加不滿，當即出聲喊住了那男士。

「前面那個男同學，請你等一下！」

聽到自家舅舅忽然出聲叫住對方，徐芝唯這才回過神來，錯愕的望著他問道：「小舅，你要幹麼？」

「唯唯，沒事！別怕！小舅舅幫妳討公道，我一定讓那人跟妳道歉。」郭俊群以為她是害怕，回頭安撫了她幾句，然後見那人好似沒聽見的繼續往前走，他又加大音量喊了一次，「前面那位穿黑色外套的男同學，請你停下腳步！」

公道？道歉？

徐芝唯傻了，她一時沒能反應過來自家舅舅在講什麼，直到她踢到了地上的保溫壺，這才後知後覺的想到，小舅舅可能誤會了她方才的態度。

「小舅，我沒事，我不是那個意思，你不用……」

深怕小舅舅真的去找那位恩人麻煩，徐芝唯急忙想解釋，打消他的念頭，誰知小舅舅壓根無視她，兀自上前去找那位總算停下腳步的男同學，於是她也只好撿起地上的保溫壺，連忙跟上。

（3）這人似曾相識

郭俊群本來只是有些不滿，並沒有太生氣，但是當他看見那個男生停下了腳步後並沒有轉身，只是往後半偏過頭，擺出一種『你叫我嗎』的冷漠姿態，他就沒來由的感到滿肚子火。

「同學，你剛才撞到人了，你知道嗎？」他語氣不善的質問對方。

「……不知道。」那男生依舊沒有轉身，只不帶情緒淡淡地回了一句。

一旁的徐芝唯看見這反應也呆住了，要不是這條路上從剛才到現在都只有他們和這個男生，看到他這樣的態度，她還真會以為是他們誤會了他，剛剛撞她的那個人並不是他。

雖然徐芝唯沒有想追究，甚至還將對方視為『救命恩人』，但面對男生這種反應，她卻還是有種說不出的不舒服。

至於郭俊群則是更不用說了，他感到愈加不悅，伸出手就扳過那男生的身體，面上泛了薄怒道：「你這孩子怎麼這樣不懂禮貌，別人在跟你說話，你就用背影對著人家嗎？虧你還讀到了大學，書都讀到哪裡去了？」

見自家舅舅好像真動怒了，竟然動手去拽對方，徐芝唯急忙上前去拉住他。

「小舅，別這樣！我們有話好好說，千萬不要動手！這是個文明社會，我們也都是文明人，文明人是不動手的。」徐芝唯苦口婆心的勸著，深怕兩人起衝突。

「唯唯，妳在說什麼？我哪有要對他動手？」郭俊群皺眉，不懂自家姪女在想什麼，他畢竟也是一個大人，怎麼可能對跟自家姪女同樣年紀的孩子動手，那多讓人瞧不起。

「可……小舅你不是……」徐芝唯一臉錯愕。

「我那是看不慣他用背影對著人說話，要他講話時有禮貌地注視人家眼睛。」郭俊群瞪著面前的男生，刻意加強語氣，「畢竟，這是尊重別人，也是尊、重、自、己！而且既然撞到人了，那就要道、歉！」

「喔……原來如此，那是我誤會了。」徐芝唯尷尬的笑了笑，想起自己剛才劈哩啪啦的那席話，她都覺得有些不好意思了。

不過嘛！小舅舅要那男生講話注視著別人眼睛，這點看來好像有些困難。

徐芝唯抬眸又瞅向那男生，這下確定剛才自己並沒看錯，那男生的瀏海長到幾乎蓋住他半張臉，只能看見他挺直的鼻樑和蒼白的嘴唇，一雙眼睛則是藏在瀏海後，讓人就隱隱約約的看個大概。

雖然這男生的儀容讓徐芝唯有點傻眼，但她其實也沒有很在乎，當下正想收回目光，回頭去找自家舅舅，可那男生卻彷彿感受到她的注視，忽然微側過頭，雙眼透過瀏海往她看來，與她視線交接。

對上那男生的眸光，徐芝唯一愣。

倒不是因為那男生的目光冷淡沉寂，彷彿一灘死水，讓人感受不到任何生氣，而是那男生的眼睛讓她感覺很熟悉，好似曾在哪看過。

這個念頭一浮現，徐芝唯就覺得自己一定是被太陽曬到神智不清了。

那雙冰冷漠然的眼睛她肯定不曾見過，如果有見過她絕對會有印象，所以怎麼可能覺得熟悉？她這不是陽光底下站久了，一整個頭暈眼花了，還能是什麼？

「……這一定是錯覺。」徐芝唯喃喃自語著。

「唯唯妳又在說什麼？」郭俊群回頭看她，眉頭緊鎖。

「沒事。」徐芝唯咧齒一笑，表示自己沒什麼問題。

郭俊群被自家姪女這一攪和，剛才那熊熊怒火也消散一大半了，但他還是不大高興的瞪著那男生，說道：「算了，你喜歡怎麼跟人講話那是你家的事，但你剛剛撞到了我姪女，我要你跟我姪女道歉，說聲對不起。」

聽到自家舅舅還是沒忘記道歉這回事，徐芝唯就想跟他說沒必要了，畢竟光看那男生的冷漠態度，她就覺得這事有點困難，更何況她也沒想要他道歉，相反的她還想跟他道謝，感謝他讓她免於喝下那奇怪的補湯。

「小舅，我覺得……」

徐芝唯當下就要開口，但她口中那『算了』兩個字還沒來得及說出，下一秒就聽見那男生淡淡地講了一句……

「對不起。」

聞言，徐芝唯怔住了，但並不是因為這男生居然道歉了，而是他的聲音。

先前那男生說話時，因他是背對著的緣故，她與他又有段距離，所以她沒能聽得太清楚，可眼下兩人離得近了，他的聲音就這樣直接傳入她耳裡，而這一瞬間她竟覺得他的聲音聽起來很耳熟，她一定曾在哪兒聽過這聲音。

「好，有道歉就好了，下次走路小心點，撞到人要記得道歉。」雖然這男孩子之前的態度很氣人，但此刻見他也乖乖道歉了，郭俊群心裡還算挺滿意的，反正他也就是替自家姪女討個公道，既然現在都討到了，那他也就算了。

對此，那男生沒多說什麼，逕自轉身離開。

儘管這態度還是挺沒禮貌，但郭俊群也懶得管了，轉頭就打算送自家姪女回宿舍。然而，他剛要準備往回走，卻見自家姪女仍直勾勾地看著那男生背影，像是在思考什麼，過了好半晌，還似乎要邁開步伐朝那男生追去。

「唯唯，妳做什麼？」郭俊群及時拉住了她的手臂。

「小舅，你放開我，我覺得他很像我認識的一個人，我要上前去確認一下。」徐芝唯掙扎著想甩開他的手，她著急著想弄清楚。

方才她聽見聲音時只覺得熟悉，還沒想起來自己是在哪裡聽過，而那聲音到底又像誰，可就在她剛剛目送著男生離開的背影時，那一瞬間她的腦海裡忽然閃過某個熟人的身影，於是她馬上就想要去印證看看。

「唯唯，這怎麼可能？如果那男孩子是妳認識的人，那我們和他講話講那麼久，妳怎麼會看不出來？」郭俊群想也沒想的就推翻了她的念頭。

「唉唷！就當我反射弧過長嘛！小舅，你就讓我去看一下。」徐芝唯還是不死心的想追上前。

見狀，郭俊群無奈了，朝她問道：「好！那唯唯，小舅舅問妳，妳說妳認識的那個人，他認識妳嗎？」

徐芝唯不知道自家舅舅問這幹麼，愣了一下才點點頭，「認識。」

「很好。」郭俊群滿意的頷首，又反問她一句，「那麼妳可以告訴我，如果剛才那男孩子就是妳認識的那個人，那麼他應該也會認出妳才對吧？但為什麼他卻也好像對妳不認識一樣呢？」

「……」這話問的突破盲點，徐芝唯竟沒能反駁。

是啊！雖然她沒能馬上認出他來，但他若真是那個人，他也認識她，那為何他也當她是陌生人一樣呢？難道是他也沒認出她來？

徐芝唯還在思忖著，郭俊群則放開了她的手，嘆了口氣道：「唯唯，妳再仔細想想，那個男孩子跟妳認識的人真長得很像嗎？雖然小舅舅不曉得那個人是誰，但剛剛那男孩子給人的印象真的很糟，就算那真是妳認識的人，小舅舅也不希望妳跟那種人打交道。」

郭俊群這話問到了重點。

徐芝唯沒有拔腿追去，而是轉頭望著那男生的背影，目送著他走過一棟大樓，直到他的身影隱沒轉彎處之後，她才不得不在心裡頹然的承認……

他不像，他完全不像她認識的那個人。

哪怕背影似曾相識，但他與那人確實沒半分相像。

一個陽光開朗，使人充滿了希望與力量；一個陰沉冷漠，讓人感受著冰冷與絕望。

如此極端的兩人怎可能是同一個人？

他不是！那男生不可能是唐靖遙的。

「小舅，沒事了！你說的對，是我認錯人了。」想明白了之後，徐芝唯看向自家舅舅，一臉灑脫的笑道：「走吧！我要回宿舍了。」

（4）瞄見的那名字

J大位於N市郊區半山腰，校地幅員遼闊，整座校區以運動場為界，分為上下左右四大區塊，從校門口的方向由上往下看，最上面是人文設計學院，毗鄰著學生第一餐廳，下了長梯，商學院位於右半邊，工學院位於左半邊，而下方最靠近校門口處則是觀光餐旅學院，緊鄰學生第二餐廳。

儘管J大佔地廣大、系所眾多，但校內各處分佈並不複雜，哪怕是初來乍到的人，只需要按著指示路標走也能輕易找到要去的地方。只是，對於徐芝唯而言，這裡卻活像一座大迷宮，好險在室友汪以涵的帶路下她們順利找到了商學院大樓。

「這裡就是商學院了。」汪以涵指著眼前的建築物說道。

「以涵，妳真厲害！好險有妳在，不然我一個人肯定找不到。」徐芝唯佩服著室友的火眼金睛。

她這話說的發自肺腑，因為她的方向感向來不是很好，連地圖也不大會看，要不是好險她提前幾天搬進宿舍，認識了恰好與她同系同班的室友汪以涵，她這開學第一天肯定連商學院在哪都找不到，八成像隻無頭蒼蠅到處亂竄。

對於她的稱讚，汪以涵沒說什麼，只抬了抬下巴，示意該上樓了，「我們走吧！」

「好。」徐芝唯的笑了笑，連忙跟在汪以涵後頭上了樓。

商學院的樓梯是挺有特色的螺旋樓梯，徐芝唯和汪以涵才剛轉過了彎、爬上二樓，就瞧見右手邊走廊盡頭設了個企管系的新生報到處，而此時報到處前方則站了好幾個看起來和她們一樣的新生，然後有兩、三個穿著企管系服的學長姐好像正叫他們寫著什麼東西。

見狀，徐芝唯與汪以涵就準備要走過去，但其中一名學姐在抬頭時看見了她們，立刻先笑吟吟的迎了上來。

「哈囉！妳們是一年級的新生？」

「對。」徐芝唯笑著點了點頭。

「學妹好，我是今天負責帶領妳們報到的學姐。」學姐指了指不遠處的報到處，笑道：「來，我們先去簽到，然後我再帶妳們去教室。」

「好，麻煩學姐了。」徐芝唯客氣的道了聲謝。

「不會。」學姐笑了笑，轉身帶著徐芝唯和汪以涵來到了報到處，然後從桌上拿過一本冊子，問著她們：「學妹，妳們有帶報到單嗎？」

「有，在這！學姊，我們都是企一B的。」徐芝唯和汪以涵連忙將手中的單子交給學姐。

「一B嗎？嗯……有，看見了。」學姊接過報到單對照了一下，將冊子往前翻了幾頁，果真看到了兩人名字，於是將冊子遞到兩人面前，指著欄位道：「來！在這邊簽名，等妳們簽完名後我帶妳們去教室。」

汪以涵接過冊子，率先拿起桌上的筆飛快地簽了名，而一旁等待著的徐芝唯則好奇的看了眼那本冊子，就見上頭記載了企管系各班的新生名字，她見狀正想找自己的名字在哪兒，汪以涵就已將筆和冊子推到她面前。
「換妳了。」汪以涵示意她接過筆。
「學妹，妳的名字……嗯，在這邊。」學姊上前將冊子翻到了前一頁，指著某個欄位道。
「謝謝學姊。」徐芝唯頷首致謝，接過汪以涵手上的筆，低頭在報到欄簽了名，待得最後一劃落下後，她抬頭要將筆還給學姊，卻從眼角餘光中，好似瞄到了一個熟悉的名字。
徐芝唯心中打了個突，正想再看個仔細時，冊子已被學姊闔上收了回去。
「學姊……」徐芝唯反射性的開了口，想要那學姊等一下。
孰料，那學姊卻也正好出聲，打斷了她還沒說完的話，「走吧！我帶妳們去教室。」
兩人同時說話，讓一旁的汪以涵不免來回看了她們一眼。
「學妹，怎麼了嗎？」學姊也聽見了徐芝唯喊的那聲，疑惑的問她。
「我……」徐芝唯開口想借冊子，但話才剛開了頭，她忽然又遲疑了。
剛才她是沒做多想就直接喊了出聲，可此刻她卻沒了勇氣去借那本冊子。
萬一方才只是她眼花呢？
她剛剛只是瞄了一眼，並沒有真正看清楚，說不定那名字不過是她看錯了，畢竟這世界那麼大，他有可能剛好也在這裡嗎？
想著想著，徐芝唯也就作罷，朝學姊笑著搖了搖頭：「沒、沒事了。」
「沒事的話，那我們就走囉！」學姊也不疑有他，向她們示意著要離開了。
「好。」

（5）又見熟悉那人

徐芝唯後來才發現，一同與她們前去教室的還有其他新生，大家邊走邊聽學姊向他們介紹企管系的大致狀況。

由於J大是以人文設計學院聞名的，所以除了人文設計學院一個年級有四個班以外，其他科系、包含企管系在內，最多就只有兩個班，分為A班與B班。

「到了，就是這裡了。」

學姊帶著眾人走到教室門口，徐芝唯抬頭一看，就見企一A與企一B兩班毗鄰，而此時兩間教室內分別已坐了一些人。

「好了，你們看自己是哪間教室的就進去找位置坐吧！待會兒打鐘後，你們班導就會過來了。」學姊指了指教室。

「謝謝學姊。」

「不客氣。」

徐芝唯和眾人一同向那位學姊道了聲謝，然後就和汪以涵一前一後走進教室，不過由於她心裡還在想著事，所以也就沒特別挑位置，直接跟著汪以涵往教室內側的後面位置坐下。

「以涵……」

放好包包後，徐芝唯本想轉頭問汪以涵剛才有沒有注意到冊子上的一個名字，但汪以涵卻已戴上了耳機閉著眼好似在休息，所以她也就不吵她，打算自己再仔細想想。不過，她才剛挪回視線，眼角餘光就瞧見好似有人在看她，於是她立即轉頭看去，而目光就正好與坐在她右手邊的女孩對上。

女孩似是沒想到她會突然回頭，慌亂的躲開了視線。

見狀，徐芝唯則是笑了笑，大大方方的打起了招呼：「嗨，妳好！我叫徐芝唯，同學妳呢？」

「我、我叫簡昕羽。」簡昕羽似乎是讓她的直接給嚇到，轉過頭來結結巴巴的跟她自介著。

「昕羽妳好。」徐芝唯對她笑了笑，語氣安撫道：「妳別緊張，我只是想跟妳打聲招呼。」

聞言，簡昕羽微微一怔，輕輕地點了點頭，赧道：「妳好。」

簡昕羽看來挺內向的，換作平常徐芝唯一定會主動跟她搭話，但徐芝唯現在心裡還想著剛才的事，於是也就沒有再開口。只是，她剛想收回視線，卻發現簡昕羽一雙眼睛不時的偷瞄她又偷瞄汪以涵，這讓她不由得感到好奇。

「昕羽，怎麼了嗎？為什麼一直盯著我和以涵？還是妳認識以涵？需要我幫妳叫她嗎？」說著，徐芝唯回頭就想去喊汪以涵，但卻被簡昕羽阻止了。

「不、不是的！」簡昕羽連忙搖手，見徐芝唯往她投來不解的目光，扯了扯嘴角，尷尬笑道：「我是見妳們剛剛一起進教室又坐在一起，想說妳們本來就認識嗎？」

徐芝唯恍然大悟，笑著回答：「這個呀！因為我跟以涵是室友，而我們又剛好同班，所以就一起來了。」

「原來妳們是室友啊！像妳們這樣真好，一開始就有認識的人作伴，到了新環境感覺就沒那麼可怕了。」簡昕羽點了點頭表示了解，以有些羨慕的口吻說道。

徐芝唯聽出了簡昕羽語氣中的欣羨，猜測她大概是個性內向，對於周遭都是陌生人而感到有些不安，所以她笑著安慰起簡昕羽。

「沒關係！就算一開始沒有認識的人，現在認識也可以啊！如果妳不介意，我們可以當個朋友。」她笑瞅著簡昕羽。

「真的嗎？」似乎沒料到徐芝唯會這樣說，簡昕羽看來有些怔住。

「嗯。」徐芝唯笑著頷首。

就在這時，徐芝唯注意到後面的汪以涵拿下耳機了，於是她回頭幫兩人引薦了起來，笑道：「以涵，我跟妳介紹一下，這是簡昕羽，我剛剛認識的，我們班同學，然後昕羽，這是以涵。」

「以涵妳好，我是昕羽。」簡昕羽連忙笑著向汪以涵問好。

「嗯，妳好。」相較於簡昕羽的滿臉笑容，汪以涵只是淡淡地應了一聲。

許是沒想到她的態度會這麼冷淡，簡昕羽臉上笑容有些僵，而徐芝唯見狀則緩和了一下這略顯尷尬的氣氛，笑著解釋道：「昕羽，以涵說話是這樣的，感覺好像有點冷淡，但她其實沒什麼意思，妳別想太多。」

「不會的！我沒想什麼，反而我很高興能認識妳們呢！」簡昕羽回過頭來，輕輕笑了笑。

「我也是。」徐芝唯也跟著微笑。

正當兩人交談間，上課鐘聲規律地響起，原本三三兩兩聚在一起聊天的班上同學也都回到了自己座位，而徐芝唯和簡昕羽相視一笑後，也回過身拿起包包將裡頭的筆記本拿出來，打算待會兒班導要是講些什麼，也好派上用場。

孰料，她才剛將筆記本從包裡抽起，一張夾在裡頭的照片就滑了出來，輕飄飄的落在地上。

見狀，徐芝唯連忙彎身去撿，而一旁的簡昕羽也看見了，當下伸出手就想幫忙，徐芝唯注意到了她的動作，隨即抬頭笑著對她說不用，可就在她撿完照片準備起身的這一剎那，她看到了一道眼熟的身影從門口走了進來。

徐芝唯頓時無暇注意簡昕羽的反應，立即坐正了身子看向那人，而她果真沒有看錯，走進教室的那道身影正是前幾天她在女生宿舍外所碰見的那個男生，她與他竟然同班嗎？

只見那男生的變化和幾天前相差不大，除了一件黑色運動外套換成了灰色的之外，一樣是額髮覆面，一身的陰沉頹廢氣息，讓人連想靠近他都不想。

他似乎沒有注意到她……不！應該說，他連看班上其他人一眼都沒有，逕自就背著包包走到靠窗第一排最後面坐下。

「芝唯，妳認識他嗎？」見徐芝唯的目光一直盯著剛走進教室的男同學，簡昕羽不由得好奇的問出聲。

此話一出，汪以涵也抬頭朝徐芝唯看來，同時也看了一眼她注視的方向。

「不……不認識。」徐芝唯下意識的想搖頭　但當她想到那男生給她的熟悉感覺，以及方才在報到處所掃視到的，那個不知道是不是她看錯的熟悉名字，她又不禁喃喃自語著：「可說不定又是認識的……難不成真會是他？」

徐芝唯躊躇了。

她既覺得這名陰鬱消沉的男同學不會是唐靖遠，但她卻又不停地想起他那雙眼睛還有他的背影，這種種的一切都讓她感到如此熟悉，但她實在無法確定。

徐芝唯越想越坐不住，捏緊了手上的照片，顧不得上課鐘響了，她準備上前去問個清楚，但她才剛要起身，一個像是班導模樣的中年男子也在這時走進了教室，她只得又坐回位置上。

望著班導手上拿著的一疊資料，徐芝唯只得安撫著自己，說不定等一下班導會點名，屆時她就能知道那男生到底是不是他了。

思及此，徐芝唯那一顆打從見了那男生後就忐忑的心，這時才平靜了些。

只是徐芝唯沒有注意到，簡昕羽和汪以涵的目光始終跟在她身上打轉，兩人都不懂她發生了什麼事，怎會好像坐立難安一樣，不過此時見她似乎又沒事了，便也就轉頭仔細去聽班導說話。

第二章　改變

（1）完全另一個人

「各位同學你們好，歡迎各位來到企管系這個大家庭，我是你們的班導……」

企一B的班導在講台上站定，按照慣例在白板上寫下自己名字，對班上同學進行一番自我介紹，以及講解一些系上和學校的相關規定等等，將近二十分鐘下來幾乎是把該講的都講了，卻唯獨遲遲沒有提到徐芝唯最想聽的點名。

徐芝唯起初還耐著性子，到了後面簡直快要坐不住，她低頭看了看夾在筆記本裡的照片，又不時轉頭注視那男生的身影，很想趕快弄清楚他到底是不是唐靖遙，但偏偏離下課卻還有一段時間，這讓她不禁有些心浮氣躁起來。

「芝唯，怎麼了嗎？」注意到她的不對勁，簡昕羽關切的看著她。

「沒事。」徐芝唯勉強扯了抹笑，搖了搖頭，收回目光假裝專注的聽班導講話。

她說沒事，簡昕羽也不再多問，只是忍不住也回頭往她剛才看的地方望去，發現竟又是先前那個男同學，心中不免感到困惑，她不是說不認識那個人，為什麼又頻頻瞅著他呢？

班導仍在講台上講著請假規定，但徐芝唯哪有心思聽，沒一會兒視線又不自覺的往後飄，而坐在她後頭的汪以涵看見了後，立即伸腳踢了踢她的椅子。

感受到椅子底下傳來的力道，徐芝唯嚇了一跳，回頭看去，目光詢問。

汪以涵沒等她開口，先一步低聲問道：「妳脖子不痠？」

徐芝唯怔了怔，這才反應過來汪以涵是在說她一直轉頭這件事，發現連不太愛理人的汪以涵都注意到她的舉動了，其他人多多少少肯定也都看在眼裡，於是她只好克制自己別再回頭。

「好了！有關學校和系上的事情大致就是這樣。」似乎是終於講到了一個段落，班導放下了手上的白板筆，走到講桌旁從資料夾中抽出一張紙，然後邊往台下走邊笑道：「接下來就請同學們自我介紹了，等一下我們從第一排開始，大家輪流站起來跟班上同學介紹自己，而我也順便當是點名了。」

聽到自己殷殷期盼的關鍵字總算出現，徐芝唯頓時精神都來了，她不自覺的挺直了背脊、聚精會神起來，雖然眼看著一個個同學輪流起身自我介紹，而周圍其他同學又是嘻笑又是驚呼的，她卻都沒怎麼聽在耳裡，此時此刻她的眼中只有她最想知道的那一人。

「好！下一個同學。」

終於，第一排倒數第二個同學在眾人的掌聲中坐回位置上，班導也勾完點名簿，而當班導抬頭喊出下一個人時，徐芝唯覺得自己的心臟都快從嘴巴裡跳出來了，她屏氣凝神著，似乎都能聽見自己左胸口噗通噗通狂跳作響的聲音。

彷彿自帶一股低氣壓似的，那男生一站起來，哪怕徐芝唯的注意力幾乎都在他身上，也能感受到周圍的氣氛和上一秒完全不一樣，班上同學們嘴角雖然還有一些笑意，但朝那男生投射而去的目光卻夾帶著些許愕然與厭惡，就連班導在看見那男生時也很明顯的愣了一愣，眉頭輕輕擰起。

徐芝唯心想，多半都和他的外表有關。

雖然他那過長的瀏海已經有稍微往旁撥開，不再遮住一雙眼睛，但還是擋到了他大半張臉，只露出一隻眼睛，而徐芝唯看著那隻眼，幾乎就要篤定他就是自己所猜測的唐靖遙了，可仔細一看，那眼眸雖是與唐靖遙相同的雙眼皮桃花眼，但眸色陰鬱無光，絲毫不見半點神采，目光死氣沉沉，也不似她記憶中的溫暖明亮，這讓她不免又充滿了懷疑。

「同學，雖然大學沒有規定服裝儀容，不過你的頭髮如果可以的話還是整理一下。」徐芝唯還在兀自猶疑間，先聽得班導語氣帶笑的向那男生說道。「你的瀏海都遮住眼睛了，這對你日常生活也不太方便，不是嗎？」

班導這關心的一席話讓班上同學忍不住會心一笑，少數同學甚至還噗哧的笑了出聲，而徐芝唯本以為那男生會開口跟班導道聲謝或是說些什麼，但他卻什麼也沒說，只低垂著目光讓人看不真切他眸中情緒。

眼見班導丟出的問話竟被漠視了，氣氛頓時有些僵住。

班導也沒想到那男同學會對自己的話充耳不聞，當下不禁有些尷尬，但到底見多識廣，教書多年也見多各類學生了，立即又將局面掌控回來，清了清喉嚨，故若無事道：「咳……繼續自我介紹吧！這位同學你叫什麼名字？」

聽到自己等待了許久的答案就要揭曉，徐芝唯回過神來，目光炯炯的望著那男生，而就見那男生唇瓣微啟，以平板且毫無起伏的聲音緩緩說著……

「我叫唐靖遠。」

「……」聞言，徐芝唯先是愣了愣，而後愕然的瞪大眼，一臉的不敢置信，「唐靖遠？」

怎麼可能會是唐靖遠？

對於男生的自我介紹，徐芝唯想過幾個可能性，卻唯獨沒有想到這個。

『唐靖遠』這名字她並不陌生，她記得這個名字，只是這名字不應該出現在這裡，因為在她的記憶中，這名字是唐靖遙的哥哥，而他哥哥大了他三歲，就算是同間學校，此時也該是大三、大四了，除非是重考重讀，但是……也不該變成這副模樣啊！

徐芝唯印象中的『唐靖遠』與唐靖遙類型完全相反，是個長相乾淨斯文，總是笑得溫柔又有點靦腆的鄰家大哥哥，她和唐靖遙一路從幼兒園同校到國二，常能看見唐靖遠和他走在一起，而在她的記憶中唐靖遠是個挺注重儀容的人，連唐靖遙有時候制服沒紮進去都會被他念，所以又怎會讓自己變成這樣子呢？

眼前這披頭散髮、陰鬱低沉的人是唐靖遠？

這如果真是唐靖遠，那他為什麼會變成這德性？

這個答案太讓徐芝唯錯愕了，比起讓她相信那男生是唐靖遠，她倒寧肯覺得這不過是同名同姓的一人，畢竟唐靖遠這名字多常見……

……她連自己都說服不了。

與徐芝唯同樣愕然的還有班導，他推了推眼鏡來回看著手上的點名單，怎樣都沒能找到那男同學的名字，不由得邊逐一比對著名字，邊疑惑出聲：「咦？同學，你說你叫什麼名字？這點名單上面怎麼沒有……」你的名字四個字還來不及說出口，班導杌發現有個和那名字很相像的，於是立即問道：「同學，我點名本上面只有『唐靖遙』這名字，你剛小說你叫什麼來著？」

聽到唐靖遙三個字，徐芝唯不禁渾身一震。

她飛快地往男生面上看去，也不知是不是她的錯覺，那男生似乎也往她的方向淡淡地瞥來一眼，只是她還來不及確定，就見那男生又目光直視著班導，而那雙如同死水、毫無情緒起伏的眼眸裡，蘊著一絲極淡的嘆息，語調淡淡地說著：「老師，我剛說錯了，我叫唐靖遙。」

徐芝唯傻了，她、她聽見了什麼？

唐靖遙……

他說他叫唐靖遙……？

果真是他！

雖然心中早就有所猜想，但當真正聽到答案時，徐芝唯還是又驚又喜。

見自己果然沒認錯人，她不禁雙眼一亮，險些雀躍的驚呼出聲，但很快的這股喜悅就在她再度往唐靖遙看去時，瞬間煙消雲散，同時心上盈滿了比剛才更多的無法置信。

如果說唐靖遠成了那副模樣她感到訝異，那麼眼前那是唐靖遙的事實則更叫她大為震撼。

如果不是那雙眼睛似曾相識。

如果不是那道背影備感熟悉。

如果不是他親口承認他是唐靖遙……

她根本不能相信這個人真是她認識的唐靖遙！

徐芝唯又驚又愣的收回目光，低頭看向她夾在筆記本上的那張照片。

照片上唐靖遙站在籃球場上，半扯著球衣擦汗、半回過頭笑著跟隊友講話，明晃晃的陽光灑落在他身上，而他面上的笑容卻比陽光更加燦爛，彷彿當頭烈日便是他的聚光燈，所有的光線都聚集在他身上，他和煦溫暖、明亮奪目，是萬綠叢中的焦點，也是眾所矚目的唯一存在，有他的地方就有光……

他，就是光。

抬起頭再往眼前的唐靖遙看去，只見班導早已叫他坐下，但縱使隔著好幾排座位，徐芝唯也能感受到他渾身的陰鬱冷峻，而那種拒人於千里之外的氣息，哪還是當年那個陽光外向隨和直爽的俊朗少年？

完全就是另一個人。

（2）也曾抬頭仰望

見到了多年以來心心念念的人，徐芝唯心中卻是五味雜陳，她怔怔地望著唐靖遙，完全挪不開目光，雖知道歲月如梭人總會改變，但她卻沒曾料到一個人竟能變得如此極端，他已不是她記憶中的模樣，眼前的他陌生到讓她彷彿不曾相識。

到底在她失去他消息的那幾年裡，他發生了什麼事呢？

徐芝唯看著唐靖遙兀自想得入神，連身旁的簡昕羽和後面的汪以涵不時對她投來探究目光，她也都毫無所察，直到一陣喧囂的起鬨聲在班上響起，這才將她從出神狀態給喚了回來。

「我叫陸匀恆，雙子座，O型，雖然我長得帥，但我沒有女朋友，不過你們也別問我的理想型是什麼，因為我剛看了班上一圈，很可惜沒有一個能達到我的標準，所以你們問了也是白搭。」

徐芝唯還沒來得及看班上同學在吵些什麼，便先聽到這麼一段有些荒誕好笑的自我介紹，而這也讓她明白方才的喧鬧應該和這位陸同學脫不了關係，於是她懷著對於這位陸同學的好奇心，轉頭往聲音來源瞅去。

由於正是輪到陸匀恆自我介紹，所以徐芝唯也沒費什麼功夫，目光才一轉過去，就看見了站起身的他，而因為他站在她的左前方，受限於角度問題，她沒能看清他的臉，只先看見了他那一頭惹人注目的金髮。

她愣了一愣。

雖然大學生染髮不稀奇，但多半也不會將自己弄得太高調，畢竟越顯眼就越可能被教授盯上，於是她瞧著陸匀恆那一頭亮燦燦的金髮，不禁暗暗推斷了一下，陸匀恆大概不是一個很在乎他人眼光的人，也有可能他早已習慣被眾人所關注。

不過，比起這件事，她更想知道他的長相。

徐芝唯不懂時尚，但她也知道越是顯眼的顏色越難以駕馭，而陸匀恆染了這一頭燦爛的金髮，就不曉得他的長相能不能撐起這髮色，更何況他剛剛那段自介，言談之間盡是對自己容貌的高度自信，真是讓她不禁感到好奇。

就在徐芝唯思忖之間，陸匀恆不知又說了些什麼，班上再次掀起一波喧鬧，而陸匀恆則是邊笑著邊轉過頭來和一旁的同學打鬧，也就是這時，徐芝唯瞧清了陸勻恆的長相。

陸勻恆確實沒有誇大，因為他真的擁有一張極好看的俊朗容貌，雖然徐芝唯只是遠遠瞅著，但也能看見他那兩道弧度漂亮的濃眉底下是一雙好看的狐狸眼，而由於此時他正笑著，那眼角也就含笑微微上挑，所謂的眼尾噙笑勾人約莫就是這個意思，更遑論他鼻樑高挺、脣紅齒白，又是寬肩窄腰，身姿挺拔修長，穿著一身價值不斐的潮流名牌，活脫脫就像雜誌裡的男模，無論從哪個方向看，的確都有能讓他說出那樣一席話的本錢。

他很好看，不過徐芝唯也就只有這樣的感覺而已。

她沒有心思多看陸勻恆幾眼，隨即就收回了目光，若有所思的看著筆記本上的照片。

無須她多加思考，她也知道像陸勻恆這樣的人勢必會是班上、甚至學校中眾人的焦點，因為她曾經也看過和他相同的那樣一個人，而當時的她也和現在班上其他人一樣，都是抬頭仰望那人的一員。

想到這，徐芝唯的視線不禁又瞥向唐靖遙，而此時班上所有人的目光都集中在陸勻恆身上，唯有她所注視的方向與他人不同……不，還有唐靖遙。

只見唐靖遙對於班上此時所發生的事彷彿置若罔聞，一副的置身事外，逕自側頭望著窗外不知在想些什麼，而徐芝唯也就那樣靜靜地望著他，就好像那些年裡她總遠遠望著他，縱使如今的他已與從前大不相同。

「好了，換下一位同學。」

「……下一位同學？」

不知何時，陸勻恆的自介已經結束了，原先喧鬧的氣氛又回歸正常，班上同學也繼續輪流自介起來，沒一會兒就輪到了徐芝唯，但她卻絲毫沒注意到已經換自己自我介紹了，就連站在講台前的班導一連喊了好幾次都沒能喊回她的注意力，最後還是坐在一旁的簡昕羽輕輕推了推她手臂，她才回過神來。

「啊？」徐芝唯疑惑的看著簡昕羽，不明白她叫自己幹什麼，卻見簡昕羽朝她使了好幾個眼神，頻頻示意著班導的方向。

見狀，徐芝唯下意識的抬頭看去，但還沒瞧見班導那張臉，便先發現全班的目光幾乎都聚焦在她身上。

大家為什麼都在盯著她看？

徐芝唯心中還在疑惑著，下一秒便聽見簡昕羽小聲地提醒著她：「芝唯，輪到妳自我介紹了。」

自我介紹？

自我……咦咦咦——！

直到這時徐芝唯才後知後覺反應過來大事不妙，當下急急忙忙的就要起身，而此時班導也因為見她久久沒反應，又疑惑的叫了一次：「同學？」

「有！」徐芝唯一聽，心中一緊張，連忙邊出聲應和邊刷地一下站起來，但由於起身的動作太急躁，一個不小心膝蓋就狠狠撞到了桌子，一陣吃痛的哀號瞬間隨之響起：「唉唷！痛痛痛痛痛……」

面對這情景，全班都是一愣，而後才不知道由誰開始先忍不住笑了出來，緊接著一道道歡快笑聲就瞬間在班上蔓延開來。

「哈哈哈哈哈哈哈……」

徐芝唯欲哭無淚的揉著膝蓋，心裡尷尬到想挖個地洞鑽進去，開學第一天她就在班上鬧這齣，是深怕無法引人注意嗎？

她正滿心哀怨的想著，忽然卻感受到似是有人在注視著自己，於是她反射性的回頭一看，卻見那道注視是來自於唐靖遙的方向，但此時唐靖遙根本連看都沒有看她，依舊偏頭看著窗外不知在看些什麼。

難道是她的錯覺？

「好了，大家安靜。」見班上的氣氛又喧鬧起來，好似就快一發不可收拾，班導及時出聲喝止了眾人，然後關切的問著徐芝唯：「同學，妳沒事吧？」

「沒、沒事。」哪怕膝蓋痛到不行，但為了避免引起更多關注，徐芝唯還是勉強笑著搖了搖頭。

「沒事就好，那輪到妳自我介紹了。」班導點點頭，示意她開始自介。

「呃、大家好，我叫徐芝唯，我的興趣是……」徐芝唯一邊跟班上同學介紹自己，一邊將目光朝唐靖遙瞥去，她本是希望唐靖遙聽見自己名字時能想起她是誰，多多少少給她一點反應，但卻發現他恍若未聞，仍是一股勁兒的看著窗外，連瞥都沒瞥她一眼。

他不記得她了嗎？

徐芝唯一肚子的疑惑，不明白唐靖遙為何一點反應都沒有，雖然他們從前都是同校不同班，但也不是沒有過交集，以往在學校遇見也都會互相打招呼，更別說他們幼兒園時還曾有過那麼一小段插曲……

「好了，徐同學妳可以坐下了。」

徐芝唯想得太入神了，直到班導出聲提醒她，她才反應過來坐了下來，而她還在為唐靖遙的態度不解著，卻突然感受到椅子底下被人輕輕踢了一腳，於是她馬上回頭看向坐在後面的汪以涵。

「以涵，怎麼了？」徐芝唯一臉疑惑。

「妳沒事吧？」汪以涵看了一眼她的膝蓋。

「沒事。」知道汪以涵在關心自己，徐芝唯笑著搖了搖頭。

「真的？」汪以涵眉頭微蹙，表情有些不信。

一旁的簡昕羽聽到兩人的對話，立刻也跟著轉過頭來輕聲問了句：「是啊！芝唯，妳方才撞的那一下好大聲，妳真的沒事嗎？」

「我沒事。」徐芝唯同樣對她笑了笑，而在感受到兩人一起投來的質疑目光後，她不免無奈地苦笑解釋道：「剛剛是真的滿痛的，不過現在還好了。」

「那就好。」簡昕羽放心的點了點頭。

而正當徐芝唯和兩人交談著的時候，一種被人注視的感覺又忽地出現，這回她想也沒想的飛快回頭看去，也就那麼剛好的，她撞上了唐靖遙的目光。

（3）他說不認識她

見狀，徐芝唯一陣心喜，她正打算對唐靖遙微笑打招呼，唐靖遙卻目光清冷的掃過她又看向其他地方，好似這一視線交接僅是無意間對上的，他並非刻意轉頭看她。

眼見唐靖遙又收回目光望向講台，徐芝唯真心不懂這是怎麼一回事，難道他已經不認得她了嗎？不過，她也不是個會讓問題一直困擾自己的人，與其獨自胡思亂想，她決定下課就去找他問個清楚。

一堂課約莫五十分鐘，扣掉班導碎碎叨叨的時間，在班上三十幾人輪流自介下來之後，很快的也就到了下課時間，而由於開學第一天還不算正式上課，是先讓大家來熟悉環境互相認識一下的，於是班導又一次叮嚀眾人務必注意自己的出缺勤後，便讓眾人原地解散，該回家的回家、想回宿舍的回宿舍。

終於熬到了下課時間，徐芝唯邊盯著唐靖遙的動作，邊迅速地將筆記本掃進包包裡，然後在看到唐靖遙背起包包走出教室時，她也立刻拎起背包跟上。

「昕羽我先走了，以涵妳先回宿舍不用等我了。」簡短的交代了一聲，徐芝唯也沒等她們回應，就頭也沒回的朝唐靖遙離去方向追了過去。

雖然徐芝唯的動作已經很快了，但她一奔出教室，卻還是看到唐靖遙已經走下了螺旋樓梯，於是她也連忙往樓梯跑去，而由於兩人之間相隔有段距離，她深怕會追丟唐靖遙，不得不邊跑邊喊著他的名字，試圖讓他停下腳步：「唐靖遙！唐靖遙！」

無奈唐靖遙卻是充耳不聞，別說停下步伐了，腳步連放慢一些都沒有，依舊是一階一階的往下走，這讓徐芝唯不由得再加快了腳步，然而螺旋樓梯這種設計的壞處就是到了轉角處時會看不到他人，於是當徐芝唯追到了一個轉彎處時，儘管她已經看見了前方的男同學，也在要撞上去的前一刻，身手敏捷的從他旁邊竄了過去，但還是不小心地擦撞到了那位男同學的肩膀。

「欸妳怎麼走路的呀？」那名被撞了一下的男同學不大高興的回頭。

「同學，對不起啊！」徐芝唯連看清他的樣子都沒有，只依稀瞥到一抹金黃閃過眼前，便急急忙忙道了歉，又繼續往下跑，只想趕緊追上唐靖遙。

「喂！妳這人……」

那個男同學又喊了些什麼徐芝唯沒聽清楚，因為她此時的目光和所有感官都在不遠處的唐靖遙身上，而在她鍥而不捨的一路直追之下，總算讓她在唐靖遙踏出商學院門口前攔住了他。

「唐靖遙！」徐芝唯氣喘吁吁地伸手拍上他的肩膀。

這下唐靖遙終於停下了腳步，他轉身往她看來　她這才注意到原來他戴著耳機，怪不得一路上都沒聽見她在喊他。

「唐靖遙你……」徐芝唯興沖沖的就想和他說話，但話才到嘴邊就發現他耳機還沒拿下來，於是她只得話頭一頓，比手畫腳著示意他先拿下耳機，「那個……你的耳機……」

唐靖遙看懂了她的意思，拿下了一邊耳機，日光淡淡的瞅著她，不帶情緒的問著：「請問有事嗎？」

徐芝唯怔了怔，她雖然沒想像過和唐靖遙再度相遇時，他會是用怎樣的態度和自己說話，但卻也不曾想到他的反應會如此冷漠，畢竟從前的他無論與誰說話總是溫柔帶笑……儘管從他的外表已得知他和過去不大一樣，可真正實際互動了，那其中偌大的差異還是讓她嘴角笑意不禁一僵。

原來已到了嘴邊的問話頓時開不了口，徐芝唯只能傻愣愣地盯著他看。

許是見她遲遲沒有講話，唐靖遙作勢又要戴上耳機，徐芝唯看到了他的動作，立刻反應過來，伸出手阻止了他戴耳機的舉動，急忙堆起笑意對他問道：「唐靖遙，你還記得我嗎？」

唐靖遙聽了這話卻沒應聲，只是靜靜地瞅著她。

生怕幾年沒見，唐靖遙已經忘記了自己，徐芝唯只得指著自己，試圖喚起他的記憶，提醒道：「你忘記了嗎？我啊！徐芝唯，你還記得嗎？」

還沒來得及聽到唐靖遙的回應，徐芝唯話才剛說完，就感到背後包包被人猛地勾住往後拉，整個人也立刻不由自主的隨之踉蹌了幾步。

「誰？誰在拉我包包？」徐芝唯擰眉沒好氣的想回頭，打算看是在誰惡作劇，但她才正要轉頭就看見一道身影從她後方緩步走到她身側。

「徐同學，妳不知道妳剛才撞到人了嗎？」一頭耀眼的金髮伴隨著一道不悅的男聲映入眼簾，徐芝唯望著眼前那張俊朗面容，這才發現原來拉她包包的竟是陸匀恆。

聞言，徐芝唯愣了一下，然後才反應過來原來陸匀恆就是自己剛才撞到的男同學，於是她愣愣的點了點頭應道：「呃……我知道啊！但我剛剛不是已經跟你道過歉了嗎？」

「妳那叫道歉？」陸匀恆瞪大眼，像是聽了什麼難以置信的事情，而後他咬牙切齒道：「丟下一句對不起就走，一點禮貌也沒有，妳知不知道妳撞壞我的東西了，妳……」

「那個……我說陸同學，你說話歸說話，但可不可以先放開我的包包，我這樣子很不舒服。」徐芝唯知道是自己撞到別人有錯在先，也不是很想打斷盛怒中的陸匀恆講話，只是她真的感覺挺難受。

現在的情形是——她的後背包被陸匀恆拉著，整個人重心不是很穩，而且陸匀恆的身高又比她高上非常多……她粗略目測了一下，陸匀恆應該有180公分以上吧！可她只有一六〇公分左右，所以他這樣向上拉著她的包包，致使整個包包的肩帶都卡著她的雙腋，讓她實在不是很舒服。

「妳不舒服，我更不……」陸勻恆皮笑肉不笑，正想再說幾句，眼角餘光卻忽然瞄到有個東西往他飛來，他下意識的就鬆了手往後退開，而幾乎是同時間，只聽得一聲重物落地的聲音，他低頭一看竟是一本厚重的原文書。

……要不是他反應夠快，這本原文書砸到的大概就是他身上了吧！

另一邊的徐芝唯在身體重獲自由之後也注意到地上掉了一本書，而她還沒來得及多想，便見一道身影往前走了幾步，擋在她身前彎腰撿起那本書，她斂目一看，才發現那道身影竟是唐靖遙。

「喂！你做什麼？」陸勻恆這時才知道原文書是唐靖遙的，想起剛才那本書是明擺著往他飛來，當下火氣就有點上來，問話的口氣不是太好。

「課本掉了，撿課本。」唐靖遙低頭拍了拍原文書上的灰塵，語氣沒有絲毫起伏，單純的陳述著一件事實。

「掉了？」陸勻恆冷笑，「我看是丟過來的吧！」

當他是三歲小孩好呼嚨嗎？分明他感受的清清楚楚，東西是朝他飛過來的！

陸勻恆本是想看唐靖遙還能怎樣辯解，殊不知唐靖遙竟是抬頭目光淡淡地瞥向他，直接了當的應道：「嗯，不小心失手。」

「……」

這下子不光是陸勻恆了，連徐芝唯都傻住了，她沒想到課本還真是唐靖遙丟的，而他還就這樣承認了！

「需要有禮貌的跟你道歉嗎？」唐靖遙問話的口吻頗為淡然，但陸勻恆一下子就聽出來他是在拿自己剛才跟徐芝唯講的話在噹他。

「你這傢伙……」出身良好、長相又不錯的陸勻恆，從小到大都是眾星拱月著，就算有人討厭他也只敢在背後偷偷議論而已，哪被人這樣對待過，當下一個怒由心生就要上前去拉唐靖遙的衣服。

然而，他才剛要動作，唐靖遙卻又很有禮貌的對他微微頷首，語調溫和客氣道：「不好意思，我剛才不小心失手讓課本飛過去差點砸到你，真的很抱歉。」

「喔……沒關係。」下意識的陸勻恆竟也跟著客氣起來。

「……」

這個結局太展開了，徐芝唯都有些理解不能了。不過，也沒等她理解更多，下一秒她又看見唐靖遙準備戴上耳機離開。

「唐靖遙！」徐芝唯想也沒想的就抓住他手臂。

唐靖遙回頭看她，目光清冷無波。

徐芝唯對上他的視線，心裡一顫，下意識的鬆開手，小心翼翼地問著：「唐靖遙，你……真的不記得我了嗎？」

她既期待又怕受傷害的瞅著他，儘管四周人潮來往聲響連綿不斷，又有不少人邊交談著邊從他們身旁擦肩而過，但此刻她卻只聽得見自己的心跳聲。

撲通、撲通……

來自左胸口的緊張感一聲大過一聲。

徐芝唯眼睛眨也不眨的注視著唐靖遙，等待著他的回應。

興許不過是過了幾秒，但徐芝唯卻覺得宛若已經過了好幾分鐘，終於她看見面前的唐靖遙唇瓣一張一闔，緩緩地開了口，然後她聽見他淡淡地說著……

「我不認識妳。」

（4）最好與最壞的

第八堂課的放學鐘聲響起，恰好也到了晚飯時刻，學生第一餐廳裡魚貫湧入一批學生，多半是住在學校宿舍的人，懶得離開學校下山找吃的，互相約一約一起來吃飯，而少數則是夜間進修班的，趁著晚上七點的第九堂課之前，趕緊來餐廳填飽肚子。

徐芝唯身為前者，到了飯點自然毫不例外的與室友一同前來餐廳覓食，率先拿完餐的她坐在靠近入口處，背對著餐廳大門，有一搭沒一搭的用吸管攪動著玻璃杯中的奶茶，眼神放空，思緒早已不知飄到何方，面前的餐點連動也沒動。

和另一位室友楚向芯去取餐回來的汪以涵，看見這一幕時不禁皺了皺眉，放下餐盤坐下後，用手肘輕輕地頂了頂她，喊道：「欸，徐芝唯。」

「啊？」徐芝唯回過神來，瞧見汪以涵和楚向芯陸續坐了下來，這才後知後覺的反應過來，問道：「妳們買好了？」

「是啊！」汪以涵點了點頭，瞅了她桌上的餐盤一眼，納悶道：「不過，我跟向芯出去排隊排了那麼久，甚至連卉好的份都買好了，妳怎麼卻都還沒吃？」

聽汪以涵這麼一講，楚向芯這時也才發現徐芝唯的餐點都沒動到，不免也跟著好奇問了句：「唯唯，妳剛剛不是在宿舍一直喊著餓嗎？怎麼拿了餐又不趕快吃？」

「唉唷！我這不是在等妳們嗎？我就想著大家一起出來吃飯，我先開動了多不好意思，等妳們回來一起吃比較有禮貌啊！」徐芝唯尷尬的笑了笑，隨口敷衍了一句。

楚向芯卻是當真了，當下一臉感動的握住徐芝唯的手：「唯唯，妳真貼心！」

一旁的汪以涵不置可否的揚了揚眉。

「哈哈哈！還好啦！那我們趕快吃吧！」徐芝唯乾笑了幾聲，瞥見汪以涵半信半疑的表情時，不免有些心虛的收回了自己的手。

徐芝唯是撒了謊，但她總不能告訴室友們說，她是因為心裡有事，所以剛才都在想事情沒有心思吃吧！這話一講出來還不被她們打破砂鍋問到底？

……以涵或許是不會問啦！但她敢確定向芯一定會追問，畢竟這段日子以來，她早已見識過向芯那超強的八卦能力，儘管向芯身在國貿系，但有時候連她們自己本科系的人都不知道的八卦，向芯卻都能說得活靈活現，彷彿事情就發生在她眼前似的，甚至連來龍去脈都摸得清清楚楚。

徐芝唯常覺得楚向芯讀錯了系，以她的本領應該去念大眾傳播系。

才剛這樣想著，徐芝唯不過低頭咬了一口三明治，耳邊就傳來楚向芯那清脆的嗓音，有聲有色的講著：「喂！妳們知道嗎？這才開學第二週，據說校草已經又換了第五個女朋友了，而且還都是一年級的新生呢！」

講一說完，楚向芯便興致勃勃的看著面前兩人，就見汪以涵眉眼不動的逕自吃飯，至於徐芝唯則是一臉疑惑的抬起頭，語帶納悶：「呃……那個……誰是校草？」

實在不能怪她孤陋寡聞，雖然已經開學兩週了，但她連班上同學的名字都還沒能和長相搭起來，更遑論去注意其他不相關的人了，就這一點來說她真的很佩服楚向芯，記性著實強大。

「齁！唯唯妳很誇張耶，妳竟然連校草是誰都不知道，以涵妳看她是不是很扯？」楚向芯癟起嘴，轉頭對汪以涵抱怨。

只可惜，她卻是找錯人了，因為汪以涵連眼也沒抬的，僅淡淡丟了句：「那不是很正常嗎？校草跟我們的學分又沒關係，有必要知道他是誰嗎？」

此話一出，楚向芯頓時瞪大眼，啞口無言。

徐芝唯見狀險些失笑出聲，由於害怕自己火上加油傷了楚向芯的心，她只能在心裡默默給汪以涵比了個讚！

好妳個八卦絕緣體汪以涵，她實在會被笑死。

所幸楚向芯也是個挺大剌剌的人，被汪以涵的話那麼一堵後，她雖愣了一下，但也很快又恢復正常，自我安慰的點點頭道：「以涵這樣講也對，那個校草什麼的一點也不重要，畢竟妳們班上可有著一個超級大帥哥啊！」

超級大帥哥？

她們班上有這麼一號人物？

徐芝唯習慣性的一聽到帥哥就聯想到唐靖遙，但隨後思及唐靖遙目前的模樣，實在離楚向芯口中的超級大帥哥有段挺遠的距離，便又打消了這個念頭，只是除此之外她就想不到其他人選了，她不得不疑惑的朝汪以涵看去，可汪以涵卻是兀自低頭滑著手機，儼然一副沒想參與討論的態度。

疑惑還沒釐清，徐芝唯就又瞧見楚向芯不知是想到了什麼，雙眼都亮了起來，以無比嚮往的口吻說道：「以我楚向芯敏銳的觀察力，我相信校草的位置很快就會易主了，畢竟大三的老學長哪敵得過大一的小鮮肉呢！」說到這裡，她轉頭對上徐芝唯的目光，嘟起嘴，語氣滿是欽羨道：「唯唯妳們真幸運，可以跟那樣一個大帥哥同班，早知道我當初也選企管系了。」

「那個……向芯同學，我能不能請問一下，妳口中那位跟我們同班的超級大帥哥是在說誰呀？」徐芝唯舉起手，不恥下問著。

「徐芝唯同學，妳這不只是誇張囉！那麼目標明確的一個大帥哥，妳每天上課都會見到，妳還問我是誰？妳要不是存心裝傻，就是視力有問題囉！」楚向芯瞇起眼，覺得徐芝唯是故意在鬧她。

「那就當我視力有問題好了，我真是想不到啊！」徐芝唯賠著笑，她是真的不曉得楚向芯在講誰，畢竟受了唐靖遙前陣子那句『他不認識她』的話的影響，她這兩個星期以來上課都是心不在焉的，滿心滿眼關注的都只有唐靖遙，哪還有心思去注意班上有什麼帥哥。

大概這事的確有些誇張，也可能是感覺到楚向芯有些不高興了，本來置身事外懶得插嘴的汪以涵出聲解了圍，輕描淡寫道：「向芯講的人是陸勻恆。」

陸勻恆？

聽見這名字，後知後覺的聯想到那頭燦爛金髮以及俊朗面容，徐芝唯這才憶起班上確實有那麼一名長得還不錯的帥哥，她也不曉得自己怎會將他給忘了，分明開學第一天自我介紹時她還覺得他頗有些像當年的唐靖遙，未來勢必會是風雲人物的。

……唉！或許真是因為她這段時間都在想著唐靖遙的關係了，她只在意為什麼唐靖遙會不認得她了，分明她外表的變化又不大，到底他是真的不認識還是裝作不認識，這個問題困擾了她許久，所以她始終無暇去注意其他事情。

一思及唐靖遙，徐芝唯便又無端的心煩起來。

那天之後，她曾幾度想去找唐靖遙再問個清楚，但每到下課時間，唐靖遙不是直接趴下就睡，不然就是離開教室不見人影，放學更不用說了，她連他的背影都看不到，人消失的速度快到彷彿是憑空消失，讓她想找他問問都沒辦法。

「沒錯！就是陸勻恆。」汪以涵的回答讓楚向芯原本有些鬱悶的心情瞬間開朗起來，她朝汪以涵擠眉弄眼笑道：「嘿嘿……想不到以涵妳還是有在關心八卦的嘛！不錯！不錯！」

「妳想太多了，我沒在關心什麼八卦，我會知道他單純只是因為他是我們班同學。」汪以涵毫不留情的潑了盆冷水。

楚向芯頓時又蔫了。

汪以涵那一句回話殺傷力確實有些強，徐芝唯不禁對楚向芯感到有些不捨，知曉要安撫楚向芯最好的方法就是點燃她的八卦魂，於是徐芝唯連忙故作好奇的笑問：「對了！向芯，那妳又是怎麼知道陸勻恆的？才開學兩週而已，他已經那麼有名了嗎？」

果不其然，楚向芯聞言霎時又是雙眼一亮，興沖沖的跟徐芝唯解釋著：「當然啊！他何止有名，簡直是學校裡的風雲人物了好不好？他不只人長得帥，家世背景據說也很厲害，聽人家說他的父親是知名企業大老闆，他活脫脫就是個富二代，現在的他走到哪兒眾人的目光就追到哪兒，誰不曉得他的名字？也就妳們兩個讓人傻眼的，一個只知道他是同班同學，另一個連人家是誰都不知道。」

聽楚向芯講到最後還懟了自己和汪以涵一句，徐芝唯不禁無奈的笑了笑。

這些她確實都不清楚，畢竟她對陸匀恆真的沒半點興趣。

至於汪以涵則沒有任何反應，繼續邊吃飯邊看手機，彷彿楚向芯懟的那個人壓根不是她。

大概是自覺找回了面子，楚向芯也沒再多說，話鋒一轉，又講起了另一件事情來，「不過啊！妳們企一B是真的滿有趣的，大家都在討論，整個J大最好與最壞的都在妳們班了。」

聞言，徐芝唯沒太在意的，咬了一口三明治，口齒不清地問著：「什麼最好和最壞的？」

楚向芯喝了口橙汁，潤了潤喉嚨又道：「喔！我換句話說好了，就是最帥的和最糟的人。」

徐芝唯還是聽不懂，眉頭微微蹙起，疑惑著：「啊？什麼意思？」

楚向芯沒忍住翻了個白眼，無奈道：「意思就是整座J大裡最帥的男生跟最糟的男生都在妳們班，這樣夠明白了嗎？」

「最帥的男生跟最糟的男生都在我們班？」徐芝唯眨了眨眼，有些迷糊了，納悶道：「這最帥的我現在知道是陸匀恆了，那最糟的是誰？」

「最糟的？喏，就那邊那個啊！」楚向芯說著像是看到了什麼人，指了指徐芝唯身後的大門口，而徐芝唯見狀也好奇的順勢轉過頭去，耳邊同時聽見楚向芯說了句：「好像叫什麼來著……嗯……唐靖遙？」

沒錯！此刻隨著楚向芯聲音落下，走進餐廳門口的那人的確就是唐靖遙。

由於企一B今天並沒有同班的必修課，所以徐芝唯也是直到現在才看到唐靖遙，而唐靖遙今天穿了一件黑色T-Shirt、深藍色牛仔褲，是再普通不過的大學生裝扮，唯一引人注目的只有他那遮了眼睛的瀏海，以及渾身散發出來生人勿近的陰沉氣息。

唐靖遙沒有立刻往餐廳裡頭走，而是在門口停下了腳步，回頭看著門口，像是在等待著什麼。

已經臨近用餐時段的尾聲，來往的學生已少了許多，他佇立在大門旁的身影也顯得越加醒目，而或許是他散發出來的氣息太過讓人不舒服的緣故，好幾個離開餐廳的人都刻意跟他保持一段距離才走出去。

正當徐芝唯的注意力還在唐靖遙身上時，耳邊也不斷地傳來楚向芯的評論：「大家都在說妳們班的唐靖遙讓人感覺有夠不舒服，外表邋遢儀容不整也就算了，連別人跟他講話也很沒有禮貌，愛理不理的，既沒顏值又沒氣質，都不知道是倚靠了什麼跩個二五八萬的，如果沒得比較也就算了，但偏偏妳們班還有個陸勻恆，這不跟陸勻恆一比之下，壓根就是雲泥之別嗎？」

「……他不是妳講的這樣。」徐芝唯喃喃了句，聲音不大，只有一旁的汪以涵聽見了，她回過頭看向徐芝唯，表情探究。

「我就不懂了，他瀏海那麼長遮住眼睛難道不會不舒服嗎？本身給人的感覺就夠陰沉可怕了，偏就外型上還這樣頹廢，看了真讓人感覺噁心。」楚向芯沒聽見徐芝唯的話，兀自對著已邁開步伐走進餐廳的唐靖遙品頭論足。

雖然知道楚向芯講的都是事實，唐靖遙如今就是這副模樣，但楚向芯最後那『噁心』二字卻是踩到了徐芝唯的痛處，她感覺自己的理智線彷彿被踩斷了，當下難以自制的回頭惱怒道：「那妳可以不要看！」

話一說完，她連飯也不想吃了，端起餐盤就往門口走，而不知是不是她的錯覺，當她與唐靖遙擦身而過時，她似乎感受到他頓了頓腳步，可她並沒有停下步伐回頭確認。

到了門口，將餐點倒進廚餘桶，徐芝唯轉身走出餐廳，恰好碰到三個男生接連走了進來，而他們走過她身旁時，直接對著裡頭拔開嗓子大喊：「欸！阿遙，你怎麼一個人走那麼快，也不等等我們。」

徐芝唯聽了心裡一個咯噔，因為唐靖遙在小學和國中時的外號也是叫阿遙，她想轉頭去確認他們喊的人是不是他，但一想到方才楚向芯說的事，她就又全然沒了心思，因為她現在有更重要的事情要做。

（5）他曾燦爛如光

「喂！快一點！比賽快開始了！」

「快快快！快走！我想看一班怎麼狂電六班！」

「嘖！你怎麼不說是一班被六班狂電？」

「拜託！用膝蓋想也知道六班哪有可能打得過一班，一班可是有……」

喧囂的對話聲漸行漸遠，吵醒了一旁趴桌午寐的少女。

徐芝唯就是醒在這麼一個豔陽高照的晴朗午後，她睡意惺忪的坐直身子，雙眼迷濛，神情顯得有些呆滯，她聽見周圍一陣鬧哄哄的，但大腦還沒能思考發生了什麼事，忽地就有隻手搭上了她的手臂，她抬頭一看，便見好友許思婷那張圓圓的小臉又是興奮又是緊張的瞅著她，嘴巴一張一闔的。

「唯唯快點！我們也趕快跟上！」她聽見許思婷如此說著。

「跟上……什麼？」徐芝唯一臉迷糊。

「籃球比賽啊！」二話不說拉起她一起往教室門口走，許思婷邊回頭對她說道：「妳忘了嗎？今天是班際籃球的決賽。」

「喔？」徐芝唯疑惑的應了聲，還是沒能弄明白這和自己有什麼關係。

興許是見她一副狀況外的模樣，許思婷提醒似的又補了一句：「唐靖遙呀！今天有唐靖遙對上六班的比賽！」

這句話有如驚天一筆，這下徐芝唯想起來了！

國一上學期的運動會前，學校舉辦了一個班際籃球比賽，讓各年級各班相互競賽，比賽採單敗淘汰制，最後勝出的各年級兩組隊伍會在運動會上一決高下、爭奪冠亞軍，而今天是唐靖遙他們一班與六班競爭運動會總決賽門票的關鍵比賽。

回過神來之後，無須好友再拉著自己前進，徐芝唯走得比好友還要快，她迫不及待的想趕緊抵達籃球場觀看比賽，但當她加快腳步走到籃球場時，四周雖早已圍滿了人群，場邊也有幾個眼熟的一班和六班同學在做暖身，卻唯獨沒見到唐靖遙本人。

她不禁納悶的環視了籃球場一圈，果真沒看見那道熟悉身影。

「咦？比賽還沒開始嗎？不是一點開打？」許思婷緊跟在後抵達，見了場上的狀況也不免疑惑。

徐芝唯是個性格主動的，她忍不住好奇，走到場邊拍了拍一位認識的一班男同學肩膀，問道：

「李杰，你們班唐靖遙呢？」

由於國中的學生們總是喜歡互相串門子，這班認識一個、那班熟悉一個，然後透過別班的誰跟誰牽上線又曉得了幾個，而徐芝唯打小就是個性格活潑的孩子，一年級各班多少走動一下，認識的人也就又多上幾個，所以當下就能喊出場邊同學的名字。

被喚為李杰的男同學回頭，見是她臉上表情也不怎麼意外，隨口應了一句：「大概還在教室睡吧！比賽一點二十分才開始呢！」

「一點二十？怎麼不是一點開始嗎？比賽延後了啊？」徐芝唯還沒開口，身旁的許思婷就先接了話。

「嗯，說是老師中午開會，所以延了一下時間，剛好也讓六班那些人多喘息一下，等等電到他們叫不敢。」李杰得意的彎了彎嘴角，面上有掩不住的屬於少年血性的傲氣。

「加油！」徐芝唯點頭笑了笑，沒有多說些什麼，畢竟無論是六班也好一班也罷，都有自己認識的人，她怎麼說都不恰當。

一旁的許思婷也跟著附和：「是啊！期待你們的表現囉！我們待會兒體育課點完名就過來給你們加油！」

「少來了！不是給我們加油，是給阿遙加油吧！」李杰了然的咧齒一笑，「妳們這些女生，誰還不知道妳們都是醉翁之意不在酒，每個都衝著阿遙來的。」

「唉唷！你怎麼這樣說話呀？就算我們給唐靖遙加油，那不也是給你們加油嗎？」被說中了心事，許思婷雙頰緋紅辯解著，然後回頭看向徐芝唯，尋求應和，「唯唯，對吧？」

「是啊！」徐芝唯心不在焉的微微頷首，目光頻頻往教學樓方向瞥，暗自期待某道熟悉的身影躍入眼簾。

「算了！算了！妳們女生都是這樣，我講不過妳們。」李杰不以為然的揮了揮手，但有一事他倒也是挺認同的，忍不住笑道：「不過我們家阿遙確實挺優秀，能讓妳們這樣心心念念的，也不是完全沒有道理！嘿嘿嘿！」

少年的心思單純，沒有過多的彎彎繞繞，想法簡單直接。

雖然是好朋友受歡迎但也就像是自己受歡迎，眼裡眉梢之間都是藏不住的驕傲自得，特別唐靖遙身為校園風雲人物，長相俊秀、本身個性又好，走到哪兒都挺受人喜歡，倘若今天是他人受歡迎或許還有些爭議，但因為是唐靖遙，所以大家也就毫無異議的承認了他的一切，對他猶如眾星捧月。

畢竟那可是唐靖遙啊！

他們的年級榜首，各項運動項目的常勝軍。

那優秀、卓越，在他身上無法找到一絲缺點的美好少年。

若說每個人的求學生涯都該有這樣一個十全十美的人，就像是上天的寵兒，集所有最好的特質於一身，那麼在他們來說，唐靖遙便是這樣一個人。

「不跟你瞎說了。」再次被看穿了心事的少女，耳朵紅得彷彿能滴血，怕再待下去會洩漏了更多，扯了一旁好友的衣服就要走，「唯唯，上課了，我們先去找體育老師點名吧！等等再回來看比賽。」

「好。」徐芝唯收回心思，點了點頭。

「待會見啦！」李杰朝兩人揮了揮手。

「待會兒見。」

道完別後，徐芝唯任由許思婷勾著自己的手，往準備上體育課的另一個籃球場走去，但才剛走出沒幾步，就見遠遠的有一群男生正往她們的方向而來。

徐芝唯的視力稱不上特別好，坐在教室中間靠後的座位，有時也要瞇起眼才能看清了黑板上的字，可此時隔著一段長長的距離，她卻在第一時間就認出了那群男生中間的那道身影。

人有時候就是那麼奇妙，不在心上的人，就算在妳面前走過數百遍，妳也能恍若無視，甚至一個回頭連長相都只能記個迷迷糊糊，但若是在心尖上的那人，哪怕不過匆忙一瞥，他的眼耳口鼻都能在妳腦海裡繪出一幅歷久彌新的圖畫來。

十三、四歲的年紀，對於感情這回事還是懵懵懂懂的，但徐芝唯卻很清楚自己挺喜歡唐靖遙，就如同兩人在幼兒園那般，她看見了他就滿心歡喜，嘴角總不自覺地上揚，每個他出現在她眸底的時候，都是一道陽光照入了她的世界。

誰能抗拒溫暖和煦的陽光呢？

沒有人能，她也不能。

「是唐靖遙耶！」隨著不遠處男生們的走近，雙方打了個照面時，許思婷這才發現來人之中竟有唐靖遙的身影。

大概是喊得有些大聲，雙方擦肩而過的那刻，唐靖遙轉頭往她們的方向看了看，而這一眼恰好就對上了徐芝唯始終跟著他移動的目光。

兩人四目交接。

見是她，唐靖遙腳步一頓，臉上神情明顯怔了怔。

徐芝唯瞧見了他的反應，剛眨了眨眼，想對他投以一個疑惑的視線，就聽一旁的許思婷搶先開口道：「唐靖遙，等等比賽加油喔！」

彷彿回過神來似的，唐靖遙收回目光看向許思婷，禮貌的微微一笑：「謝謝。」

「阿遙，快走吧！我們還要做暖身。」

已走出了幾步的同學回頭催促著，唐靖遙連忙跟上了他們，而從徐芝唯身邊擦身而過的那一刻，徐芝唯還能聞到他身上淡淡的洗髮精香氣。

轉身望著唐靖遙遠去的背影，徐芝唯還能記得他剛才的模樣，他似乎是剛睡醒，頭上的髮絲不服貼的亂翹著，右頰上有著枕在手臂上睡著的紅印，而他與朋友邊講著話走來時，雙眼有著清淺的笑意，唇畔則微微上揚著。

十三歲的少年，有著對於一切的驕傲自信，鑲在每個細微表情裡。

「唐靖遙長得真好看啊！唯唯，妳說對不對？」同樣與她目送著唐靖遙離開的許思婷，半晌後不禁讚嘆出聲。

徐芝唯沒有馬上應聲，而是直到唐靖遙的身影成了一個小黑點，淹沒在遠端籃球場的人群中，再也瞧不見了他，她才聲音細若蚊蚋的吐出一句……

「……他從小就長得特別好看。」

第三章　距離

（1）打聽他的消息

登登登——！

訊息聲劃破寂靜在耳畔響起，徐芝唯猛然睜開眼睛。

她瞪著頭頂的天花板，眨了眨眼，好一會兒混沌的神智才逐漸恢復清明。

眼下的她處於學校宿舍裡，是剛開學沒多久的大一新生，也才剛與唐靖遙重逢不過兩個多禮拜……

唐靖遙？

一想到唐靖遙，徐芝唯便隨之想起自己不小心睡著前做了什麼事，又憶起剛剛吵醒她的訊息聲，連忙一把將枕邊的手機拿起來解鎖，而她才剛滑開螢幕，幾則訊息就立即躍入眼底，全都是國中好友許思婷傳來的。

婷（Luna）：唯唯，妳要我幫妳問的電話我問到了，我貼給妳囉！

婷（Luna）：不過唯唯，妳要李杰的電話幹麼？我挺好奇的耶。

徐芝唯沒把訊息讀完，她一看到自己想要的資料後就迅速移開了目光，往上找尋許思婷貼來的聯絡人資訊——李杰。

望著訊息上的李杰二字，徐芝唯不禁想起方才那場夢，她的心情一下子沉重了起來，她下了床走到書桌前坐下，翻開桌上的筆記本，那張早被她看到熟記於心的照片隨即映入眼簾，看著上頭那張燦爛陽光的笑靨，她忍不住伸出手指輕輕地撫過相片上那人的嘴角。

這張照片就是那天籃球比賽拍的，只不過拍照的人不是她，是其他班女同學偷拍下來的，她當時不經意瞧見了，比賽結束後就腆著臉拜託那女同學也加洗一張給她。

她記得那場比賽的最終結果是唐靖遙他們班贏了，獲得校慶運動會冠亞軍總決賽的門票，而那場比賽光是唐靖遙個人就獨得了三十幾分，更遑論他幫隊友助攻的部分，他一如以往是場上的耀眼明星。

想起當年的唐靖遙又想到如今的他，徐芝唯心亂如麻，覺得自己腦子像一團醬糊似的，她怎樣也想不懂從前那意氣風發的少年為何會成了現在這般模樣？

唐靖遙對她來說有著與眾不同的意義，因為這些年來是相片中他的笑靨，以及記憶中他溫暖的模樣，一而再的給了她勇氣，讓她就算低潮沮喪也能打起精神走過來，但如今她心中的那抹陽光卻成了一片烏雲，這實在讓她很難接受。

『……長得那樣陰沉可怕……看了就讓人覺得噁心。』

楚向芯那充滿鄙夷口吻的一席話猶在耳邊，徐芝唯望著相片中的人只覺得胸口沉悶得不行，她覺得自己一定要做些什麼，於是她想也沒想的直接拿起手機，按下許思婷傳來的電話號碼撥了過去。

手機另一端響起悅耳的旋律，徐芝唯心裡緊張，不停地想著等等電話接通，她該要如何跟李杰詢問有關唐靖遙的事，只可惜電話響了好一陣子都沒有人接，旋即就轉入了語音信箱。

徐芝唯拿開手機看了看屏幕，與訊息欄裡的電話號碼比較了一下，確認自己沒有按錯號碼後，她又撥了一次電話，然而比起第一次撥打出去的想都不想，這一回她就顯得有些猶豫了。

畢竟沒接電話有沒有可能是睡了……

將手機貼近耳朵，徐芝唯又耐心的聽著鈴聲一聲響過一聲，然而電話那端依舊沒有人接聽，這使她不禁蹙眉看著手機螢幕，但卻遲遲不敢再按下通話鍵，畢竟那麼晚打電話給人家已經很冒昧了，她的禮貌教養實在讓她沒有勇氣再打第三次了。

正沮喪之間，突然手機又響起了『登登』兩道訊息聲，徐芝唯下意識的看了一眼，就見傳訊息的是許思婷。

婷（Luna）：欸欸！唯唯，怎麼已讀不回呀？這樣不對喔！我太傷心了，嗚嗚！

看到訊息，徐芝唯這才想起自己還沒跟許思婷道謝，於是連忙飛快地回訊給她。

芝唯：抱歉抱歉！我剛剛只顧著打電話，忘了跟妳說聲謝謝了，真的非常感謝妳幫我這個大忙！

婷（Luna）：打電話？難道妳剛剛打給李杰了嗎？哇！徐芝唯，到底妳跟李杰發生什麼事了啊？

現在都晚上十一點了，妳也太急了吧！

徐芝唯看著訊息，忍不住低嘆了口氣，她也不想這麼晚還去叨擾人家啊！

芝唯：也沒什麼事，就有些問題想問問他而已……

婷（Luna）：到底什麼問題重要到讓妳這樣風風火火地打電話給我，又讓妳急急忙忙的打電話給李杰？說嘛！唯唯，看在我幫妳問電話的份上快跟我說！

婷（Luna）：等等！難道妳跟李杰之間有什麼不可告人的祕密？

扶了扶額，徐芝唯突然有種無語問蒼天的感覺，她知道許思婷打從以前就很會腦補，但她沒想到許思婷能腦補到這種程度，還不可告人的祕密嘞！

她迅速地按下訊息——

芝唯：小姐，妳冷靜一點好嗎？我跟他之間沒什麼不可告人的事情。

點到許思婷的訊息上，徐芝唯按下回覆鍵，回答她的問題。

芝唯：我只是想跟李杰打聽一個人的事情。

訊息回過去沒多久，許思婷馬上就傳來一個裝可愛的道歉貼圖。

婷（Luna）：唯唯，對不起啦！是我胡亂猜測了，不過妳是想問李杰什麼事？我真的挺好奇的，因為妳下午打電話給我的時候口氣超急的，妳方便透露給我知道嗎？

徐芝唯和許思婷從小就認識了，雖然到了國二時因為她轉學的原因，在那個連絡不是很方便的時代兩人斷了音訊，直到高三時才又透過社群軟體因緣際會聯繫上，但在她的記憶中，許思婷儘管有時候滿不正經，但是當別人認真時她也不會太白目，此刻她這轉變了的口氣就是最好的證明，所以徐芝唯也平復了一下心情，緩緩地回應著她。

芝唯：也沒什麼不方便的，我主要是想問關於唐靖遙的事。

其實徐芝唯的想法很簡單，她想著許思婷和唐靖遙是同一所國中畢業的，有些事情她知道的雖然未必如同班的李杰那麼清楚，但或許她也能知道一些什麼，所以就將自己想知道的事情告訴她，看能不能從她那邊得到一些資訊。

沒有讓徐芝唯等太久的，許思婷馬上就回了訊息。

婷（Luna）：唐靖遙？哪個唐靖遙……

瞧見許思婷的回答，徐芝唯愣然的瞪大眼，難以置信她竟然忘記唐靖遙是誰，當下連忙敲打訊息想提醒她，卻在準備按出發送鍵的那刻，又看到許思婷傳出了一行字……

婷（Luna）：喔喔喔！我想起來了啦！是我們學校以前的風雲人物，一班那個長得又帥又好看的唐靖遙嘛！

見狀，徐芝唯鬆了口氣，還好她記得。不過，這也證明了唐靖遙以前確實出色到令人難忘。

芝唯：對。

婷（Luna）：不過話說唐靖遙國二就轉學啦！唯唯，妳想問他什麼事？

徐芝唯渾身一陣，一臉錯愕的看著手機螢幕上的字句，哪怕早已一字一句的在心底念過好幾次，但她仍感覺有些不真實。

唐靖遙國二就轉學了？

可她轉學時他明明還在的！

想也沒想的，她直接按下語音通話鍵，撥通了與許思婷的電話。

「喂？唯唯，怎麼了？怎麼突然打電話來？」許思婷清脆的嗓音從電話另一端傳來，但徐芝唯完全沒心情和她寒暄，她直接切入主題。

「思婷，妳說唐靖遙國二那年就轉學了？」徐芝唯語調焦急地追問，「但我國二轉學時他不是還在嗎？」

大概是被徐芝唯急躁的口氣嚇到，許思婷愣了一下才答道：「呃、對啊！我記得是在妳轉學沒多久之後他就跟著轉走了。」她沉吟了一下，「我印象中唯唯妳是二上沒多久轉學的，而唐靖遙好像是二下一開學就轉走了。」

許思婷給的答案出乎徐芝唯意料之外，當年她家裡出了事情，小舅匆匆忙忙幫她辦了轉學手續，她心中雖明白這一切都是逼不得已，但也曾為了不能和唐靖遙一同畢業而感到有些遺憾，但她萬萬沒想到的是，唐靖遙竟也沒能在那間學校待到畢業。

「思婷……」徐芝唯握緊了手機，放緩了語速，輕聲問著：「妳知道唐靖遙是為什麼轉學的嗎？」

（2）我覺得妳很煩

在大學裡每個科系都有其重點科目，各年級之間的重點科目又有所不同，在徐芝唯所就讀的企管系裡，大一的重頭戲就是管理學，同時這也是他們的必修科目，而負責教導他們的則剛好是系主任。

必修課又是系主任上的課，所有人都是繃緊了神經在上課，連住學校宿舍愛遲到翹課的那些同學也都沒敢曠課晚到，更別說是徐芝唯這樣每堂課都乖乖報到的好學生了。不過，今天的她卻始終無法專心，一整天下來都是心不在焉的狀態，時而低頭沉思，時而頻頻轉頭看向唐靖遙，連身旁同學不時投射的奇怪注目都視若無睹。

由於早上的課程不是什麼太重要的科目，所以汪以涵與簡昕羽她們就算看見了，也都睜一隻眼閉一隻眼的隨她去，但眼下到了關鍵的管理學，她們可不能放任她這樣下去。

兩人對視一眼，最後由汪以涵拍了拍徐芝唯肩膀，率先開口：「芝唯，妳想好了嗎？」

「啊？想好什麼？」徐芝唯回過神，沒反應過來她在講什麼。

見狀，簡昕羽跟著搭話：「管理學分組啊！芝唯，妳有想好要再找誰嗎？」

「管理學分組？」徐芝唯愣了愣，而後才想起確有此事，一臉恍然大悟，「喔！妳們是說上星期系主任講的那個期末分組報告嗎？」

如同其他科目，第一次上課教授就會先講好計分方式，管理學也不例外，開學第一週就和班上同學講好了分數的計算，分別為平時成績佔30％、期中考佔30％、期末報告佔40％，所以要他們在第三週上課時就遞上分組名單，只是這兩個星期徐芝唯的心思都不在課業上，很自然就把這件事給拋諸腦後了，直到現在被汪以涵她們一提，這才想起來。

「對啊！目前已經確定有我們三個了，可是主任說每組要四到五個人，所以我們現在至少還差一個，妳心中有人選嗎？」簡昕羽扳著手指頭數著，最後抬頭瞅著徐芝唯等著聽她的意見。

「人選嗎？」徐芝唯沉吟了起來，目光下意識的往唐靖遙方向飄，她見唐靖遙獨自坐在位置上翻著課本，周圍也沒有人與他講話，不由得暗自猜測他是否已經找到了組別，不然她實在很想邀他同組。

所謂『近水樓台先得月』，說不定可以透過這樣的拉近距離，讓她更了解如今的他一些。

只不過，徐芝唯的久久不語卻讓汪以涵她們以為她沒有人選，見已經打鐘一陣子了，系主任也就要進教室，汪以涵決定先找人，避免等等名單交不出來。

「如果芝唯心中沒有人選的話，那我去問小恩她們，看她們有沒有組。」汪以涵起身就打算往前走去。

「欸，不是！我……」徐芝唯一聽，連忙開口想澄清，她不是沒人選，她是不知道那個人選到底有組別了沒有。

「嗯？怎麼了？難道芝唯妳有人選嗎？」汪以涵聽到她出聲，停下腳步回頭看她。

「是啊！芝唯，妳有人選的話就說出來吧！我們都OK的。」簡昕羽笑了笑。

聽見簡昕羽的話，徐芝唯理應感到開心，但一想到前幾天楚向芯講的那些話，她卻又不免猶豫，眼前她們雖是說都沒問題，但萬一知道她要找的人是唐靖遙，她們真的願意嗎？畢竟，她自己也知道，如今的唐靖遙有多麼不受人歡迎……

思及此，徐芝唯不禁支支吾吾：「我是有個人選，但不知道妳們……」一句『可以嗎』還沒來得及講出來，系主任的身影就已出現在門口，他走進了教室，見到還站著的汪以涵，笑著調侃了一句……

「同學，妳這是站著歡迎我嗎？」

此話一出，班上立刻響起零落的笑聲，汪以涵則尷尬的趕緊回到位置坐下。

系主任並沒有要求大家馬上交出分組名單，而是先上課，從何謂管理學五管開始講起，雖然說的都是一些很枯燥乏味的理論，但因為會搭配時事並用簡單的案例來講，所以一堂課上得倒也不無聊。

雖是如此，但徐芝唯還是無法專心上課，她惦記著方才自己未能講完的話，偷偷拿出手機打開通訊軟體，將簡昕羽和汪以涵拉到同一個群組裡，然後飛快地打起字來。

芝唯：那個……我想要邀唐靖遙一組，妳們可以嗎？

訊息一傳出去，沒多久便顯示兩個已讀，但徐芝唯怕被系主任發現她在偷用手機，沒等汪以涵她們回應，馬上又將手機藏到課本下面。

至於汪以涵與簡昕羽看見了徐芝唯這條訊息後，也沒有馬上回話，而是同時朝徐芝唯看去，兩人神色各異，簡昕羽像是感到意外，汪以涵則有些早在預料之中的意味。

徐芝唯看不見背後汪以涵的目光，但瞧見了身旁簡昕羽投來的注視，當下回頭朝她彎了彎嘴角，神情顯得有些不太好意思。

沒一會兒，手機接連震動了兩下，徐芝唯拿起手機一看，上頭分別是簡昕羽和汪以涵的回應。

簡昕羽：我沒問題唷！

汪以涵：我都好，會幫忙做報告就好。

見兩人都對唐靖遙這個人選沒意見，徐芝唯不免滿心雀躍，抬頭匆匆看了一眼講台上的系主任，確認他沒有在注意自己這邊後，連忙對兩人送上感謝。

芝唯：謝謝你們！那我等等下課就去問他。

管理學連上兩堂，徐芝唯打算趁著第一堂下課就去找唐靖遙問這件事。然而，她卻沒有想到在快要到下課時間時，系主任突然要大家交上分組名單。

「我們先上到這邊，下一堂課再繼續。」系主任放下手中課本，對底下的學生笑道：「上週有提醒大家盡快分組，在這週要將分組名單交給我，現在就請大家把名單交上來吧！從下一堂課開始，我們以後上課時都按照分組坐，也算增進一下各組同學之間的情誼。」

「芝唯，妳趕快去問啊！主任要收名單了。」眼見已經陸續有人上前遞交名單，汪以涵拍了拍徐芝唯的肩膀，示意她趕緊去問唐靖遙。

「好。」徐芝唯見這情景也有些心急，連忙趁著系主任被同學問話的時候，偷偷從座位後面溜到第一排去找唐靖遙，而好險唐靖遙是坐在最後一個位置，她這樣的舉動並不會引起太多人注意。

當徐芝唯來到唐靖遙身後時，他正撐著下巴在看窗外，一如以往那樣，好似教室內目前正在發生的事情與他一點關係都沒有。

徐芝唯本來有些擔心他會不會已經有組了，但看他這模樣，又見也沒什麼人與他說話，心裡不禁鬆了口氣，想著他應該是還沒有組別。

怕自己嚇著他，她走到了他的桌旁，才用手指輕輕地敲了敲他的桌子，喚回他的注意力。

敲打桌面的沉悶聲響起，唐靖遙隨之回過頭來　瞧見是她，那被瀏海遮住的雙眼似乎透出一絲詫異，而也不知是不是徐芝唯的錯覺，她竟覺得唐靖遙看來好像還有些慌亂。

不過，現前情況無法容許徐芝唯想太多，她朝唐靖遙露出一抹笑容，努力克制住心中的緊張，讓語氣聽來盡量平穩的問著他：「阿遙，你管理學有分組了嗎？要不要跟我一組？」

不是唐靖遙也不是唐同學，徐芝唯直接稱呼他為阿遙，這是從前所有人對唐靖遙的稱呼，儘管唐靖遙說自己並不認識她，但她還是堅定相信他就是自己認識的那個唐靖遙，所以她用最熟悉的稱呼來喚他。

雖是這樣說，但徐芝唯還是會擔心唐靖遙不喜歡她如此稱呼他，所幸他對於她這稱呼並沒有露出什麼厭惡反應，反而是靜靜地瞅著她，對她的問話則沒有回應。

見唐靖遙這樣子，徐芝唯還以為是自己剛剛話講太快，他沒有聽清楚，於是又重新笑問了一次：「阿遙，你管理學要跟我同一組嗎？我們這組人還不夠，還缺人呢！你要來嗎？」

這回，唐靖遙大概是聽清楚了，因為徐芝唯瞧見他眸光黯了黯，而她還沒來得及理解他這反應是什麼意思，便見他撇開了頭，不帶情緒的應了她一句：「我不要。」

這拒絕來得太快太突然，徐芝唯還以為自己聽錯，怔愣地疑惑出聲：「啊？」

唐靖遙連看都沒看她一眼，繼續撐著頭看向窗外，口吻淡漠道：「我不想跟妳一組。」

徐芝唯這次聽明白了，他說不想跟她同一組。

「為什麼啊？」儘管被拒絕了，但徐芝唯還是不放棄，她尷尬了一下後，還是帶著笑持續不懈地問他：「阿遙，你有組別了嗎？」

許是不懂為什麼她要站在唐靖遙的座位旁這麼久，四周開始有同學好奇的往她看來，但這些徐芝唯都不介意，因為此時她只想知道唐靖遙的回答。

可能是沒想到她會再問下去，唐靖遙又轉頭看她，但這次和先前那回頭不一樣了，徐芝唯與他的目光對上，感受到的是一道陌生的冰冷眸光，裡頭還透著濃厚的不耐煩。

驀地，她心中湧起一股不好的預感，而下一秒她隨之聽見唐靖遙冷漠的回應：「我沒有組別，我就是不想跟妳一組，因為我覺得妳很煩。」

唐靖遙這一段話的聲音不大，但徐芝唯卻聽得清清楚楚，這讓她不禁感到有種難以形容的困窘從四面八方襲來，周遭同學的注視也霎時成了一道道尖銳的利箭，讓她頓時感覺如坐針氈，只是這些目光再怎樣的讓人不舒服，卻遠遠敵不過面前唐靖遙那冷淡的眼神。

徐芝唯不是沒想過他會拒絕自己，只是沒想到會拒絕的這麼不留情面。

她也不是聽不懂他的拒絕，只是她真的很想跟他同一組。

望著唐靖遙的臉，徐芝唯咬了咬下唇，她第一次覺得他好陌生，哪怕是兩人剛重逢時，她見到他與過往模樣有著天壤之別，卻也從沒有過這樣的感覺，當時只覺得他變化很大，但在她的心目中，她仍是偷偷將他與過去畫上等號，畢竟他雖然冷漠陰沉，但也在她被陸匀恆纏住時，幫她解了圍不是嗎？

因此，徐芝唯一直私心的認為，唐靖遙仍是從前的唐靖遙，哪怕不陽光不開朗了，但骨子裡的他從來沒有變過，依舊是那個善良美好的少年，只是有些原因讓他變成了這樣，尤其當她從許思婷口中聽見了有關他的事情後，她更加這麼堅信。

然而，現在的她卻不確定了。

「同學，妳在那邊做什麼？」沒等徐芝唯想得更多，系主任注意到她站在唐靖遙座位旁，出聲問著她。

「沒事！我馬上回座位。」回頭朝系主任笑說了句，徐芝唯才朝唐靖遙低聲致歉道：「對不起，打擾了。」

話一說完，怕系主任又問她怎麼還不回座位，徐芝唯立刻匆匆忙忙的跑回自己位置，而她走得太急太快，沒有注意到當她對著唐靖遙道歉時，他那冰冷的眸光中透露出了一絲黯然。

（3）懸崖上的距離

倉皇的逃回座位，徐芝唯剛坐下就對上汪以涵與簡昕羽詢問的目光，她捺住滿心的酸澀，搖頭苦笑道：「他拒絕我了。」

終究還是要點面子的，徐芝唯沒敢說出唐靖遙是不想和她同組。

簡昕羽聞言蹙起了眉，一臉為難：「那現在怎麼辦？」

「我們先交名單吧！」汪以涵想了一下後做出決定，「我剛剛看小恩她們已經有組了，其他人也都交得差不多了，這一時半會兒的也不好找人，我們還是先把名單交出去，看教授怎麼說好了。」

「好吧！也只能先這樣了。」簡昕羽點了點頭，確實也沒更好的方法了。

「以涵、昕羽，真的很對不起！要不是因為我，妳們也不會……」徐芝唯咬了咬下唇，她對兩人感到很抱歉，倘若不是她因一己私心想找唐靖遙一組，也不會落到最後找不到其他組員的下場，如果今天只有她自己受影響也就算了，但這是分組報告，連帶拖累了她們，她心裡真的很過意不去。

「沒關係啦！芝唯，這又不是妳的問題，沒事的！」簡昕羽笑了笑，要她別太在意。

「嗯，別想太多了！雖然人數沒湊齊，但至少我們還有名單可以交，接下來就看主任怎麼安排吧！頂多被拆散跟其他人一組而已。」汪以涵同樣也沒責怪徐芝唯，推敲了一下可能的結果後，便站了起身道：「我先去交名單。」

「好。」徐芝唯頷首應了聲，雖然汪以涵她們都沒怪罪她，但她還是感到很不好意思，儘管她心知肚明哪怕再來一次她還是會想找唐靖遙，可心中那股負疚感卻沒那麼快消弭。

簡昕羽看出來了，她伸出手拍了拍她的肩膀，勸慰道：「芝唯，真的不用往心裡去，我們都知道這事不是妳的錯，早在妳去找唐靖遙之前我們就知道可能不會那麼順利了，畢竟……」說到這她頓了頓，微微撇了撇嘴，示意了一下唐靖遙的方向，聳了聳肩無奈道：「我們都知道那個人挺難相處的。」

「不是的，他……」徐芝唯下意識的想幫唐靖遙解釋，告訴簡昕羽他其實不難相處，如果他難相處的話世界上就沒有好相處的人了，但當她一想到剛才他那陌生的模樣，話到了嘴邊卻是說不出來。

簡昕羽見她欲言又止，想起了從開學至今她對唐靖遙的諸多關注，不免好奇的多問了一句：「芝唯，妳和唐靖遙是不是早就認識了呀？」

其實這話在開學第一天時她就問過徐芝唯，但當時徐芝唯否認了，如今看見徐芝唯這模樣，她不由得又想再問一次，因為就她旁觀徐芝唯對唐靖遙的態度，怎樣都覺得他倆肯定認識。

「我……」徐芝唯遲疑了，她理當承認自己確實與唐靖遙相識，但想起唐靖遙的陌生態度，她這話不免就說不出口。

眼下她心底千頭萬緒，她與他這到底算認識呢？還是不認識？

就在徐芝唯不知道該怎麼回答時，汪以涵回到了座位上，對兩人說道：「我剛才跟主任說了我們這組人數不足，主任說沒關係，等一下看有哪個同學沒分到組的，他會直接安排到我們這一組。」

這著實是個好消息，徐芝唯和簡昕羽一聽都不禁眼睛一亮。

「真的嗎？我們不用拆組了？」簡昕羽表情雀躍。

「聽起來是這樣。」汪以涵笑了笑。

「真是太好了！」徐芝唯也同樣感到開心，比起被分配到其他組別去，安排別人到自己這組來，怎樣想都是後者比較好，至少有所謂的主場優勢，而且原有的組員也是自己比較熟悉的人。

徐芝唯她們這組算是最後一個交名單的，剛送出去沒多久下課鐘聲就響了，系主任也就順道宣布下課休息，並要大家趁著下課時間調整一下座位，以分組名單為準，各組組員坐到一起。

待系主任走出教室後，全班立刻也動了起來，人家拿包的拿包包、找組員的找組員，唯有少數人如徐芝唯她們這般，早就是坐在一起了的沒有動作，就待在自己位置上看著眾人換座位。

徐芝唯張望了一下四周，見簡昕羽低頭滑手機，汪以涵直接趴在桌上休息，其他同學都在換位置之後，她的目光就忍不住朝第一排的唐靖遙看去。

哪怕她才因唐靖遙的冷漠態度而感到受傷，但她還是無法不去注意他，而也就是這一看，她才發現唐靖遙依舊獨自一人坐在原本的座位上，他身邊的同學都換成不同人了，唯有他始終動也沒動過，靠著椅背、視線落在面前桌上，看來好像是在盯著課本看，但仔細一看又似乎是在想事情。

不知為何，落入眼簾的這幅景象，徐芝唯很難形容，只能很明顯地看出來，唐靖遙與周遭畫面格格不入，就好似被潑了墨漬的油畫，在一片繽紛多彩的顏色之中，他便是其中那片顯得突兀的墨漬。

徐芝唯這一刻突然有種感覺，她覺得唐靖遙好像是故意將自己與其他人隔絕並拉開距離，他不願意去靠近任何人，也沒有任何人能夠靠近他，他把自己完全孤立，就像獨自立於在冰原雪地陡峭的懸崖上。

思至此，徐芝唯忍不住覺得有些心疼，特別當她再度想起許思婷所說的話，那股心疼便又添上更多不捨，而這樣的情緒也叫她沖淡了不少心裡那股受傷的滋味。

她想她是能夠理解的，如果他真如許思婷所說，曾經發生了那些事，那麼他如今的改變她是可以明白的，所以這一刻她又相信了，她想他肯定還是從前的他，只是因為那些不得已而變得陌生。

（4）通通都在一起

徐芝唯想事想的入神，沒留意到時間過得飛快，沒一會兒就聽到上課鐘聲又悠悠地響起，而此時全班也早都已換好了座位，聚在一起有一搭沒一搭地聊天，而也就是這樣，獨自一人待著的唐靖遙就顯得更突兀了，不少人都朝他投去關注的目光，就他自己好似沒感覺一般，仍是望著眼前的課本。

系主任很快就回到了教室，但這回他沒馬上上課，而是掃視了一眼教室內的情況後，低頭對起了分組名單，很快的，他也就發現唐靖遙的名字不在任何一個組別裡，於是他想也沒多想的，開口喊道：「唐靖遙，在嗎？」

話聲一落，全班的視線瞬間集中到唐靖遙身上，而系主任也順著眾人的目光瞧見了舉起手的唐靖遙。

「在。」唐靖遙淡淡的應了聲。

由於開學第一週就見過了唐靖遙，也早聽各科老師說了企一B班上有個與其他人比較不一樣的學生，所以系主任瞧見他那陰沉的模樣也沒多說什麼，只點了點頭道：「你沒有組別，你就和徐芝唯她們一組吧！」

話一說完，班上同學立刻又轉頭朝徐芝唯她們投來目光，而其中不乏明晃晃的充滿同情，似乎都覺得她們被分到跟唐靖遙同一組，實在有夠倒楣。然而，唯有汪以涵與簡昕羽她們知道，她們本來就想找唐靖遙同一組，只是繞了一圈又回到了最初想要的結果罷了。

而對於徐芝唯來說，這驚喜則是來得太快太突然，只是她還來不及品嘗喜悅，下一秒便聽見唐靖遙冷淡地出言拒絕。

「我不想，我可以自己一個人一組。」他望向系主任，面上看不出表情，但所說的話卻讓班上不禁響起幾聲驚呼，眾人都不敢相信他竟會直接拒絕主任的安排。

汪以涵她們也有些意外，至於徐芝唯則是錯愕之中又帶了些擔憂，畢竟唐靖遙這是當眾拂逆系主任的意思，只怕系主任會不高興，而管理學又是必修專業，她擔心他的學分會因此受到影響。

事實上，系主任是有些不悅，但他的語氣卻還是輕描淡寫，說著：「管理除了追求有效能的工作以外，最重視的就是團隊合作，過度的個人主義不值得推崇，你還是和其他同學一組，學習一下怎麼和其他人相處吧！」

系主任這一席話講得淡然，但言下之意卻很明白在指責唐靖遙，於是班上的人聽到之後瞬間都捏了把冷汗，原先還有些嘻皮笑臉看戲的，眼下也全都收斂了笑容。

徐芝唯自然也聽出了系主任的意思，她擔憂地看向唐靖遙，要是早在與唐靖遙重逢之前，有人告訴她唐靖遙會是個難以相處的人，甚至還不知道怎麼和其他人相處，她肯定會大大的笑話對方，覺得這壓根是比世界末日還不可能的事情，但現在她卻也無話可說了。

被系主任認證的難相處……徐芝唯不知道他以後在班上會被其他人如何看待？

正當眾人以為唐靖遙這下應該不敢再說什麼了，會乖乖接受系主任的安排時，卻又聽唐靖遙平靜的開了口：「但是一個人能做完的事情卻要好幾個人來做，這是一件很沒有效率的事情。」

若說剛才班上只有少數幾個人感到驚訝，那麼現在就幾乎是全班都不可置信的轉頭朝唐靖遙看去了，他們萬萬沒想到唐靖遙竟還敢反駁，這不是在太歲頭上動土又蓋大樓了嗎？

饒是再好的脾氣，系主任此時臉色也明顯的不好看了，他面帶薄怒道：「連分組報告內容是什麼都還不知道，就說可以一個人做完，這門課到底是你教還是我教？唐靖遙，你就能未卜先知我要出什麼報告是不是？」

系主任在生氣了，如果今天唐靖遙在班上的人緣還行，那麼無論如何肯定會有一、兩個人出聲為他講話，但偏偏他在班上就是個不受歡迎的邊緣人，所以哪怕此刻情況不妙，也沒人替他出言緩頰。

徐芝唯非常清楚這點，所以當全班一片緘默時，她立刻就想開口幫他說話，但就在這緊繃的時刻，突然一道身影出現在教室前門，全班所有目光立即被門口那道身影吸引，因為來人還染了一頭耀眼的金髮。

「幹麼全部盯著我看？」姍姍來遲許久的陸勻恆納悶的望著眾人，回頭瞧見系主任也在瞪著他，神色還不是很好的樣子，立刻笑著和他打了招呼，「主任午安啊！」

陸勻恆這一舉動無疑是自撞在刀口上，系主任立刻怒視著他惱道：「陸勻恆，現在幾點了？都要放學回家吃晚飯了你還在午安！」

儘管完全處於狀況外，不明白班上現在是怎麼一回事，但陸勻恆不傻，見向來笑咪咪的系主任突然火氣這麼大，當下就覺得有些不對勁，立刻堆起笑來，態度恭順的回道：「主任對不起！我剛剛路上遇見了車禍，所以才來得比較晚，您別生氣啊！」

「哼！車禍？這麼巧？」系主任雖然知道陸勻恆的話不過是藉口，但見他這低聲下氣的柔順模樣，原先因唐靖遙而起的怒氣也瞬間消散許多，只是臉上仍故作不悅。

「哈哈哈！主任別生氣嘛！來！喝個涼的消消氣。」陸勻恆陪著笑，將手上未開封的飲料就要遞給系主任。

「你這小子，少來了！自己留著喝吧！」所謂伸手不打笑臉人，更何況陸勻恆一再的伏低做小，讓系主任的怒火到此也算是盡消了，說這話時臉上已可見明顯的笑意。

直到此刻眾人才算是鬆了口氣，而徐芝唯儘管對陸勻恆沒什麼好感，但也不得不承認他真的挺有本事，面對系主任莫名其妙針對他的怒火，非但沒讓衝突上升，還將系主任安撫得妥妥貼貼的，擁有如此能耐，怪不得楚向芯會說學校大多數的女生都喜歡他。

「主任，那我先回座位囉？」陸勻恆見系主任好像差不多息怒了，馬上笑說了句，然後舉步就往偷偷向他招手的同伴那邊走去。

然而，系主任卻叫住了他。

「等等！」

「啊？主任還有事嗎？」陸勻恆一臉疑惑。

系主任看了他一眼，又看了看坐在位置上默不吭聲的唐靖遙，淡聲道：「你去跟徐芝唯她們一組。」

「啊？為什麼？」陸勻恆愣了一愣，瞅了一眼面前苦著一張臉的朋友們，困惑的反問：「主任，我已經有組了啊！」

「叫你去就去，哪來那麼多為什麼？不知道團隊最重要的就是合群嗎？」系主任沒好氣的罵著他。

「可是主任……」陸勻恆不敢反駁，但他還想做最後掙扎，只不過在系主任一個凌厲的眼刀下他不得不噤了聲，乖乖的回到位置上坐下。

見狀，系主任滿意的點了點頭，只是一回頭瞧見唐靖遙後，他的臉色就又沉了下來，冷聲道：「唐靖遙也是，別想著什麼個人主義，就算報告內容是一個人就做得完的，但我這門科目的報告就是要你們團隊合作，我評分標準之中有40%就是看團隊精神。」

聽到這話，各組成員彼此互看了一眼，有的露出了笑，希望互相關照，有的則連忙記下來教授講的評分標準，而恰好坐在唐靖遙附近的陸勻恆，卻聽見唐靖遙淡淡地說了一句：「那我也可以不修這門課。」

由於陸勻恆剛坐下就從朋友口中得知唐靖遙得罪系主任的事，知道自己剛才之所以被釘，有大半原因是掃到他的颱風尾，本來心情就在鬱卒了，這下聽到唐靖遙竟還沒完沒了了，忍不住狠狠瞪了他一眼。

也不知道是不是唐靖遙這話講得並不大聲，還是系主任故意裝作聽不見，系主任又問了一次：「唐靖遙，你說什麼？」

「沒！沒有！主任，他什麼都沒說，他剛剛只說了聲好。」陸勻恆連忙搶在唐靖遙之前應聲，然後微側過頭朝唐靖遙低聲咬牙道：「唐靖遙，你自己這學分不要了也別害到其他人，要是把主任得罪狠了，讓大家跟著你一起陪葬，你好意思嗎？」

聞言，唐靖遙回頭朝陸匀恆的方向望來，陸匀恆怔了一下，以為他想說些什麼，卻發現他好像不是在看自己，而是在看其他什麼地方，當下不由得眉頭一擰，正疑惑著他是在注視誰，打算順著視線望去時，他卻收回了目光。

系主任雖然的確因唐靖遙的態度而動怒，但他也只是想挫挫唐靖遙的銳氣而已，眼下唐靖遙沒講話，便以為他是因為有了陸匀恆做對比，所以才合群了些，在聽了陸匀恆的回答後，就也不再多說些什麼，至此這事也算是過去了。

「既然沒事了，那麼我們繼續上課。」系主任拿起課本示意大家準備上課，然後又提醒了陸匀恆一聲，「今天就算了，陸匀恆你跟唐靖遙下次上課就按照分組，去跟徐芝唯她們坐在一起。」

「好……」陸匀恆應得有氣無力。

見沒什麼問題了，系主任就上堂課沒講完的部分接下去繼續講，而除了當事者以外，班上其他人倒也都挺認真上課。

「沒想到陸匀恆竟然也分來我們這組了。」簡昕羽一臉驚訝，看了陸匀恆一眼，回過頭低聲朝徐芝唯和汪以涵說道。

「管他是誰，只要會幫忙做報告就好。」汪以涵依然是那一句，她對來者何人根本無所謂，學分能拿到手才重要。

徐芝唯則是笑了笑沒有說話，因為此時此刻她心中想著的都是前幾天在餐廳裡楚向芯所講的那些話。

這下可好了！最好與最壞的通通都在一起了。

（5）他說他也要去

事情好像往更糟的方向發展了。

自從那天管理學分組過後，徐芝唯一直有這種感覺，她原本是打算透過分組和唐靖遙多相處，讓她能更靠近他一些，雖然最後結果是達到了，在系主任的強制分組下，他與她們同一組了，但情況看來卻似乎更不妙了，經過那天分組一事後，唐靖遙在班上好似變得更邊緣了，沒人願意和他說話，而他自己也完全不在乎似的，幾乎不與任何人互動。

……雖然他本來就不怎麼搭理人，但情況好像變得更嚴重了。

經濟學老師在講台上利用白板說明著供需法則，全班幾乎都在認真的做著筆記，唯獨徐芝唯卻是心不在焉，兀自苦苦思索著該如何拉近與唐靖遙的距離，現在的她連想跟他說話都變得更困難了，儘管他先前就一直保持著距離，但至少偶爾還會有些回應，但如今的他卻彷彿自我與全世界隔離，就算她後來又幾度跑去試圖和他說話，他也沒給過任何反應，常常當作沒聽到，連理都不理她。

『真是好難啊！』徐芝唯無力的想著。

她沒想到接近唐靖遙這件事，無論是從前或現在，對她來說怎麼都是這樣困難。

從前的他太受歡迎，身邊總是圍繞太多人，她根本難以與他有所交集，而如今的他卻是築起了佈滿荊棘的高聳圍牆，讓人絲毫無法靠近他。

但徐芝唯不想放棄，她還是想要接近唐靖遙，不為什麼，就為了她無法看著自己生命中的那抹陽光成了這般模樣，她想找回從前的他，特別是當她還從許思婷口中知道了關於他的那些事。

『不如等等下課後，藉著討論分組報告的名義跟他要手機號碼好了。』

一個念頭閃過腦海，徐芝唯越想越覺得這個方法可行，如果她能要到唐靖遙的手機號碼，或許就能與他多增加一些互動。

打定了主意後，徐芝唯便將注意力放到眼前的經濟學上，拿起尺專注的畫起供需曲線。

大概是心中有了期待，時間也就過得特別快，正當徐芝唯抄完一頁筆記，瞄了一眼手機上的時間，發現距離下課不到十分鐘了之時，心中正為等會兒要跟唐靖遙說話而感到有些緊張，卻突然聽到教室外的走廊似乎起了一股騷動，她回過頭一看，發現竟是不知何時外面已站了好幾個穿著系服的學長姐。

「芝唯，妳看到了嗎？」似乎是察覺到她的視線，簡昕羽轉頭朝她看來，悄聲說道：「我猜學長姐是來宣傳迎新的。」

「迎新？」徐芝唯愣了愣，而後才想起大一還有這麼一件重頭戲。

她是知道的，按照傳統，為了增進同學之間的情誼和各年級之間的羈絆，學校為大一新生安排了迎新活動，而企管系今年則是與國貿系、資工系以及電機系共同聯合辦理活動，這次的迎新可謂是最熱鬧的一次。

「是啊！只是聽說今年的迎新活動，大家參加的情況不是很踴躍，所以最近系學會都在加強宣傳。」簡昕羽又跟著解釋。

「這樣啊！」徐芝唯點點頭，沒怎麼放在心上，因為她本身對迎新並沒什麼興趣，更何況如果她要參加這種外出活動，她還得想辦法說服自家母親，讓她能放心自己去參加，所以她的興致就更不高了。

才剛這樣想著，下一秒她就聽見簡昕羽問道：「芝唯，那妳迎新會去嗎？」

「我嗎？唔……」

徐芝唯正想回答她不會去，台上的經濟學老師卻開口說話了。

「好了！各位同學，接下來的時間就交給你們學長姊了。」經濟學老師說完話，跟門口的系學會打了招呼後，拿了課本就離開教室。

瞧著眼前從門口扛進大字報的系學會學長姊，徐芝唯不得不說他們還挺不容易的，身為學長姊為了活動必須得不停地跑來跟學弟妹們打交情，系學會的工作感覺真是挺累人。

見老師一走，眾人也就放鬆了起來，而有幾個跟系學會比較熟識的同學，立刻和他們開玩笑的打了聲招呼，「丸哥，你們這麼大陣仗是要幹麼？我們會害怕耶！」

「是啊！丸哥，你這是帶人來我們班揪團嗎？　因為長相家世而身為系上風雲人物之一的陸匀恆，自然也和系學會的人認識，馬上笑著戲謔了句。

「你還敢說！虧你長得那麼帥，也沒能幫我在你們班多拉幾個人來參加。」被稱為丸哥的系學會副會長笑罵了聲。

「沒辦法呀！我們班的女生眼光高嘛！」陸匀恆聳了聳肩，一臉愛莫能助。

此話一出，全班隨即笑開，丸哥也笑說了句：「少來！你這傢伙，也不問問大家，誰眼光高還不知道呢！」

「那還用說，自然是阿陸眼光高囉！」班上的同學聞言起鬨。

「謝謝！謝謝！」陸勻恆不以為然，一副欣然受之的模樣，笑著朝大家點頭示意，「謝謝大家對我的支持！」

「還支持咧！你別妨礙我做正事啦！」丸哥好笑的揮了揮手。

「好啦！」陸勻恆也挺識相，當真沒再鬧下去。

見狀，丸哥隨即朝其他系學會成員微微頷首，示意他們下去和同學們交涉，然後自己站在講台上態度誠懇的笑道：「各位同學，我是系學會副會長，大家叫我丸哥就好，我是代表系學會來跟大家宣傳迎新……」

台上的副會長打著官腔，台下的其他系學會成員也四處遊說著同學，試圖增加他們參加迎新的意願。

此時，一名學長朝徐芝唯她們走來，看了她們一眼後，先笑問向徐芝唯：「嗨，同學，怎麼稱呼呢？」

徐芝唯愣了愣，而後尷尬的笑道：「呃，我叫徐芝唯。」

「嗨，芝唯，我可以叫妳唯唯嗎？」學長走到她面前，非常自來熟的升級了對她的稱呼。

「可、可以。」徐芝唯覺得有些窘迫，因為她不太習慣讓陌生人這樣稱呼。

而就在她剛回答完時，教室另一頭忽地傳來了一聲重物落下的聲響，『碰』的一聲中斷了原本熱絡的氣氛，全班頓時一陣緘默。

徐芝唯也被嚇了一跳，她順著聲音望去，卻意外的發現聲音來自於唐靖遙，而他好像是在收東西時背包不小心撞到桌子，所以才會發出那麼大的聲響。

「他包包是裝磚塊喔？剛剛那聲音也太大聲了吧！」

「啊知！別理他，他一直都那麼奇怪。」

還沒將視線收回，徐芝唯就聽見周遭有人如此交頭接耳著。

大概其他人也是抱持著一樣的想法，很快的班上又恢復了原先熱鬧的氛圍，聊天的聊天、解說的解說，說服參加迎新的繼續說服。

「唯唯，我叫秉恩，妳叫我餅乾就可以了。」學長也將注意力轉了回來，笑著朝她自我介紹，然後一下子就切入了正題，「唯唯會參加迎新嗎？」

「呃……」徐芝唯一時不知該怎麼回答，因為她並不想參加。

見她遲疑，一旁的簡昕羽驚呼了聲：「芝唯，難道妳不去迎新嗎？」

「對、對啊！」沒想到被看出來，徐芝唯尷尬的笑了笑，不得不承認。

「為什麼？」簡昕羽睜大眼好奇的問著。

「就覺得有些麻煩……」徐芝唯笑得臉都僵了，隨便想了個藉口搪塞，畢竟她也無法將家裡的情況講出來，因為她心知肚明，對於其他人來說，他們是無法理解自家母親為何會對她過度關心的。

「唯唯，我可以問一下是覺得哪裡麻煩嗎？」餅乾學長微笑著接話，「是行程不方便？還是哪裡有問題呢？」

「其實都不是……」徐芝唯欲哭無淚，她不明白學長為什麼要繼續問下去。

然而，餅乾學長很顯然不是唯一一個有如此疑惑的，因為簡昕羽也同樣追問道：「對啊！芝唯，妳是覺得哪裡麻煩？」

「就、就……」徐芝唯不知道該怎麼說了，她忍不住轉頭朝汪以涵看去，想讓她幫自己解圍。

孰知，汪以涵對上她的眼神後卻擺了擺手，神情無辜道：「妳別看我！我會去迎新，向芯跟卉好她們也會去。」

徐芝唯傻眼了，她愕然的瞅著汪以涵，脫口道：「妳們都要去？」

「是啊！」汪以涵點點頭，一臉『怎麼了嗎』的表情。

「所以宿舍到時候只剩我一個人？」徐芝唯歸納出了結論。

汪以涵想了想，道：「理論上來說是這樣沒錯。」

「……」徐芝唯無言了，她開始思考起對於母親來說，究竟是自己一個人在宿舍裡不安全，還是跟同學們一起去參加活動而言比較危險。

正思索著，簡昕羽卻忽然伸手搖了搖她手臂，央求道：「走嘛！芝唯，我們一起去玩，少了妳，我會很無聊的。」

「我……」徐芝唯有些為難，因為她真的不知道自家母親會不會放行，說不定她會認為自己一個人待在宿舍比較安全。

「芝唯，我覺得妳還是去參加吧！要不然妳晚點回宿舍也是會被向芯追問的，而妳也知道她那個性……」汪以涵聳肩撇了撇嘴，話雖沒說完，但徐芝唯立刻就明白過來她的意思，言下之意無外乎是楚向芯肯定會死纏爛打的要她參加，而且不達目的誓不罷休。

「對啊！芝唯，妳就跟我們去吧！」見汪以涵也開口說話了，簡昕羽連忙又附和了一句，滿是期待的望著她。

徐芝唯看看簡昕羽，又想了想汪以涵的話，最後不得不投降了。

「好吧！我去就是了。」她無奈地嘆了口氣，想著自己今晚得先打通電話跟小舅舅打聲招呼了，讓他幫著在母親面前說話，同意讓她參加。

「太好了！那麼唯唯記得交報名表喔！」餅乾學長似乎也鬆了口氣，面上露出欣慰的笑提醒著她。

「好。」徐芝唯無奈的應著，然後不經意地瞄了一眼手機，打算看現在幾點了，卻忽然想起她原本下課時打算做的事，不由得馬上轉頭看向唐靖遙，但就見他已經在收拾桌面，一副準備離開的模樣。

身旁圍著人，徐芝唯沒辦法過去，而她也不知自己當下是怎麼想的，見唐靖遙作勢要走了，忍不住就朝他喊道：「阿遙，你迎新會去嗎？」

這話一喊出聲，班上本來喧鬧的氣氛忽然間滯了一滯，眾人的目光紛紛集中到她身上，然後又順著她的視線一看，見她喊的人竟是唐靖遙，吵雜的音量突然又降低了一些，甚至有些人開始窸窣議論起來。

只是，唐靖遙本人卻充耳不聞似的，理也沒理會徐芝唯的問話，逕自收著東西，連轉頭看她一眼都沒有。

氣氛瞬間有些尷尬，徐芝唯面對著大家投來的目光，忽然有些不知該怎麼下台，所幸班代在此時好心地回了她一句：「芝唯，唐靖遙他不去，他報名表已經交了。」

「謝謝。」徐芝唯窘迫的笑了笑，不敢再看其他人的眼神，垂下目光，假裝自己沒有很在意，只是隨口一問罷了。

似乎也是想幫她緩和氣氛，簡昕羽在這時開了口，笑問了餅乾學長一句：「學長，迎新好不好玩啊？我看了一下活動內容，我們這次是辦在海邊嗎？」

餅乾學長也是個機靈人，見學妹好似要轉移話題，連忙笑答道：「好玩！我們這次活動是辦在海邊沒錯！不過說是海邊，那裡也有樹林、草地，算是一半靠海一半靠山吧！所以呀！我們這次還特地在活動中加了一個試膽大會，這是過去都沒有的喔！」

「試膽大會？」徐芝唯聽到這字眼，臉色頓時都青了。

她怎麼沒注意到還有這麼個活動？她最怕黑了！

「對啊！」餅乾學長笑著點了點頭，而大概是注意到她的表情不大對勁，又溫聲安撫了她一句：「唯唯，放心！不會很可怕的，這次聯合迎新有很多系參加，現場人很多的，說是試膽，但到時候也許都是人擠人吧！」

只可惜，徐芝唯並沒有被安慰到，她嘴角笑意微僵，舉手道：「學長，那個……我想我還是不去好了。」

管他人多還人少，她就是打從心底的怕黑啊！沒事舉辦什麼試膽大會啊！

「啊？芝唯，妳為什麼又不去？」簡昕羽訝然。

「我覺得試膽大會聽起來滿可怕的。」徐芝唯怕被取笑，不敢直說自己怕黑，只婉轉的回答。

聞言，餅乾學長笑了笑：「唉唷！唯唯，妳別怕啦！到時我會保護妳啊！」

「是啊！芝唯，妳別害怕！頂多到時候我們一起走就好了。」簡昕羽附和了聲，還轉頭尋求了一下汪以涵的認同，「以涵，妳說對嗎？」

「嗯。」汪以涵也點了點頭。

「好吧！」徐芝唯只得妥協。

見狀，餅乾學長像是看她還有些擔心，又再強調了一句：「唯唯，妳真的別怕！今年我們和電機系、資工系一起舉辦迎新，就算現場學長不夠，也還有很多男生可以給妳依靠的，妳就儘管放心吧！」

「……」不知為何，徐芝唯聽著這話總覺得更擔心了。

由於已經到了放學時間，所以此時班上也已走了大部分的人，只剩下寥寥幾個，而原先的吵鬧聲也消停了許多，因此徐芝唯她們這邊的對話在教室內就顯得特別清楚，餅乾學長這一席話，立時讓在場眾人都忍不住笑了出來。

身為當事人的徐芝唯沒和大家一起同樂，她逕自苦惱的想著該如何讓小舅舅幫忙說服自家母親讓她參加迎新，以及今天又沒能和唐靖遙要到手機號碼，她到底要怎樣才能跟他拉近關係？

想著想著，她忍不住就看了一眼已經走到了教室門口的唐靖遙，正猶豫著是不是該追上去跟他要手機號碼時，卻見他突然又折返回頭朝班代走去，然後低聲不曉得跟班代說了一句什麼，而話一講完便又頭也不回的離開。

見狀，徐芝唯不禁覺得好奇，正猜想著唐靖遙會是和班代說些什麼，卻見班代忽然轉身走向正在和陸勻恆聊天的系學會副會長，搔了搔頭面露尷尬道：「丸哥，我想跟你拿回一張報名表。」

「嗯？」丸哥疑惑的挑了挑眉。

「那個……」班代遲疑了一下，吞了口口水，道：「唐靖遙說他也想參加。」

（6）為何改變心意

徐芝唯不曉得唐靖遙怎會突然改變心意參加迎新，但對她來說這卻是個再好不過的消息了，因為迎新報名表上都有要求參加者填入手機號碼，於是當班代拿回唐靖遙的報名表後，她連忙利用假裝跟班代問事情的時候，偷偷記下了唐靖遙的手機號碼。

然而，記是記下了，也馬上輸入通訊錄了，但徐芝唯卻是過了好幾天才鼓起勇氣打開通訊軟體，申請加入唐靖遙為好友。

「呼——」

深呼吸一口氣，徐芝唯坐在學生餐廳裡，既緊張又期待的揣著手機，因為她剛發了一封訊息過去，此刻正等著唐靖遙回應。

可，還沒見到唐靖遙已讀，手機卻忽然響了起來。

徐芝唯嚇了一跳，下意識的以為該不是唐靖遙直接打過來了，卻發現來電的是一個陌生號碼，她不禁滿腹疑惑的按下通話鍵，試探應道：「喂？您好？」

電話另一端本來有些吵雜，聽到她的聲音後卻突然靜了下來，想來應該是對方走到了比較安靜的地方，而她才剛這樣想著，果不其然下一秒對方就開口了。

「喂？請問是徐芝唯嗎？」一道禮貌的年輕男聲傳進了她耳裡。

原本就有些疑惑的徐芝唯這下更困惑了，她想了一下，很確定自己不曾聽過這個聲音，在這短短一瞬，她的腦中閃過各式各樣的猜測，先是把認識的人想過一遍，接著又想說該不會是什麼行銷公司打來的電話吧？然而，對方又是直接稱呼她為徐芝唯，並沒有在名字後面加上『小姐』兩個字的尊稱，於是那樣的臆測立即就被打消。

「我就是徐芝唯，請問您是……」既然不知道對方是誰，徐芝唯也不想再猜下去，直接開門見山的問出口。

孰知，聽到她的話，電話那頭的男生卻輕笑了起來，然後在她對此情況感到一頭霧水時，語調輕快的說了一句：「徐芝唯，我是李杰啦！妳還記得我嗎？國中時與妳同校的那個一班的李杰。」

「李杰？」徐芝唯怔愣了一下，這才意會過來電話另一端那人是誰，忍不住驚訝出聲：「你說你是李杰？」

徐芝唯萬萬想不到，先前她電話一直打不通的人，突然會回撥給她。

都怪她，當時拿到電話號碼後只顧著趕緊打過去想問事情，忘記將李杰的電話號碼輸入通訊錄，才會鬧了這麼一齣認不出人的烏龍。

「是啊！妳聽起來怎麼好像很驚訝？我聽許思婷說妳在找我，妳之前打了那麼多通電話給我，卻沒想到我會打給妳啊？」李杰打趣的話從電話另一頭傳來，徐芝唯頓時都給他說得有些不好意思了，因為她馬上就想到自己那天晚上打電話打擾人家的事。

「李杰，真是不好意思啊！前陣子那麼晚還打去吵你，你大概以為是騷擾電話吧！哈哈哈……」

雖然李杰沒提起，但徐芝唯還是先道了歉，講到後面覺得有些尷尬忍不住自我調侃起來。

「沒有啦！妳想太多了！其實前些日子我的手機壞了送修，直到這兩天才拿回來，所以並沒有注意到妳打的電話，我是看了許思婷留給我的訊息才知道妳在找我。」李杰笑了笑，直接轉入正題，「怎麼了？老同學那麼多年沒聯絡，妳找我有什麼事？該不會是想拿紅色炸彈炸我吧？妳那麼早就要結婚了喔！」

「才不是咧！你不要亂說，我還單身好嗎？」徐芝唯好笑的反駁。

「那就好！不然我還真怕他知道後會受不了打擊。」李杰故作鬆了口氣。

徐芝唯聽著這話卻覺得有些奇怪，不禁好奇問道：「誰知道會受不了打擊？」

「呃？喔……沒有啦！我口誤啦！」李杰愣了愣，急忙解釋道：「我的意思是說當年國中的徐大美女要嫁人了，要是被以前那些喜歡妳的男同學們知道的話，肯定都會受不了打擊的。」

「是嗎？」徐芝唯眉心微蹙，李杰這話轉得有些硬，她不是很相信。

「對啦！對啦！好了，妳快說妳找我有什麼事，我等一下還有課呢！」李杰好像不想多說，話鋒一轉，催促起她來。

徐芝唯聽了，知道人家待會兒還要上課，就算有再多的狐疑也只得先捺下，順著他的意思回答起問題，「其實我是想問有關唐靖遙的事。」

「阿遙？徐芝唯，妳說妳想問有關阿遙的事？」聽到唐靖遙的名字，李杰提高了音量，不確定的反問。

「是啊！可是那天你沒接電話，不過後來我有問思婷，她已經回答我了。」徐芝唯無奈的回答著。

聞言，李杰沉默了一會兒，像是在思考什麼，好半晌才又開口：「徐芝唯，我可以好奇的問一下，妳是想知道有關阿遙的什麼事嗎？」

「這……」徐芝唯猶豫了起來，她本來是想問李杰清不清楚唐靖遙為什麼會變成現在這副模樣，但那天聽許思婷講完唐靖遙轉學的原因後，她大概也猜到了為什麼，此時聽李杰這一問，反倒不知該不該說了。

她也不曉得自己是出於一種怎樣的心態，只知道不想讓太多人知道唐靖遙現在的情況。

「徐芝唯，妳有話就直說吧！雖然阿遙國二就轉學了，但我們私底下還是多少有在聯絡的，妳不用顧慮太多。」李杰聽出她在遲疑，又多說了一句。

徐芝唯大感意外，訝道：「你和唐靖遙還有在聯繫？」

她是真沒想到，看著唐靖遙那模樣，又見他刻意與自己保持距離、裝作不認識，還以為他是不想和從前的人扯上關係了，卻沒想到他和李杰竟還有交集。

一想到這，徐芝唯不由得有些嫉妒李杰。

「是呀！我和阿遙上回見面好像還是大學登記分發前吧？他那時說他想去讀C大的視覺傳達設計系，我聽到後還嚇了一大跳呢！」李杰想了想，補充道。

「C大？」徐芝唯一怔，因為李杰說的那間，唐靖遙原先要讀的學校是國內知名的頂尖藝術學院，無論是學校性質還是系所方面，完全跟目前他們所就讀的J大八竿子打不著。

「對啊！怎麼了？」李杰納悶的反問，然後像想到什麼，又追問起徐芝唯，「對了！徐芝唯，我忘了問妳，妳怎麼會突然問起阿遙來？妳最近遇見他了？」

何止遇見？我現在每天還和他一起上課呢！

徐芝唯默默的腹誹了句，沒把這話說出口，只是答道：「李杰，我和唐靖遙現在是同班同學。」

「……」電話那端的李杰聞言沉默了半晌，然後才像被踩著了尾巴的貓，驚訝的大叫出聲：「等等等等！妳！妳說什麼？阿遙現在和妳同班？」

「嗯。」徐芝唯習慣性的點了點頭，隨後才想起自己的動作李杰看不到，於是又開口應道：「沒錯！唐靖遙現在和我是同班同學。」

「怎麼會？」李杰似乎對此感到很震撼，徐芝唯能聽見電話那端傳來他錯愕的喃喃自語：「妳不是讀J大企管系嗎？阿遙明明說他要去念C大的視傳系，怎麼會跑去和妳同校呢？他那麼高的分數為什麼要放棄……」

又是和之前一樣的感覺，徐芝唯覺得李杰這話聽起來有些奇怪，不禁疑惑出聲：「李杰，你怎麼知道我讀J大企管系？還有，阿遙的分數很高嗎？他確定穩上C大的視傳系？」

如果她沒記錯，身為頂尖藝術大學的C大，各系所錄取成績都挺高的，尤其是學校的金字招牌視覺傳達系，那入學門檻可說是逼近滿分，所以她不免疑惑唐靖遙的大學學測分數是不是真有那麼高。

她只記得唐靖遙從小成績就很好，但他們分別了那麼多年，對於如今的他，她實在了解的不多。

「那當然！阿遙學測成績超高的好嗎？因為他就是要選C大視傳系當第一志願啊！所以我才不懂他怎會突然跑去跟妳同校！」李杰顯然有些激動，在回答完徐芝唯的問題後，又兀自碎碎念了起來，「該不會是因為那一天提到妳吧？可是這有可能嗎？要是真的也太扯了吧！是在演偶像劇嗎？」

聽到關鍵字，徐芝唯不由得打斷他的話：「等等！李杰，你說誰提到我？你和阿遙嗎？」

不得不說，李杰這句話讓徐芝唯心中的信念更堅定了些，她想著既然唐靖遙都能在之前和李杰提到自己，那麼他肯定還記得她，果真只是假裝忘記罷了。

「呃……沒有！我是說那天和其他同學聊天時有人提到妳推甄上J大，但那時阿遙早就先走了，所以他會跟妳同校我才覺得很意外。」又是一樣的，李杰的解釋讓徐芝唯聽來有些牽強，她眉頭忍不住擰得更緊。

「李杰，你是不是有什麼事在瞞著我？」實在不能怪徐芝唯這樣想，而是李杰這接連的話語都很奇怪，雖然他解釋了，但她就是覺得有哪裡不對勁。

聽她這麼一問，李杰卻突然笑了，調侃道：「徐芝唯，妳有被害妄想症嗎？我幹麼要有事瞞著妳？」

「……」徐芝唯被堵得啞口無言，確實她也沒有證據李杰隱瞞了她什麼，頂多就是她覺得他講的話有些奇怪而已。

「好了啦！徐芝唯，妳原本到底想問阿遙什麼事？快點問！」李杰又把話題拉回了一開始，擺明著不想就剛才的事情再跟她講下去。

徐芝唯不傻，哪能聽不出來，知道李杰不想說了，她再問也問不出什麼，當下也就配合的回答，「也沒什麼，只是我與阿遙重逢後，發現他變得跟從前完全不一樣，所以才想找人問清楚，而那時第一個想到的就是你，畢竟以前你跟阿遙的感情最好。」

「原來如此，難怪妳會找我。」李杰了然的應了聲，又試探性的問道：「那妳現在知道原因了？」

徐芝唯沒想太多，肯定答道：「嗯，思婷都跟我講了，我現在知道了。」

「『那件事』許思婷她知道？」李杰語氣微訝。

「是啊！關於唐靖遙轉學的原因，思婷都說了，而我想他會變成現在這樣，大概跟『那件事』脫不了關係吧！」徐芝唯也沒多想李杰為什麼會感到意外，只是一想到許思婷跟她說過的話，忍不住嘆了口氣。

「唔……是有些關係沒錯。」李杰遲疑了一下，又問道：「但徐芝唯妳真的清楚原因嗎？」

「是啊！怎麼了？不就是思婷說的那樣嗎？唐靖遙他……」徐芝唯正想說，卻聽見電話那端傳來了李杰學校的上課鐘聲。

「好了，先不說了！我這堂必修，但現在我人還在宿舍，我得趕快去上課了。徐芝唯，我們回頭再講吧！」透過電話，徐芝唯可以很明顯的聽到李杰匆忙收著東西的聲音。

「好，那就改天再說吧！拜拜！」知道他這堂是必修課，徐芝唯也不好再拖延時間，只能說了再見。

「拜拜。」李杰隨即掛了電話。

看著手機，徐芝唯不禁暗自琢磨起李杰方才話中的意思，無論怎麼聽，她都覺得李杰好像認為自己或思婷不應該知道唐靖遙轉學的真相，可事實若不是思婷所說的那樣，難道其中還有什麼隱情嗎？

正思忖間，冷不防的，徐芝唯握著的手機震動了起來，她垂眸一看，見是李杰在通訊軟體上發了好友申請過來，她立刻就按下了確認。

也在這同時，手機又是『登登』兩道訊息聲伴隨著震動響起，她點開訊息，發現傳來的人正是李杰，只見訊息上頭寫著——

木子杰：徐芝唯，我不曉得阿遙為什麼會改變心意跑去J大念書還與妳同系，也不知道阿遙如果知道我私下和妳說這些，會不會就跟我絕交了，可是徐芝唯，我想提醒妳一句……

木子杰：別相信妳眼睛所看到的，而是去相信妳心裡的那股直覺。

這兩行話傳得沒頭沒腦的，徐芝唯都看得糊塗了，什麼叫作別相信眼睛所看到的，這是在告訴她唐靖遙並不是她所見的那模樣嗎？

禁不住好奇，她連忙打了字回覆。

芝唯：李杰，你這話是什麼意思？可以說得更明白一些嗎？我看不太懂。

徐芝唯盯著手機螢幕，過了好一會兒才看到李杰已讀，然後又傳來一則訊息。

木子杰：我不能說得太多了，看不懂的話是妳天資愚鈍，恕老衲幫不上忙。

「……」看見回覆，徐芝唯不禁無言了，隨手回給李杰一個頭上充滿三條線的人物貼圖，然後等了一陣子也沒看到他已讀後，想著他大概已經在上課了，就跳出了與他的對話視窗。

下意識的，徐芝唯就想把手機螢幕關掉，將手機收起來，但就在她準備動作時，腦海裡卻閃過一件事，讓她不免又按回了通訊軟體。

點到李杰下面那個寫著『唐靖遙』三個字的訊息欄位，徐芝唯按了開來，卻發現上頭依然只有她發過去的一張打招呼貼圖，以及她的自我介紹，而這兩則訊息通通都未顯示已讀。

看來他還沒加她好友啊！

徐芝唯嘆了口氣，心中的失落難以言喻。

第四章　接近

（1）明明近在咫尺

大一課業繁重，必修加選修，早八到晚五，幾乎每天課程都是滿滿當當，而時間就在如此的忙碌中不知不覺過得飛快，眨眼間也就到了迎新的日子。

徐芝唯其實並不曉得自己是怎麼渾渾噩噩上的遊覽車，只記得天還沒亮就被興奮不已的楚向芯從床上給拖了下來，迷迷糊糊的洗完臉、刷了牙，也忘了行李到底有沒有收齊，就被一把拽到學校大堂前的階梯集合，待點完名、喊完小隊呼，又讓人給拉上了遊覽車，然後……然後她就沒有印象了，因為她一靠到椅背就又忍不住睡著了。

實在不能怪她貪睡，她本來就很重視睡眠，偏偏這陣子她又睡不好，而追根究底都是為了唐靖遙。

白天裡她看著他那冷漠疏離的模樣，腦海中不時地想起許思婷和李杰所說的話，到了晚上作夢還不停地夢見他，一下子是從前耀眼奪目的他，來到他們班門口與她不經意地對上眼，笑得如沐春風的問她能否幫他叫一下班代，可一下子他卻又變成陰鷙冰冷的樣貌，目光冷淡的瞅著她，嘴裡不耐煩地吐出一句『我覺得妳很煩』。

夢境不時的交替著，讓徐芝唯怎樣都睡不安穩，每天早上醒來都覺得疲憊不堪。然而，這些都還不算什麼，當她一次又一次拿出手機查看訊息，發現唐靖遙依舊沒讀沒回，甚至連加她好友都沒有時，她更是心煩到無法言喻。

他為什麼不加她好友？

他真的就那麼討厭她嗎？

纏繞於心的焦躁讓徐芝唯連在遊覽車上都睡不好，她蹙緊眉心，頭靠在車窗上，冷硬的玻璃硌得她很不舒服，她換了個姿勢改將頭靠在椅子上，卻又感覺頭一直要往下垂，脖子難受得要緊，就在她怎麼喬都喬不到一個舒服的位置，煩躁得快要受不了時，忽然有隻手輕輕地碰了碰她的頭，將她往左邊的方向推了一下，而下一刻她就感覺自己靠在了一處溫暖又柔軟的地方上。

大概是以涵的肩膀吧？

徐芝唯迷迷糊糊地想著，應該是坐在隔壁的汪以涵見她睡得不好，大方出借自己的肩膀，等她醒來一定要跟她道謝，還有她想告訴她，她的肩膀睡起來真舒服，讓她莫名的覺得很安心。

難得找到了一個好睡的姿勢，徐芝唯的思緒迅即就被鋪天蓋地的睡意侵襲，而這一覺她睡得格外安好，比躺在宿舍床上睡的每一夜都好，直到有人伸了搖了搖她，才將她從甜美的睡夢中吵醒。

「芝唯，起來囉！起來吃早餐了。」

熟悉的呼喚聲將徐芝唯從渾沌的意識中拉回，她緩緩睜開雙眼，汪以涵的臉隨即躍入她的眸底。

「唔……以涵，我們這是到哪裡了？」揉了揉眼睛，徐芝唯打了個呵欠問著。

「剛過休息站而已，離目的地應該還有一段路程。」汪以涵拍了拍她的肩，朝她示意了一下遊覽車前方的騷動，說道：「不過妳也別睡了，起來吃早餐吧！剛才學姐她們去拿了早餐，現在正在發呢！」

「真好！還有早餐可以吃，我肚子剛好也餓了。」徐芝唯咧嘴笑了笑，聞到空氣中散發的食物香氣，睡飽的她霎時覺得飢腸轆轆了起來。

「我還以為妳有得睡就好了，飯都不用吃了呢！從一上車就睡到現在，不知道的人還以為妳昨天去哪裡鬼混了。」見她這模樣，汪以涵覺得好笑，忍不住打趣了她一句。

聞言，徐芝唯故作誇張道：「以涵妳不知道，我這幾天都沒睡好，還好剛剛有妳借肩膀給我瞇一下，才讓我安穩的睡了一覺，真是太感謝妳了！」話說完，她覺得身體睡得有些僵硬，舉起雙手準備伸個懶腰。

「啊？妳說什麼肩膀？」汪以涵皺了皺眉，神情有些古怪。

徐芝唯正要伸展雙臂，聽到她這話，不禁納悶回頭：「什麼什麼肩膀？就妳……」

徐芝唯話還沒說完，汪以涵前方座位的椅子卻突然往後倒，嚇了汪以涵一跳，也將徐芝唯的注意力給拉了過去，而當她瞧清前方那人的模樣後頓時不禁一愣。

是唐靖遙，他竟然坐在離她那麼近的位置。

徐芝唯頗感驚訝，還沒能從自己與唐靖遙距離這麼近的事實中反應過來，就見他已將座椅調了回去，轉頭對汪以涵淡聲道：「抱歉，剛才不小心壓到把手了。」

「喔，沒關係。」汪以涵也不是真受到很大的驚嚇，所以不是很在意的應了一聲，然後就轉頭打算問徐芝唯方才是要說什麼，卻發現徐芝唯正雙眼眨也不眨的直瞅著唐靖遙，不由得伸出手推了推她，「欸！徐芝唯，妳幹麼？」

徐芝唯如夢初醒，回過神來發現自己有些失態了，連忙慌亂的收回視線，故作無事道：「啊？沒有啊！我沒在幹麼。」

「是嗎？」汪以涵揚了揚眉，明顯不是很信。

儘管她和徐芝唯相處時間不算長，可是這段日子以來，她早就發現徐芝唯每當遇上唐靖遙時都會有些奇怪，只是幾次詢問下來，她都是這樣什麼也不願多說，而她也不像楚向芯那樣愛追八卦，既然她不說她也就不多問，所以哪怕此刻她不大信她真的沒事，卻也沒再追問下去。

徐芝唯本來正擔心汪以涵會問自己為什麼盯著唐靖遙看，而這話要是傳進坐在前方的唐靖遙耳朵裡，她又會有多尷尬，所幸汪以涵只是笑了笑什麼也沒問。

鬆了口氣，緊張的情緒緩和下來，徐芝唯這才又偷偷朝唐靖遙看去，由於座位的緣故，她只能瞧見他的側臉，而他的側臉又被頭髮給遮住，所以其實她也是什麼都看不見。不過這也沒關係，知道他就坐在自己前面，她還是很高興的，儘管他仍是那麼冷漠，散發出來的氣息也仍是那樣生人勿近……

到底是為什麼呢？明明他就近在咫尺，但他卻又足遠得讓她無法觸碰。

想到這，徐芝唯不禁暗嘆了口氣，眼神也有些黯淡，而當她正想收回目光時，卻發現學姊已經拿著紙箱發早餐發到了唐靖遙身邊，此時正笑咪咪將紙箱遞向唐靖遙，朝他和旁邊的同學說道：「同學，來！一人拿一個三明治和一盒牛奶吧！」

牛奶？

聽到這字眼，徐芝唯想也沒多想，嘴巴比腦袋還快反應的，立即脫口道：「學姊，他不能喝牛奶！」

她這話一喊出聲，學姊原先拿著牛奶要遞給唐靖遙的手霎時往後縮了縮，然後同時與汪以涵目露詫異地望向她，氣氛霎時有些凝結。

徐芝唯對上兩人的目光，正想要解釋唐靖遙對牛奶過敏時，卻見唐靖遙忽然伸手接過了牛奶，語氣淡淡地道了聲謝：「謝謝學姊。」

「呃？喔！不客氣。」學姊愣了一下才笑應了句，然後待唐靖遙身旁的同學也拿了早餐後，就朝徐芝唯她們走來，對眼見唐靖遙拿了牛奶而面露訝異的徐芝唯笑問道：「同學，妳剛才是說誰不能喝牛奶？」

聞言，徐芝唯這才回過神來，偷覷了一眼正打開牛奶喝著的唐靖遙，尷尬道：「沒、沒有啦！我記錯了。」

身旁的汪以涵聽到這話，回眸瞥了她一眼，而在她看不到的地方，坐在前面的唐靖遙也垂下眼簾，若有所思地望著手上的牛奶。

學姊一聽則是笑了笑，好似也沒怎麼把這件事放在心上，只對她們道：「這樣啊！那妳們也趕快拿個三明治和牛奶填飽肚子吧！待會兒到活動場地後還有很多事要做呢！」

「好，謝謝學姊。」拿過早餐，徐芝唯禮貌的道了謝。

「不會喔！」學姊笑著點點頭，又繼續往下發早餐。

握著手上的三明治，徐芝唯可以感受到三明治還有些微溫，正是好入口的時候，而此時她的肚子其實也很餓，聞著三明治的香氣恨不得馬上拆了包裝狼吞虎嚥，可是她卻沒這樣動作，她只是看向另一隻手上拿著的牛奶盒，秀眉微微蹙起。

她分明沒有記錯，在她的印象中唐靖遙是不能喝牛奶的，但為什麼他又拿了呢？

……是啊！為什麼『又』拿了？

這是第幾次了？她看著唐靖遙收下牛奶的這件事。

（2）對他好的東西

徐芝唯從幼兒園起就喜歡唐靖遙，這件事沒有人不知道，畢竟校慶那天她可是當著眾人的面親了唐靖遙，將幼兒園兩班的小朋友和在場家長都嚇得不輕，唐靖遙更是當場被她嚇傻，待回過神來後又哭又鬧的要去找媽媽。

面對因自己而起的一場鬧劇，始作俑者徐芝唯小朋友卻是渾然不知自己的舉動有多麼驚天動地，當被自家母親郭彩娜壓著跟唐母和唐靖遙道歉時，還天真的反問為什麼她要為喜歡唐靖遙這件事而道歉，難道喜歡唐靖遙是不對的嗎？讓郭彩娜尷尬到想挖個地洞鑽進去，下定決心回家後要跟丈夫好好討論一下怎麼教育徐芝唯。

然而，徐芝唯的父親徐仲達在知道這件事後，卻是笑說徐芝唯不愧是他的女兒，有他當年勇敢追愛的風采，結果慘被自家老婆狠狠擰了耳朵，只好乖乖地和老婆對徐芝唯進行了一場家庭教育，內容就不多說，重點旨在告訴徐芝唯，如果她喜歡一個人就要學習尊重對方，不能未經對方同意就冒犯對方身體，否則對方會很不高興，可能還會因此討厭她。

小小的徐芝唯很認真的聽了，也非常努力的思考了，只是她簡單的腦袋還沒辦法消化這麼複雜的道理，聽完父母的話後，立刻皺起可愛的小臉，奶聲奶氣的開了口……

「可是爹地親媽咪也沒有先問過媽咪啊！」她嘟著小嘴發出第一問。

「呃……」徐父嘴角笑意僵住。

不待父母回答，她蹙著眉頭又丟出第二問：「而且媽咪被爹地親了，媽咪沒有不高興，也沒有討厭爹地啊！」

「這個……」這回換徐母神情尷尬。

「為什麼爹地親媽咪可以不用問，我親唐唐就要問呢？」歪著小腦袋，她再提出第三問。

「……」徐家父母澈底無言了。

自家女兒連續三道問題，問得兩人面紅耳赤，郭彩娜更是惱羞轉頭狠狠剜了自家老公一眼，怪他每次在孩子面前親熱都不知收斂，害得現在想教育小孩，還得被孩子如此反問。

收到老婆責怪的目光，徐仲達尷尬的搔了搔頭，可有道是孩子的教育不能等，他還是蹲下身子試圖向徐芝唯解釋：「唯唯呀！爹地可以不用問就親媽咪，那是因為媽咪是爹地的老婆、是唯唯的媽咪啊！而媽咪也喜歡爹地，所以媽咪被爹地親才會很開心，這樣妳明白嗎？」

徐芝唯聽著自家父親的話，小腦袋很努力的想了想，才似懂非懂的點了點頭，嗓音清脆道：「明白，所以唐唐必須是唯唯的老婆，唯唯才可以不用問就親他。」

只可惜，說出來的結論完全和徐仲達想表示的八竿子打不著。

徐仲達不禁失笑，見女兒誤解了自己的意思，只得又澄清：「不是！不是這樣，唐唐是男孩子、唯唯是女孩子，所以應該是唐唐當唯唯的老公。」

「喔……原來唐唐是唯唯的老公。」徐芝唯小嘴微張，一臉恍然大悟。

「徐仲達，你在胡亂教女兒什麼？」郭彩娜在一旁聽了差點沒昏倒，忍不住開口罵自家老公。

徐仲達這也才發現自己搞錯了重點，朝自家老婆尷尬的笑了笑後，又連忙向女兒解釋著：「唯唯，爹地的重點不是唐唐是唯唯的老公還是老婆，而是爹地想告訴唯唯，如果唯唯喜歡唐唐、想親唐唐的話，那麼唐唐必須喜歡唯唯，唯唯也要得到唐唐的同意才可以喔！來，現在告訴爹地，妳知道唐唐喜不喜歡妳嗎？」

被自家父親這麼一問，徐芝唯很認真的歪頭想了想，但無論怎麼想她都想不起來唐靖遙有說過喜歡自己這件事，於是她很落寞的搖了搖頭，委委屈屈道：「沒有……唐唐沒說過喜歡唯唯。」

「對啊！妳看，唐唐沒有跟唯唯說過他喜歡妳，那妳怎麼可以沒經過他的同意就親他呢？唯唯這樣是欺負唐唐喔！是壞小孩，會被大家討厭的。」徐仲達故意板起臉，佯裝一臉不開心的模樣。

徐芝唯一聽急了，眼眶霎時紅了一圈，拉著自家爸爸的手嗚咽道：「唯唯不要被討厭，唯唯喜歡唐唐，唯唯想當乖小孩。」

郭彩娜看到寶貝女兒哭了起來，整顆心頓時一揪，不禁又氣又惱的罵著自家老公：「徐仲達，你再弄哭我女兒，今晚你就睡沙發！」

「好啦！等一下啦！」徐仲達哭笑不得的回頭安撫著老婆，他覺得自己真不容易，要教小的又得應付大的，家裡兩位寶貝公主，他得罪了哪一個都不行。

「你好好教，別把孩子弄哭了。」見自家老公露出苦笑，郭彩娜也知道自己的反應有些過了，不由得放緩了語氣。

「我知道。」徐仲達微微頷首，才又回過頭邊用紙巾擦去女兒臉上的眼淚，邊對女兒循循善誘道：「既然唯唯不想被討厭，唯唯想當乖小孩，那麼以後就不可以這樣做了，知道嗎？」

「知道。」徐芝唯吸了吸鼻子，乖巧的點點頭，然後又一臉糾結的問著：「可是唯唯很喜歡唐唐，那唯唯應該怎麼做？」

徐仲達聞言笑了笑，溫聲道：「唯唯如果喜歡唐唐，可以把唯唯覺得最好的東西送給唐唐啊！先努力讓唐唐也喜歡妳，這樣才可以喔！」

「最好的東西？爹地，那是什麼？」徐芝唯不是很懂，小臉上滿是困惑。

「嗯……最好的東西呀？」徐仲達思考了一下，決定用最淺白的方式讓自家女兒明白，「就是唯唯最喜歡的或是唯唯覺得對唐唐最好的東西啊！就像媽咪覺得吃飯對唯唯身體最好，所以媽咪就會提醒唯唯吃飯，知道嗎？」

大概是這個解釋夠清楚，徐芝唯立即明白過來父親的意思，開心的應道：「唯唯知道了！」

於是乎，自從那天起，徐芝唯就一直在注意什麼東西對唐靖遙來說是最好的，她想把那樣東西送給他，好讓他能夠喜歡自己，而很快的她就發現了，幼兒園老師每天都會提醒他們要把營養午餐中的牛奶喝完，這樣才會增加抵抗力、對身體好，所以牛奶一定就是最好的東西。

有了這個結論後，徐芝唯又觀察起唐靖遙，發現他看起來那麼瘦小而他的牛奶有時候還會被其他小朋友拿走，所以她馬上就決定了，她要將自己的牛奶也送給他喝。

因此，之後的日子裡，唐靖遙發現自己桌上每天都會多出一盒牛奶，而那為了區分牛奶是哪位小朋友的，進而在牛奶盒上所貼著的名字，每一回寫著的都是——小蘋果班徐芝唯。

（3）收下她的早餐

關於徐芝唯給唐靖遙送牛奶這件事，幼兒園老師知道，徐家父母也知道，甚至連唐家爸媽也都從老師口中知道了這件事，但每個人都只當那不過是小孩子的一時興起，誰也沒當一回事，等到徐芝唯找到了更新奇有趣的事情後，自然就會把這件事給忘記的。然而，誰也沒料到，徐芝唯這牛奶一送竟然就維持了一整個幼兒園時期。

從小班到大班，唐靖遙每天桌上都會多出一盒牛奶，就算他有時候生病沒去上學，徐芝唯還是持續不斷地給他送去，因為那是她當時所認為的，對他最好的東西。

只是，徐芝唯並不曉得自己每天給唐靖遙送去的牛奶他到底有沒有喝掉，因為他倆不同班，她沒辦法盯著他喝完牛奶，她只知道唐靖遙看來依然那樣清瘦，唯有那張小臉越來越俊秀好看，除此之外她什麼都不清楚，連唐靖遙究竟有沒有因此喜歡她，她也不了解。

徐芝唯上了小學後，由於徐家父母覺得孩子的教育很重要，必須要由小時候盯起，所以郭彩娜辭掉了工作，專心當起家庭主婦，也不再讓徐芝唯吃學校的營養午餐，而是每天中午親自送便當過去，所以徐芝唯也沒機會再給同校的唐靖遙送牛奶，那時的徐芝唯還覺得有些遺憾，想著等以後零用錢增加了，再自掏腰包給唐靖遙買牛奶喝。

只不過，真的等到徐芝唯又長大了一些，開始隱隱約約懂得喜歡是怎麼一回事，也逐漸會在意同儕的目光後，就算零用錢增加了，可以自己買牛奶了，她卻也沒有那個勇氣再送了。

徐芝唯上了初中後，徐家父母見她課業成績穩定，品行方面也沒什麼問題，為了提供給她更好的生活，經過討論後郭彩娜便又回歸了職場，讓徐芝唯每天自行打理早、午餐。然而，貪睡的徐芝唯幾乎沒有一天準時吃早餐，天天都要等到早自習下課，才和朋友一起去福利社買麵包和牛奶果腹。

徐芝唯記得那天也是這樣，甫打鐘她便拉著許思婷往福利社跑準備買早餐。

說也奇怪，那天不曉得是不是去買早餐的學生比較多，她們才剛到福利社就發現架上的麵包早被一掃而空，無奈之下徐芝唯只能拿了一盒牛奶打算暫時充飢，等到中午再吃午餐，而就在她結完帳出來，到門口一旁等待還在挑零食的許思婷時，卻意外撞見也來福利社的唐靖遙。

當時的徐芝唯其實並不曉得唐靖遙到底還記不記得自己，因為自從上小學後他們就不曾有過什麼互動，最多就是在學校遇見時會互相點個頭而已，但她見唐靖遙與其他人打招呼也都是點頭問好，所以她也不清楚唐靖遙是不是真的認識她，而每回瞧見他，他身旁都圍繞著一群人，她也不敢上去和他打招呼，就怕他要是問出一句『妳是誰』，她會尷尬到無地自容。

那時也是一樣，雖然瞧見了唐靖遙，但徐芝唯也只是站在一旁看著，而唐靖遙身為校園風雲人物，走到哪兒都能引起眾人注意，才一現身馬上就有人發現他的存在，幾個和他比較有交情的人立刻開口和他打招呼。

「嘿！阿遙，來福利社買東西呀？」一名將短袖捲到肩膀上，露出兩條健壯黝黑手臂的男生朝他大聲問道。

「毛毛，你這不是問廢話嗎？來福利社不買東西難道看風景啊？」唐靖遙還沒出聲，走在他身旁的李杰先不屑地回了句，話一講完，四周其他人也笑了起來。

「靠！李杰你講話真是越來越機車耶，我又不是問你！。」被稱呼為毛毛的男生爆了句髒口，但臉上卻看不出絲毫怒意，反倒還帶著笑。

唐靖遙對此似乎見怪不怪，笑了笑道：「是啊！我來買東西，今天比較晚出門，趕著上課忘記買早餐，想說來買個麵包。」

聞言，徐芝唯剛暗叫不好，下一秒便聽見毛毛驚呼道：「唉唷！阿遙，你來晚了啦！麵包都被買光了，我手上這是最後一個呢！我才剛吞下去而已。」說著，他還抖了一下手中已空了的包裝袋。

唐靖遙見狀一愣，還來不及反應，李杰就已先沒好氣地接道：「那你就吐出來啊！」

「都到了胃裡怎麼吐？」毛毛一臉懵樣。

「吐不出來你講什麼？故意讓人家心裡不舒服啊！」李杰翻了個大白眼。

兩人這一來一回的對話讓周遭立時又是一陣笑，就連徐芝唯也忍不住笑了開來，而同時間則有其他人打趣問道：「李杰，毛毛要是吐出來你吃嗎？」

「誰敢吃呀？」李杰瞪大眼，一副這問的是什麼鬼問題。

「那不吃的話你問幹麼呀？」那人又接著調侃了一句，仔細一聽，用的正是李杰剛剛吐槽毛毛的句型。

「欸！猴子你不錯啊！跟著毛毛一個鼻孔出氣是嗎？待會兒第一節下課籃球場ＰＫ啊！別說我不讓你，我叫阿遙不要上場。」李杰看向講話那人，佯裝一臉咬牙貌，但語氣中卻是掩不住的笑意。

「還讓我耶！阿遙沒吃早餐，你好意思讓他上場喔！」那個叫猴子的男生不以為然的一笑。

「你聽聽自己講那什麼話？我們家阿遙就算不吃早餐，也能在場上撐個三十分鐘好嗎？你瞧不起他啊！」李杰笑罵了一句，然後轉頭朝唐靖遙挑撥離間道：「阿遙，你看！猴子跟毛毛看不起你啊！」

「隨便吧！我才不跟你們鬧，我要去找吃的了。」唐靖遙顯然沒想淌這灘渾水，他笑著揮了揮手就朝福利社走去，而他才剛走沒幾步，就瞧見了站在門口的徐芝唯，腳下步伐登時一頓。

徐芝唯也看到他的動作了，當下怔了怔，不解的瞅著他，疑惑他怎麼不繼續往裡面走，而她才正這樣想著，卻見他忽然向她點了點頭。

見狀，她又是一愣，怕是自己誤解，立刻下意識的往左右看了看，想看他是不是在跟自己附近的誰打招呼，而在發現她身邊並沒有其他人，意識到他真的是在和自己打招呼，準備也對他回以一頷首時，卻見他已經走進了福利社。

『天啊！我這個笨蛋！他會不會以為我是故意不理他的啊？』

徐芝唯滿心悔恨，她不明白自己小時候就挺勇敢的，連認識他都還不認識，就撲上去搶了人家初吻，還送了人家好幾年的牛奶，怎麼現在連打個招呼都瞻前顧後的沒半點勇氣？

她實在太鄙視自己了。

正當徐芝唯在自我糾結時，許思婷也已經從福利社買好東西走出來了，朝她笑道：「唯唯，久等了！我們走吧！」

「好……」徐芝唯應得無精打采，整個人還沉浸在錯過與唐靖遙打招呼的打擊中。

「唯唯，妳知道嗎？我剛才在福利社裡碰見唐靖遙了耶！他好像也是來買早餐的。」許思婷沒有注意到她的異樣，湊近她身旁竊竊私語著：「妳說我們今天是不是特別幸運？平常都沒在福利社碰到他過，今天竟然就遇見了，雖然沒有買到麵包，但也是挺好的吧！」

「是啊！」面對許思婷的雀躍，徐芝唯只是無力的彎了彎嘴角。

她回頭看了一眼福利社，心想著對她們而言的幸運，對唐靖遙來說卻可能是特別倒楣吧？畢竟，麵包都被買完了，而牛奶好像也剩沒幾盒……

才剛這樣想著，下一秒徐芝唯就看見唐靖遙從福利社走了出來，而他的雙手仍是空空如也。

「真的都沒了。」唐靖遙走向李杰，一臉無奈。

「真假？連餅乾都沒有了？」李杰雙眼圓睜，不可置信的問著。

「阿姨說廠商還沒來補貨。」唐靖遙聳了聳肩。

「那怎麼辦？」李杰愕然。

「沒怎麼辦，就一餐不吃也不會怎樣。」唐靖遙倒是挺釋然，沒怎麼放在心上，反倒示意李杰該離開了，「走吧！快上課了，該回教室了。」

「欸！可是阿遙……等等第三節下課我們還要跟七班三對三鬥牛，你不吃東西可以嗎？」李杰擰著眉，表情非常糾結。

「可以啊！你剛才不是跟猴子他們說，我就算不吃早餐也能在場上撐三十分鐘嗎？」唐靖遙聞言忍不住調侃起他。

「我那是開玩笑的好嗎？」李杰沒好氣地白了他一眼。

「是嗎？」唐靖遙挑了挑眉，露出一副不是很相信的表情，而馬上就收到了李杰不滿的目光，他知道李杰是真的擔心自己，便也不再鬧他，笑著安撫他道：「好了啦！放心！下課才十分鐘，又不是真的三十分鐘，我沒問題的。」

「真的沒問題？」李杰仍是半信半疑。

「真的！李杰，你怎麼這麼囉嗦？走了啦！你到底還要不要上課啊！」唐靖遙覺得又無奈又好笑，忍不住笑罵了句。

「知道了，我這不是擔心你嗎？」李杰不滿的嘟噥了聲。

「好！謝謝你！我們快走吧！」

兩人的對話一字不漏的落入了一旁的徐芝唯耳裡，她在知道原來唐靖遙待會兒下課還要跟人打籃球後，她看了一眼自己手中的牛奶，立刻作出了一個決定。

她讓許思婷稍等自己一下，然後她跨出一步，喊住了他：「唐靖遙。」

本來準備要離開的唐靖遙停下腳步，回頭看來，瞧見是她顯得有些意外。

「怎麼了嗎？」他示意李杰等一下，轉過身溫聲問著她。

「那個……如果你沒有早餐的話，這個牛奶……」徐芝唯鼓足了勇氣，雙手微顫的準備將手中牛奶遞出去，但就在此時，一道身影卻突然出現，擋在了她與唐靖遙之間。

「唐靖遙，喏！這個麵包跟果汁給你。」

清脆悅耳的嗓音在身前響起，徐芝唯仔細一看，這才發現來人竟是三班的班花，叫什麼名字她不記得了，她只知道此時那女生正笑得一臉甜美的向唐靖遙遞出手中的早餐。

見狀，徐芝唯原先伸到一半的手不由得往回縮了縮，她想著既然都有麵包跟果汁可以選了，那麼唐靖遙應該會選那女生送的早餐吧！畢竟，怎麼看都比她的牛奶來得更能夠填飽肚子……

思至此，她難掩失落的轉身，準備和許思婷說回教室吧！

然而，就在她打算離開時，一抹人影卻忽然從她身側逼近，而她還來不及看清來人是誰，手上的牛奶就被人一把拿走。

徐芝唯一驚，定睛一看，正巧對上唐靖遙的笑臉

「謝了，妳的牛奶。」他朝她晃了一下手上的東西，嘴角笑意深深，勾勒出兩處漂亮的酒窩，而眼睛則亮得彷彿黑夜中的星辰。

徐芝唯愣住了，好半晌才找回自己的聲音，結結巴巴道：「不、不客氣。」

聽見她的回答，唐靖遙朝她笑著點了點頭，然後走回李杰身邊，拍了拍李杰的肩膀表示該離開了。

徐芝唯感覺有些不太真實，她先低頭看了眼自己空了的手，又看向前方那手上還拿著麵包與果汁，站在原地一臉尷尬的三班女生，最後才將目光朝已逐漸走遠的唐靖遙看去，怎樣也想不到他最後竟然選了她的牛奶，難道他其實很喜歡牛奶嗎？

想起幼兒園時期送牛奶一事，徐芝唯不禁暗自猜想，該不是她那時給唐靖遙送牛奶送久了，所以間接使他愛上喝牛奶了吧？

兀自思考著事情的她，沒有注意到當李杰發現唐靖遙拿了牛奶時，臉上那宛如被雷劈了的震驚表情，也沒有聽到已走開了一段路的李杰對唐靖遙的那些質問——

「你不是不能喝牛奶嗎？你拿牛奶幹什麼？」

等到徐芝唯知道唐靖遙其實對牛奶過敏，不能喝牛奶的這件事時，已經是好幾天後的事情了，她

從其他同學口中輾轉得知，那天的唐靖遙幾乎一整天都在廁所中度過，而那場第三節下課對上七班的三對三鬥牛，向來號稱戰無不勝的風雲人物唐靖遙，第一次輸了比賽。

（4）又與他同一組

徐芝唯這一回想就想了整段路程，待她回過神來時，遊覽車已經抵達了目的地，而她手中一口也沒動的三明治和牛奶也都涼了。

見大家都拿起背包準備要下車了，徐芝唯也連忙將早餐塞進包包裡，而她這一個舉動，立即引來了汪以涵的注意。

「芝唯，妳早餐怎麼都沒吃？妳不是肚子餓嗎？」汪以涵愕然。

「就突然覺得不餓了，哈哈……」徐芝唯乾笑了幾聲，將包包背了起來，然後動手壓了壓椅子側邊的把手，想將剛才睡覺時而微微後傾的椅子給拉直，卻發現把手竟是紋風不動，不由得『咦』了一聲。

「妳幹麼？」汪以涵注意到她的動作，疑惑的問出聲。

「我想把椅子調回來，但把手壓不下去。」徐芝唯邊說又邊試了幾次，但那把手說不動就不動。

汪以涵沒說話，看了一會兒後，才皺著眉伸出手握住那把手，推測道：「這應該要先拉起來吧？」說著，她的手也同時往上一拉，果不其然，原本後倒的座椅立刻調回了正常位置。

「還真的耶！」徐芝唯不禁一陣驚呼，可下一秒她就覺得好像有哪裡不太對勁，她看了看坐在汪以涵前面的唐靖遙，心裡有些遲疑的想著，他剛才椅子倒下來時，他是不是說『不小心去壓到把手』？

「妳怎麼會覺得把手是用壓的？」不待她深思，江以涵就開口打斷了她的思緒，納悶的問著她。

「我……」

徐芝唯才想解釋，坐在另一側的簡昕羽也發現了她包包裡的早餐，驚訝道：「芝唯，妳沒吃早餐啊？」

「是啊！」徐芝唯尷尬的笑了笑，雖然被好友們這樣關心她覺得很溫暖，但發現前方的唐靖遙好似注意到她們這邊的騷動，有要回頭看來的意思後，她不得不打住這個話題，催促她們道：「我們先下車吧！別讓學長姐等太久了，早餐我會再找時間吃的。」

說是少女情懷作祟也好、是愛面子也罷，沒吃早餐這件事也不是什麼多值得拿出來講的事，她實在不想讓唐靖遙因為這種事而注意到自己。

「嗯，好吧！」簡昕羽點了點頭，也沒再多說，拿起背包就和汪以涵一前一後跟著排隊準備下遊覽車。

也不知是不是徐芝唯多慮了，因為唐靖遙根本連轉頭都沒有，逕自背了包包走出座位排在了簡昕羽身後，而那恰好也就在徐芝唯前面。

這大概是徐芝唯與唐靖遙相識以來最近的距離了。

……扣除幼兒園那次接觸不算的話。

她看著排在自己前面的唐靖遙，他的身高約莫高山她一個頭，雖然她的個子在女生中已經不算矮了，但與他相比卻也只到他的肩膀而已，她如果往前靠，剛好能妥貼的倚在他肩上。

望著那寬闊的肩膀，徐芝唯不知道為什麼，竟突然萌生出一種這個肩膀應該挺溫暖挺好靠的感覺，而且還隱約覺得特別熟悉，好似她曾倚靠過。

可是，她有靠過唐靖遙的肩膀嗎？

徐芝唯實在是想不起來，她貧乏的記憶裡只記得自己強吻過他而已……

下了遊覽車後，總共四個科系的新生加活動人員，就在活動中心的廣場外集合，而在經過各系學會小組的點名、清算人數，確認沒有少掉任何一個人後，才由活動長做了精神喊話，進行值星官交接，最後交由各小隊輔帶領成員去組裝帳篷。

徐芝唯直到領完露營組，跟汪以涵一起蹲在營地組帳篷時，才發現好像有什麼地方怪怪的，她伸手拽了拽汪以涵，詢問道：「以涵，我們已經分組了嗎？怎麼還沒分組就要來領帳篷啊？」

汪以涵表情古怪的瞅著她，說道：「妳在說什麼？早在出發前就分完組了啊！妳該不會從那時起就在睡了吧？」

「啊？有這件事？」徐芝唯表情錯愕，她記憶中完全沒有這一段啊！

「妳真的沒印象？在學校大堂前集合時，學長姊有讓我們抽號碼牌，號碼相同的在同一組啊！座位也是按照分組順序坐的。」汪以涵雖然感到不可置信，但還是試圖喚醒徐芝唯的記憶。

徐芝唯一聽之後更傻眼，她搖了搖頭，很坦白的應道：「我真的沒印象，我只記得點名和喊口號而已，其他妳說的那些抽號碼牌什麼的，我真的不記得了。」

「徐芝唯，妳太誇張了，所以妳連自己和誰一組都不知道嗎？」汪以涵忍不住笑了，她實在沒想到有人能傻到這種程度。

「我不知道……那以涵，妳知道我和誰同一組嗎？」徐芝唯自己也是欲哭無淚，她沒想到連這麼重要的事自己都能沒印象。

「妳不知道自己和誰同組，還傻不隆咚的跟著我一直走。」汪以涵本想取笑她幾句，但見她愁眉苦臉的，一副好像快哭出來的樣子，當下也不忍再多說，只喟嘆了聲：「算了！至少還知道問還有得救，算妳運氣好，妳是跟我同組的。」

「呼！那就好。」知道自己和汪以涵一組，徐芝唯霎時鬆了口氣，但又不禁疑惑道：「咦？所以我們這組只有我跟妳嗎？」

聞言，汪以涵朝她丟了個『妳在說什麼蠢話』的眼神，說著：「當然不是啊！我們這組有三個女生三個男生，女生除了妳跟我以外，還有卉妤，至於男生……」

沒等汪以涵把話講完，徐芝唯就興高采烈地打斷了她的話，「真的假的？有卉妤？真是太巧了！」

程卉妤是她們的室友，同時也是楚向芯國貿系的同班同學，重點她還是一個長得非常甜美的女生，開學沒幾週就被封為國貿系花，而受到她的影響，她們這間宿舍也成了眾人矚目的地方，幾乎每天都有人來宿舍樓下要找她，有的人還透過各種請託，央求她們這幾個室友能幫他們轉交禮物或情書給她。

按道理來說，像程卉妤這樣討人喜歡的女生，應當會和陸勻恆一樣，多少有些自視甚高才是，但她卻絲毫沒有，不只沒什麼嬌氣，還非常溫柔善解人意，所以徐芝唯很喜歡她，知道她和自己同組，心情不由得挺好。

「是挺巧的，但妳要不要知道有一件事情更巧。」汪以涵被徐芝唯打斷了話也不惱，只是朝雀躍的她輕飄飄地問了句。

「什麼事？」徐芝唯納悶的看她。

「和我們同組的三個男生，除了一個電機系、一個資工系，是我們都不認識的人以外，妳知不知道剩下的那一個是誰？」汪以涵沒有馬上回答她，而是故弄玄虛的反問。

「是誰？」徐芝唯實在沒有想法，雖然她在這一瞬間，想到汪以涵說座位是按照分組順序排的，腦海中浮現了坐在他們前方的唐靖遙身影，但她卻又覺得這個機率也太低了，哪有可能這麼剛好，於是又打消了這個猜測。

然而，彷彿是要打臉她似的，她才剛這樣想完，下一刻就聽到汪以涵輕描淡寫地吐出三個字：「唐靖遙。」

（5）冒險孤注一擲

「……」

徐芝唯一怔，好半晌才意識過來汪以涵說了什麼，原本正蹲著鋪帳篷地布的她，不由得刷地一下站起身，大聲訝道：「什麼？妳說什麼？」

她這一聲驚呼實在有些大聲，四周的目光瞬間往她們這裡集中，汪以涵見狀不免有些無言，果真和她猜想的差不多，一提到唐靖遙，徐芝唯的反應就只特別不一樣。

「妳反應別那麼大行嗎？」汪以涵嘆了口氣，扯了扯徐芝唯的褲管，將她又拉了下來，擰眉道：「妳有必要一聽到唐靖遙的名字就這麼驚訝嗎？」

「以涵，不好意思，我只是沒想到會和他同一組　」徐芝唯也察覺到自己的反應太大了，連忙朝汪以涵道歉。

汪以涵一聽還沒開口，一道女聲便冷不防的插入她們的對話，接續徐芝唯的話語反問了一句……

「沒想到會和誰同一組啊？」

徐芝唯和汪以涵霎時都是一愣，回頭一看，意外地發現來人竟是楚向芯，而她身後同時還跟著程卉妤以及……唐靖遙？

瞧見兩人錯愕的模樣，楚向芯笑吟吟道：「幹麼這個表情，看到我很驚訝嗎？」

「妳怎麼會在這裡？」汪以涵率先回過神來問道。

「我們那組的帳篷組好了啊！想說過來看看妳們弄得怎麼樣了，剛好在路上遇見了卉妤跟唐靖遙，就和他們一起來了。」楚向芯邊說邊笑著攬住程卉妤的肩膀。

「喔……」汪以涵了然的點點頭。

徐芝唯沒出聲，只是目光在程卉妤和唐靖遙身上來回看著，不明白他們兩人怎會走到一起，難道他們認識嗎？

不知是徐芝唯狐疑的眼神太明顯，還是程卉妤本來就覺得有必要澄清，她笑了笑指著唐靖遙道：

「我剛從學姐那邊幫完忙回來，在半路上遇見了唐同學，他說聽見妳們這邊起了點騷動，而因為我們是同組的，他想過來看是怎麼回事，有沒有什麼需要幫忙的地方，所以我們就一起走了。」

騷動？

聽到這字眼，徐芝唯不禁和汪以涵對視了一眼，而幾乎是同時間的，兩人都想到了徐芝唯方才的那聲驚呼，當下一個無奈的搖了搖頭，另一個則恨不得挖地洞把自己給埋了。

徐芝唯覺得自己真是丟臉丟到家了，她現在很想從原地消失，她沒有勇氣再站在這邊面對唐靖遙了。

楚向芯彷彿沒看出她的尷尬，在聽完程卉妤的話後，還點頭附和：「是啊！我剛才在路上也聽見了，芝唯妳叫了好大一聲，是怎麼了嗎？」

徐芝唯還來不及講話，就感受到唐靖遙的目光瞥了過來，讓她不由得急忙搖手撇清：「沒什麼！沒什麼！只是剛剛帳篷沒拿好掉到地上，我被嚇了一跳而已。」說著，她還回頭徵求汪以涵的應和，「以涵，妳說對吧？」

「嗯，是啊！」汪以涵看了她一眼，非常配合的回答。

只不過，徐芝唯不知道為什麼，當她講完這句話後，原本只是淡淡瞥她一眼的唐靖遙，突然整個視線都集中在她身上，而且好像還把她從頭到腳給巡視了一遍，但她一抬眸往他看去，他卻又挪開目光，好像一切都是她的錯覺似的。

「原來如此，那芝唯妳沒什麼事吧？」程卉妤關心的看向徐芝唯。

「沒有，沒事。」徐芝唯壓下滿腹疑惑，先不去想唐靖遙的舉動為何，轉頭朝程卉妤微微一笑。

就在這時，楚向芯又想起了一開始的問題，忍不住問道：「對了，芝唯，妳們剛才是在說沒想到什麼？」

「啊？沒有啊！」沒想到她還記得這件事，徐芝唯怔了怔，隨即裝傻。

「是嗎？」楚向芯才不信，她挑了挑眉，又道：「但我方才明明聽見妳們說沒想到會跟誰同一組，妳們說的那個到底是誰啊？」

見楚向芯儼然一副打破砂鍋問到底的模樣，徐芝唯不禁無話可說了，她求助的朝汪以涵望去，而汪以涵收到她的目光後則是在心裡無奈的嘆了口氣，出聲打住了這個話題。

「好了，都說了沒有就別再問了！既然妳們都來了，就先幫忙組裝帳篷吧！我們的進度已經落後其他組很多了。」汪以涵指了指地上的帳篷，認真說著。

雖是幫徐芝唯解圍，但汪以涵說的也是真的，他們已經耽擱了太多時間，別組都組裝的差不多了，他們要是不加快速度，只怕會拖延到後面的活動行程。

「……好吧！」哪怕楚向芯再好奇，但也知道既然汪以涵都出聲了，她想再問出些什麼是不可能了，只好乖乖的應了是，然後和程卉妤走到帳篷另一邊幫忙。

「以涵，真是太感謝了。」徐芝唯壓低音量朝汪以涵道了謝。

「沒事，快來用吧！」汪以涵擺了擺手，表示這沒什麼。

見大家都已在定點站好，各自蹲下來將內帳攤開拉平四角，徐芝唯也連忙跟上，她讓自己盡量忽視唐靖遙的存在，想心情平穩的好好組裝帳篷，別再在他面前出糗，但很快的她就發現這件事情實在太難了，因為唐靖遙就站在她的身旁而已，一個舉手投足之間她都能聞到來自他身上的氣息。

而也是此時徐芝唯才發現，儘管唐靖遙的外型跟以往大不相同，性格也是天差地遠，但有些地方他卻是沒變的，例如他身上那股淡淡的肥皂香氣，此時正透過微風若有似無的在她鼻尖拂過，他依然是當年那個愛乾淨的少年。

由於進度真的已經慢了許多，所以眾人也就專心一致的組裝營帳，但那又是一件說難不難，可說簡單又挺需要技巧的事，哪怕楚向芯她們很努力想讓帳篷撐起，但營柱卻一直無法完全穿過內帳套管，整座帳篷始終無法進到下一個階段。

「奇怪，我剛才看他們裝就很簡單，為什麼自己動手就那麼難？」沒什麼耐心的楚向芯忍不住抱怨起來。

「向芯，原來妳剛剛沒有自己動手裝啊！」程卉好回頭笑著打趣她。

「他們的動作比我快呀！我根本連插手的機會都沒有，而且他們就能做好的事情，我不熟又硬要去做，這樣不是很沒效率嗎？」楚向芯嘟著嘴，開口為自己辯解。

「偷懶就偷懶，哪來那麼多藉口？」汪以涵倒是挺不以為然。

「我才不是偷懶呢！」楚向芯覺得很委屈。

「是是是！妳只是覺得這樣最有效率。」汪以涵懶得跟她爭論，敷衍的回著。

一旁的徐芝唯聽著忍不住笑了起來，因為汪以涵她們的對話讓她想起了管理學時唐靖遙回答系主任的那些話，雖然這事在當時讓人捏了把冷汗，但此時想起卻又是不一樣的感覺。

想著想著，她不禁偷覷了唐靖遙一眼，而也就是這麼一個分心，手中的營柱忽然就滑了下去，眼見就要砸到她的腳。

徐芝唯猝不及防，思緒霎時一片空白，完全忘了要趕快跳開，而就在這千鈞一髮之際，有一隻手驀地伸出將她往旁邊拉了過去，待她回過神來時，她已經撞進了一堵肉牆，而營柱落地的重擊聲也驚動了其他人。

「咦？怎麼回事？」

楚向芯愕然的聲音響起，徐芝唯心有餘悸的回頭看向那鐵製的營柱，無法想像那要是砸到自己的腳會如何，而就在這時，她聽見頭頂傳來一句淡淡地詢問……

「妳沒事吧？」

下意識的，徐芝唯轉頭往聲音來源看去，而下一刻她的目光就那樣毫無設防的撞入一雙深邃的眼眸，她怔了一下才反應過來那是唐靖遙，再斂目一看，她此刻竟在他的懷裡。

意識到這件事實，徐芝唯當下如遭雷擊，連忙往後退了幾步，慌慌張張的對他結巴應道：「沒、沒事！謝、謝謝你。」

唐靖遙沒說話，只是沉默地瞅著她，雙手則維持著他原先護著她的姿勢，好一會兒他才將手放了下來，轉開目光連應她一聲都沒有。

瞧見他這反應，徐芝唯沒來由的竟湧現一種他不太高興的感覺。

但沒容得徐芝唯多想，程卉妤此時也開了口關切地問著她：「芝唯，妳還好嗎？有撞到嗎？」

「沒有，還好唐靖遙把我給拉開了。」徐芝唯轉身笑著搖了搖頭，這才發現她們都正擔憂的望著自己。

「呼，好險唐靖遙動作夠快，不然妳這下肯定跛腳。」楚向芯拍了拍胸脯，做出一副好險的模樣。

「是啊！」徐芝唯彎了彎嘴角，用眼角餘光偷覷著唐靖遙，卻見他彷彿不知道她們在說誰，兀自組裝著手上的營柱骨架，專注的儼然像是個局外人。

楚向芯一直注意著徐芝唯的舉動，見她看向旁邊的唐靖遙，突然想起了一件事，忍不住出聲問道：「對了，芝唯，妳和唐靖遙是不是以前就認識了啊？」

「啊？」徐芝唯一愣，愣然的看向她。

「就我聽你們班同學說的啊！說妳跟唐靖遙好像挺熟，常看妳去找他說話。」楚向芯雖然人在國貿系，但身為八卦通，哪班沒有個認識的人，徐芝唯對唐靖遙的過度關心早就傳入了她的耳裡，更何況還曾經發生過那件事，「而且之前在餐廳和妳提到唐靖遙時，妳的反應也……」

「我的反應怎樣？我的反應很好啊！哈哈……」徐芝唯沒讓楚向芯將話給說完，因為她猜想楚向芯多半是要提起那天在餐廳不歡而散的事。

「妳那天反應明明超大的，我不過是講了一句……」楚向芯瞪大眼，張口就要說出那天的事，但話才講到一半，就讓一旁的唐靖遙淡淡地打斷了。

「我跟她不認識。」唐靖遙眉眼不動的，兀自將營柱穿過內帳，好似講話的那人不是他一樣。

「喔？唐同學跟我們家芝唯不熟嗎？」對面的程卉好順勢拉過他穿來的營柱，隨口應了一句。

唐靖遙沒再多說，只是示意程卉好站在對角，然後與他一起腳踩住內帳邊角，兩人使力同時撐起一根骨架插入插鞘，一個帳篷的雛型就這樣在他們眼前形成。

「哇！卉好，你們也太厲害了吧！妳和唐靖遙很有默契耶，竟然這樣就把帳篷給撐起來了。」楚向芯見狀完全忘了自己想問的事情，雙眼冒著光欽佩的誇讚著兩人。

「哪有？那是唐同學厲害，我配合他而已。」程卉好不好意思的笑了笑。

徐芝唯站在一旁聽著她們的對話，不知怎麼的，心裡竟覺得像被什麼東西堵住似的不舒服，她看著走到汪以涵身邊，接過營柱骨架準備再穿過內帳的唐靖遙，忍不住開口問了句：「阿遙，原來你會搭帳篷啊？」

似是沒料到她會跟他說話，唐靖遙動作頓了一下，才淡聲應著：「剛才學長有教。」

簡簡單單一句話，沒帶任何情緒，如同之前和他的每次對答一樣，但此刻的徐芝唯聽了卻有些難受，眉心不由得緊緊蹙起。

對面的楚向芯聽到了徐芝唯對唐靖遙的稱呼，好奇問道：「芝唯，妳怎麼叫唐靖遙阿遙，那是他的外號嗎？」

聞言，徐芝唯瞧見了唐靖遙手下的動作又是一頓，然後好像想抬起頭說些什麼，她腦海裡閃過楚向芯說著程卉妤和唐靖遙很有默契的畫面，一時也沒多想，隨即脫口道：「我從以前就叫他阿遙的。」

「以前？」

此話一出，在場三個女生的目光都朝她看來，眼眸裡都是滿滿的詢問。

徐芝唯吞了口口水，看著因自己這句話而身體一僵的唐靖遙，緩緩地說著：「我跟阿遙從小就認識了，我一直都是這麼叫他的。」

「從小就認識？那為什麼他剛才說不認識妳？」楚向芯一臉困惑。

「阿遙開玩笑呢！他哪會不認識我？」徐芝唯努力讓自己平穩著過快的心跳，笑著瞅向背對自己沒開口的唐靖遙，詢問著：「阿遙，你說對嗎？」

被點到名的唐靖遙好像此時才回過神來，他緩慢的轉頭朝她看來，對上她含笑的目光，一雙眼眸黑得彷彿化不開的濃墨，又似看不到盡頭的黑洞，讓她望著便有種好似要被吸進去的錯覺。

他們的對視大概只有幾秒鐘，但卻又好像過了幾分鐘，她才聽見他口吻冷漠的回道：「我想妳是認錯人了，我不認識妳。」

該怎麼說呢？

唐靖遙的反應其實早在徐芝唯的預料之中，但真的又聽他毫不留情面的當場否認，她還是覺得胸口挺難受，但她這次卻像是要與他槓上，她沒有退卻，反倒笑得更明媚的問他：「怎麼會不認識呢？我們明明幼兒園、小學、國中都同校，我還有證據呢！」

聽到她這話，唐靖遙的表情總算起了些波瀾，他目光炯炯的望著她，似是在等她提出所謂的證據，而彷彿是在附和他所表示的，楚向芯聽見了她的話，也雀躍的連連催促了起來。

「什麼證據？芝唯妳快拿出來啊！」楚向芯嘰嘰喳喳地說著：「沒想到你們竟然從幼兒園就認識，這世界也太小了吧！」

「證據啊……」

徐芝唯下意識的就想拿出自己珍藏多年的那張照片，但想到照片中的人與目前的唐靖遙相差甚遠，而且要是被楚向芯她們看見，又不知道會如何逼問唐靖遙怎麼成了如今這副模樣，而不想在唐靖遙傷口上撒鹽的她，也只得打消這個念頭，骨溜溜的眼珠子轉了轉，瞄到唐靖遙的嘴唇時，她心中做了一個大膽的決定。

於是，她露出一抹無比燦爛的笑容，指了指自己的嘴唇，又指向唐靖遙，語不驚人死不休的開了口。

「證據就是我在幼兒園時吻過他。」沒理會她們的驚呼，徐芝唯笑吟吟的對上唐靖遙的目光，「所有的人都可以作證，不信妳可以問阿遙有沒有這回事。」

雖然徐芝唯是笑著說完這些話的，看起來頗為鎮定，但其實她一顆心彷彿擂鼓似的狂跳不休，她知道她這是在賭，是冒險的孤注一擲，倘若唐靖遙當場否認了她的話，那她就會變成一個不知羞恥硬要跟他扯上關係的女孩子。

望著沉默不語的唐靖遙，徐芝唯緊張得只聽見了自己的呼吸聲。

第五章　拒絕

（1）妳離我遠一點

眾人的目光都集中在唐靖遙身上，但唐靖遙卻是直勾勾的看著徐芝唯，什麼也沒說，既沒承認也沒否認，然後就在眾人不曉得他這是什麼意思時，他卻一個轉身繼續原本的工作，將手中的營柱骨架順利地穿過內帳套管。

「麻煩幫我一下。」他朝對面的楚向芯淡淡喊話，示意她幫忙踩住內帳邊角，好跟他使力撐起另一根骨架。

「喔、好。」楚向芯愣愣地點了頭，一邊動作一邊張著好奇的眼眸瞅著他，好半晌終於忍不住好奇心，追問出聲：「唐靖遙，芝唯說的是真的嗎？她真的在幼兒園時親過你嗎？」

一旁的徐芝唯聽了楚向芯的問話，雙頰不禁一熱，心跳如擂，自己說出口的和從別人嘴裡聽見的完全是兩回事，她剛才說時沒想太多，眼下卻羞恥到想把自己給埋了，然而與她彆扭態度相反的，唐靖遙依舊沒出聲，好似壓根沒聽見楚向芯的話，逕自彎腰將營柱骨架插入插鞘。

楚向芯身為八卦通，自然有一定的敏銳度，瞧見唐靖遙這反應，當下就知道有戲，立刻興奮不已的嚷著：「你沒否認，那就是真的囉！天啊！我這是聽到了什麼？」

「向芯，妳能不能小聲點？」相較於她的雀躍，江以涵不是很苟同的皺起眉，她沒看見唐靖遙的反應明顯有些不對嗎？

「唉唷！我實在是太激動了嘛！這麼有趣的故事情節，我以為只會發生在電視劇裡，沒想到會發生在認識的人身上啊！」楚向芯仍然一副狀況外，興高采烈的講著，語末還轉頭調侃了徐芝唯一句：「芝唯，妳真是太厲害了，幼兒園就懂得非禮人家！」

「哈哈……小時候不懂事嘛！」被點到名的徐芝唯乾笑了幾聲，然後用眼角餘光偷覷著唐靖遙，卻見他連理也沒理她們，逕自將外帳罩上內帳，再把內外帳的掛勾相互勾上。

氣氛忽然顯得有些奇怪。

察覺到情況不太對，汪以涵連忙拿來營釘，打斷了這個話題，示意徐芝唯幫忙固定外帳，「芝唯，妳幫忙弄那兩邊。」

「好。」徐芝唯大概明白汪以涵的用意，她接過營釘走向外帳的另一端，邊走邊忍不住又多看了唐靖遙幾眼，對於他的不發一語，她莫名的有些不安。

彷彿預感成真似的，徐芝唯剛準備蹲下身固定外帳，唐靖遙卻突然開口道：「差不多就是這樣了，妳們等等再把營繩拉出來固定就可以了，我先回營帳了。」

徐芝唯一聽立刻回頭朝唐靖遙看去，剛好瞧見他轉身離開的背影，在這一剎那，她沒來由的忽然覺得自己必須追上去，於是她想也沒多想，匆匆將營釘交到一旁的程卉妤手裡，顧不得其他人驚愕的目光，拔腿就朝唐靖遙追去。

「阿遙！阿遙！」

徐芝唯邊追邊喊，但唐靖遙不知是沒聽到還是故意不理她，腳下步伐絲毫未曾放緩還越走越快，而且他方才明明說的是要回營帳，走的方向卻是跟營地相反，一直往樹林深處走去。

眼見他們已經離營地有段距離，樹林中林木又多、綠蔭成天，明明是白晝卻顯得幽深陰涼，不遠處的唐靖遙又沒有停下等她的跡象，好似一個眨眼，下一秒他就會消失在哪顆樹後，徐芝唯忍不住心頭一慌，扯開嗓子大喊出聲……

「唐靖遙！你給我站住！」

不知是她喊得真的很大聲，還是人在接收到命令句時的慣性使然，唐靖遙竟真的停下了腳步，背對著她站在前方的一棵樹下。

徐芝唯試探性地往前走了幾步，見他真沒有要再離開的意思，這才略鬆了口氣繼續走去，但就在她走到離他一隻手臂的距離時，他忽然開了口，冷冷淡淡地的嗓音穿過風吹林葉的沙沙聲傳來……

「妳真的很煩。」

「啊？」徐芝唯一愣，一時來不及反應。

唐靖遙轉過身來，雙眼透過瀏海直盯著她，語氣淡漠又道：「徐芝唯，我說妳真的很煩，妳為什麼要一直來煩我？妳不懂什麼叫拒絕嗎？」

聽清了唐靖遙的話，徐芝唯驀地呼吸一滯，覺得心口像有把冰冷的小刀穿過似的，涼颼颼的泛著疼，但她還是努力擠出笑容，佯裝不在意道：「阿遙，我不明白你為什麼要裝作不認識我，我們明明認識不是嗎？不過，就算你真的不認識我好了，我也想和你當朋友，我……」

她話還沒說完，便被唐靖遙冷漠地打斷了。

「妳想太多了，我不是裝作不認識妳，我是真的不曉得妳是誰，我只覺得妳很煩，我一點也不想和妳當朋友。」他眸光冷冷地射向她，眼神中盡是毫不掩飾的厭煩。

愣是徐芝唯再厚臉皮，面對唐靖遙這樣的態度，臉上笑容也不禁一僵，她腦中思緒頓時成了醬糊一片，什麼都無法思考，只能怔怔地望著他，下意識的反問：「怎麼會？為什麼？」

他說他不認識她？這怎麼可能？還有，他剛才是不是說了她很煩，不想和她當朋友？她在他的眼裡就這麼糟糕嗎？她……不配成為他的朋友嗎？

「沒有為什麼！請妳以後不要再靠近我了，離我遠一點。」唐靖遙淡淡地應了聲，態度冷漠的瞅著她。

話一講完，唐靖遙邁開步伐走了回頭，正要從徐芝唯身旁經過走回營地，徐芝唯卻突然伸出手抓住了他的手臂。

唐靖遙一愣，停下腳步轉頭看她。

其實徐芝唯也不曉得自己為什麼要拉住唐靖遙，被他方才那些話所拒絕的她，此時滿心窘迫，對上他的視線，嘗試著想彎起一道笑容，卻無奈她心裡正難受得很，怎麼試都沒辦法，只能頹然的垮下肩，輕聲問著：「阿遙，你很討厭我嗎？」

興許是沒料到她會有此一問，唐靖遙身體頓時一僵，神情愕然。

徐芝唯望著他，慘澹的扯出一抹笑，又問：「是不是因為我很糟糕，所以你才不願意當我的朋友？」

唐靖遙並不知道，能成為他的朋友，是徐芝唯一直以來的希望。

或許旁人無法理解，可是徐芝唯自己很清楚，他對她而言有著非常特別的意義，在兩人分離的那段日子，他是支持著她走過低潮幽谷的那股力量，他是道陽光，哪怕只是存在記憶中，他也領著她捱過一段又一段的黑暗。

雖然徐芝唯將對唐靖遙的這種情感歸類於喜歡，但她卻又隱約明白，那是遠遠凌駕在喜歡之上的，因為喜歡是可能隨著時間而逐漸淡忘，但他卻在她的記憶中越來越鮮明，只是她只敢想著，不敢靠近，若不是意外與他再次相遇，她也沒勇氣去打探他的任何事情。

畢竟唐靖遙太耀眼了，他是天上的那顆驕陽，是眾人目光的所在，而她無論是從前或之後都是那樣平凡，縱使她想和他交朋友，她也沒有勇氣踏出那一步。然而，他們重逢之後一切都不一樣了，唐靖遙不再像從前那樣高不可攀，她一方面努力的想讓他恢復成過去的模樣，一方面又暗自欣喜著，這宛如上天給她的一次機會，讓她能鼓起勇氣走近他身邊。

如果她能在唐靖遙最糟糕的時候成為他的朋友，那麼等到唐靖遙又再度發光發熱的那天，她也依然會是他的朋友對嗎？她看過了他最糟的模樣，那麼她是不是就能在他又成為那顆眾人矚目之星時，說服自己其實與他離得並不遠？

可，是不是她這樣的想法太卑劣了，被唐靖遙一眼看穿了，所以他不願意與她當朋友？

這個想法讓徐芝唯受到了不小的打擊，而更叫她感到絕望的是，她一直以為唐靖遙是認識自己的，只是有某些原因而不願承認，但如今聽了他這些話，她不由得不信他是真的不認識自己。

原來，無論是從前或現在，徐芝唯這名字對他來說都是個陌生人。

這一刻，一直以來支持徐芝唯接近唐靖遙的那股勇氣，就像被捅破了的氣球一樣，忽然消失不見了。

或許是發現了徐芝唯不太對勁，態度始終冷淡的唐靖遙放緩了口氣，輕聲應道：「妳並不糟糕，妳很好，只是我不想和任何人交朋友，不是只針對妳。」

「為什麼？」徐芝唯仰頭不解的看他。

唐靖遙默了默，淡淡說著：「沒有為什麼，妳別問了，總之以後妳離我遠一點。」

他話一講完就將徐芝唯抓住他手臂的手給拉開，舉步又離開。

徐芝唯目送著他走出了好幾步，才忽然回過神來，抿了抿唇，像在思考一件很重要的事，最後眼見他就要走遠，立時牙一咬，朝他喊道：「阿遙，我都知道了！關於你轉學的原因，還有關於靖遠哥的事！」

（2）她知道的祕密

聞言，唐靖遙停下腳步，飛快地回頭朝她看來，像聽到了什麼不可思議的事，愕然問道：「妳說什麼？」

徐芝唯知道他肯定會感到震驚，但真的看見他反應這麼大，還是心頭微顫了下，結結巴巴應著：「我、我說……靖遠哥的事，我都知道了。」

確定自己沒有聽錯，唐靖遙快步走回她面前，微瞇起眼，語氣森然的追問她：「我哥的事妳是從哪裡聽來的？誰告訴妳的？妳都知道了些什麼？」

一連三個問句，每個問句都咄咄逼人，徐芝唯只以為是自己戳到了唐靖遙的傷口，不免放柔了聲音，安撫他道：「阿遙，你別管是誰告訴我的，我只想跟你說……我能理解你，我知道這件事情讓你很難受，但你不能因此封閉自己，不讓任何人靠近啊！」

然而，回應她的卻是唐靖遙的一道冷笑。

「呵……妳懂什麼？妳又不是當事人。」他嘴角彎起嘲諷笑意，像在取笑她的自以為是。

徐芝唯知道任何人被觸及傷口都不會太好受，所以她也不在意唐靖遙那不屑的態度，只是很認真的回答：「阿遙，我雖然不是當事人，但我也經歷過一樣的事情，所以我明白的。」

她這答案顯然大出唐靖遙意料之外，黑眸中的諷刺意味斂去，取而代之的是訝然神色，問著：「妳經歷過一樣的事？」

語氣中滿是濃厚的不可置信。

徐芝唯沒想太多，點了下頭，望進他眼底緩緩道：「我跟你一樣，經歷過失去親人的痛楚，我的父親在我國二那年意外身亡，我很了解那是一種什麼感受。」

「妳父親？」唐靖遙又是一愣，似是沒想到會從她口中聽到這件事。

「對！所以阿遙，我能了解靖遠哥離開的事對你影響很大，但你不能一直沉浸在悲傷裡面，將自己完全封閉起來，你這樣子要是靖遠哥地下有知的話，一定會感到很難過的。」徐芝唯沒就自己父親離開一事多做解釋，只是將自己從許思婷口中知曉真相後，就很想對唐靖遙講的話給一口氣講完。

親人離去哀慟悲痛是必然的，但逝者已逝，活著的人總要繼續生活，而這不光是為了自己，也是為了讓離開的人能夠走得毫無牽掛，雖然很難也要去嘗試，不能將自己封閉了，拒絕所有人的關心。

徐芝唯以為唐靖遙就是如此，所以希望他可以走出來。

「等一下！妳在說什麼？」唐靖遙眉頭擰起，像聽出了哪裡有問題，反問她：「妳說妳知道了我哥的事，是都知道了些什麼？」

徐芝唯不明白唐靖遙怎會突然這樣問，但還是遲疑著應了聲：「我知道你轉學的原因，是因為靖遠哥在你國二那年……」

「嗯？」唐靖遙示意她把話說完。

回視他的目光，徐芝唯牙一咬，繼續道：「自殺了。」

徐芝唯不得不承認，當她從許思婷口中得知唐靖遠自殺這件事時，她感到非常震驚，因為她怎樣都無法想像，那個總是笑得如春風般溫柔，斯文儒雅的大哥哥，最後竟會走上了斷自我生命的絕路。

這對唐靖遙的打擊肯定很大，她無法想像他當時是如何面對自家大哥永遠離開的這個事實。

在徐芝唯的印象中，唐家兄弟向來兄弟情深，與唐靖遙差了三歲的唐靖遠，從在與他們就讀同一所小學時，就看得出來他非常疼愛唐靖遙，甚至是到了寵溺的地步，對於這個弟弟他可以說是有求必應，舉凡唐靖遙想要的他都會想盡辦法給，以至於讓當時的學校老師開玩笑說他們『遙遠』兩兄弟感情一點都不『遙遠』，所以她想唐靖遠離開的事情，必定給唐靖遙帶來很大的陰影，才會將他變成了如今這副模樣。

只是，想到這徐芝唯更不懂了，這件事分明就是他心上的一道刻骨銘心傷口，他為什麼還要將它血淋淋的剖開，硬要她把答案說出來呢？她都已經很隱諱的想幫他避過不提及了……

徐芝唯還在擔心著自己談到這件事，是不是又會對唐靖遙造成傷害，但唐靖遙卻像個沒事人似的，聽完她的話後只是又問了句：「所以妳說妳知道的關於我哥的事，是指我哥自殺這件事？」

「嗯。」徐芝唯點了點頭，不懂他問這話是什麼意思，如果不是這件事，難道還有其他事嗎？

聞言，唐靖遙像是鬆了口氣，但又好似有些失落。他淡淡地笑了笑，說著：「沒事！如果妳只是在講這件事的話，那麼妳想多了，我沒有什麼因為我哥自殺而封閉自我的心理陰影，請妳別胡亂猜測。」

「呃？」徐芝唯錯愕的看著唐靖遙，他這反應完全在她意料之外。

唐靖遙沒多做解釋，只冷淡道：「我還是剛才那句話，請妳不要再靠近我了，以後離我遠一點。」

沒等徐芝唯反應，唐靖遙話一說完轉身就走，等到徐芝唯意識過來他還是要跟自己保持距離時，他已經走出了好一段距離。

望著唐靖遙的背影，徐芝唯突然有種感覺，如果她就這樣站在原地目送他離去的話，那麼他與自己之間以後肯定很難再有交集了，所以她沒做多想，立刻邁開腳步追了上去。

（3）關於她的故事

「阿遙！阿遙，你等等！」

徐芝唯又是一邊追一邊喊，但唐靖遙這回卻像鐵了心似的，沒再停下步伐，她見狀不由得心裡更急，連忙小跑步了起來，可她一心都在前方的唐靖遙身上，壓根沒注意到腳下的狀況，於是一個不小心，不知道踢到了什麼，整個人就往前撲去，狠狠摔在了地上。

「唉唷……」

大概是跑得急，徐芝唯這一下摔得並不輕，馬上就感受到雙手雙腳都傳來了一陣痛楚，她正忍痛掙扎著想坐起身，一道黑影卻忽然籠罩住她，而她還來不及看是誰，就見有個人在她面前蹲了下來，朝她伸出手。

「妳沒事吧？」

伴隨著詢問聲響起，徐芝唯抬頭一看才發現來人是唐靖遙，他似是聽見了她跌倒的聲音，所以又折返回來。

「沒、沒事。」徐芝唯將手遞給他，藉由他的幫助站起來。

「沒事？但妳的手都擦傷了。」唐靖遙不是很認同她的話，皺眉看著她沾滿沙土的手，破皮的傷口看來有些觸目驚心。

「這沒什麼，一點點破皮而已。」徐芝唯笑了笑，為了表示自己真的沒什麼大礙，她雙手拍了拍將掌心上的塵土拍掉，但當她要拂去外套上的沙塵時，卻在碰到手臂時感到一陣刺痛，讓毫無設防的她不禁吃痛出聲：「唔……」

唐靖遙見她這樣，連忙出聲問道：「怎麼了？」

「好像這裡也撞到了。」徐芝唯指了指自己手臂。

「外套脫下來看看怎樣吧！」唐靖遙朝她示意著。

「不用啦！應該也只是一點小擦傷而已。」徐芝唯笑著搖了搖頭。

其實她現在最在意的倒不是自己的傷口，而是唐靖遙。

她實在不想與他再無交集。

「阿遙，你……」

雖然這一跤跌得有些痛，但托這一跤的福，唐靖遙又走了回來，所以徐芝唯就想把握時機再和他談談，然而唐靖遙卻是不容她拒絕的，態度堅定又強調了一次：「把外套脫下來看看。」

徐芝唯一愣，見他一臉認真，不得不順了他的意思，點點頭：「好吧！」

儘管嘴上說著沒事，但由於手上傷口比想像中來得痛，所以徐芝唯在脫下外套時動作顯得小心翼翼，而此舉也落在了唐靖遙眸中，他的眉心微微皺了起來。

費了一番力氣總算將外套脫下，徐芝唯朝著自己手臂上疼痛的地方看去，入眼所見皆是因跌倒而導致的一片擦傷，有幾處還破了皮，正滲出微微血絲，狀況竟比她預料的還嚴重。

唐靖遙也看見了，濃眉頓時擰得更緊，他伸出手似乎想查看她的傷勢，但最後只停留在她手臂上方，溫聲問她：「是這邊嗎？」

徐芝唯被疼痛分散了注意力，沒有注意到唐靖遙放緩了的口氣，只是感受著手臂上傳來的刺痛，回著：「嗯，可是手肘好像也傷到了。」

「我看看。」唐靖遙拉過她的手，輕輕側過她的手肘查看傷處，「是有些擦傷破皮沒錯，等等回去後問學長姐他們有沒有醫藥箱能幫妳……」

話未說完，他的話聲便驀地止住，本來正專注聽他說話的徐芝唯不禁納悶的朝他看去，見他正雙眼直勾勾地的盯著自己手臂，她愣了好一會兒才想起來那裡有著什麼。

「看起來很可怕吧？不過那時候我完全不覺得痛呢！」她笑著開了口，語氣輕快的彷彿在談論天氣。

唐靖遙這時才回過神來，錯愕的看了她一眼，又朝她手臂看去，口氣難得透出詫異：「這……不痛？」

「是啊！不痛。」徐芝唯笑了笑，順著他的目光看向自己手臂外側。

她知道他為什麼吃驚，因為她的手臂外側向下延伸至手肘處，那裡有一道觸目驚心的傷疤，由上而下斜劃了下來，醜陋的疤痕宛如一條蜈蚣，扭曲的攀附在她手臂上，雖然傷疤已經癒合，卻看得出來當時這道傷口有多可怕，但事實上她並不覺得可怕，就如同事發當下她也不覺得害怕一樣。

「這麼大的傷口，怎麼可能不痛？」唐靖遙抬頭看她，臉上是掩不住的震驚。

難得看見唐靖遙出現淡漠以外的表情，徐芝唯沒來由的有些小開心，她想自己肯定有病，醜陋的傷口嚇到了人家，她還在高興自己能影響人家的情緒。

可話說回來，唐靖遙的反應就像過往每個瞧見她傷勢的人一樣，徐芝唯早見怪不怪，所以她只是抬眸對上他的目光，含笑肯定道：「真的不痛！這個啊！可是我光榮的徽章。」

「徽章？」唐靖遙更錯愕了，不解的瞅著她。

「是啊！這是我將我母親從地獄拉回來，上天獎賞我，為我刻上的徽章。」回想起過往，徐芝唯忍不住露出微笑。

「地獄？怎麼回事？」聽到這字眼，唐靖遙不禁皺起了眉。

徐芝唯瞧見了唐靖遙的疑惑神色，想了想，最後決定告訴他這道傷疤的由來，而她想告訴他的原因很簡單，因為他是唐靖遙，是她的陽光，她覺得他可以、她也想讓他知道。

「阿遙，你還記得我剛才跟你說的，我爸在我國二那年意外過世嗎？」徐芝唯問他。

「嗯。」唐靖遙點了下頭，表示他記得。

「我要跟你說的故事，就是從這開始的。」徐芝唯微微一笑，說道：「自我有記憶以來，我爸媽感情一直很好，所謂的鶼鰈情深，大概說的就是他們這樣。我爸是個很好的人，他深愛著我母親也很疼我，天上地下大概再也很難找到能比他更好的人了，他是世上最好的丈夫、最好的父親，也是我家的支柱，我們家的幸福都是圍繞著他而誕生，而我想就是因為我爸這麼好，所以當我爸在那天意外身亡後，我媽才會差點就瘋了。」

順著自己的描述，徐芝唯彷彿回到了國二那天，救護車在她面前呼嘯而過，她看著躺在血泊中的父親嚇得一動也不能動，上了救護車握著父親逐漸冰涼的手，她不懂剛才究竟是發生了什麼事，腦中一片空白的到了醫院，然後母親來了、小舅舅也來了，眼前手術室的門關了又開，護士們進進出出，腳步急促的就像趕著過馬路的行人。

緊接著，警察來了，蹲在她身前好像對她說著些什麼，她沒聽清楚，只能茫然地看著警察的嘴巴一張一闔，最後小舅舅跟警察去旁邊說話了，而又過了很久很久，久到好像過了幾個世紀，手術室的門打開了，醫生終於走了出來，母親急著上前，然後醫生搖了搖頭，嘴裡好像講了些什麼，下一秒母親便腳步踉蹌跌坐在椅子上，像個無助的孩子一樣掩面放聲大哭。

哭聲將她驚醒，她這才意識過來剛剛醫生最後的那句話。

『……對不起，我們盡力了。』

寥寥數字，宣告著她的父親從此再也不會出現，不會笑著喊她唯唯、不會騎著摩托車來接她回家，也不會再調侃她在偷看哪位男同學，他們之間自那天以後便有著世上最遙遠的距離。

生與死，她還不懂生離的痛苦，就先嘗到死別的滋味。

有那麼一個人，永遠都觸碰不到了。

「瘋了？」唐靖遙微微拉高了尾音，一臉不可置信的重複著她的話，也將她從回憶中拉了回來。

徐芝唯朝他笑著搖頭，更正道：「是『差點』瘋了。」

唐靖遙皺眉看她，像是不懂這其中有什麼差別，而徐芝唯則是笑了笑，目光望向他身後，眼前好似浮現了那些年的畫面，又往下緩緩說道：「我爸離開了以後，我媽受不了打擊開始逃避事實，她假裝著我爸還在，拒絕辦理我爸的喪事，每天依然做著那些我爸在世時她會做的事，像是打電話給我爸問他何時回來吃飯，哪怕其實電話從來不曾接通過，又或者是將我爸的衣服從衣櫥裡拿出來丟進洗衣機，笑著跟我抱怨爸爸又扔了一大堆衣服給她洗，然後讓我去問問我爸，出差那麼久了什麼時候要回來？」

隨著徐芝唯的述說，唐靖遙的目光越來越愕然，但徐芝唯卻沒看見他的反應，逕自陷入回憶之中，幽幽說著：「當時我和小舅舅都以為媽媽的這些舉動只是受到太大打擊，一時之間無法接受而已，等到媽媽接受了事實，她自然就會好了，所以我們也一直配合著她，可是漸漸地我們發現事情不太對了。」

「怎樣不太對？」唐靖遙扮演著一個好聽眾的角色，見她停下來，適時的出聲詢問。

聞言，徐芝唯收回視線，望向直瞅著自己的唐靖遙，露出抹苦笑：「因為媽媽她開始會自言自語，會對著空氣喊我爸的名字，然後還會問我為什麼找爸回來了我不跟他打招呼，甚至幾次為此而對我生氣大吼，說我這麼沒禮貌我爸就要走了，但這都不算什麼，真正讓我們驚覺大事不妙的，是……」

「是什麼？」唐靖遙出聲追問，他沒發現自己已陷入在徐芝唯的故事裡，也沒去思考，既然他要她離自己遠一點，為何又要那麼關心她的事情。

「是我媽試圖殺了我。」徐芝唯垂下眼簾，語調輕輕地說著。

「妳說什麼？」唐靖遙倒抽一口冷氣，不敢相信自己所聽到的。

徐芝唯抬頭笑了，她用著輕描淡寫的語氣，試圖把這聽來驚悚的過去，當成別人的故事來說，緩緩道：「那一天，我半夜睡到一半忽然感到不能呼吸，掙扎著醒來，卻發現我媽正用枕頭壓住我的口鼻，她的目光很難形容，像是瘋癲又彷彿很清醒，她見我醒來想反抗，便溫柔的哄著我說，我爸告訴她要帶我們一起去個很遠的地方，讓我乖乖地不要動，很快就沒事了，我們快可以跟爸爸相聚了。」

「然後呢？」唐靖遙問著，也不知是不是她話中的內容太嚇人，他的聲音聽來有些發顫。

「然後啊！我當然不可能不動啊！」徐芝唯故作輕鬆的笑了笑，繼續說：「我掙扎了好久，還好當時我媽因為長時間飲食不正常，營養不良、身體比較虛弱，讓我尋到了空隙逃脫朝客廳跑，而我們的動靜也吵醒了因不放心我媽狀況，暫住在我家客房的小舅舅，那時我還來不及跟小舅舅講我媽試圖悶死我的事，回頭就見我媽進廚房拿了刀往我追來，再來的情況也就沒什麼了，小舅舅奮力擋下了我媽試圖揮向我的刀，卻還是不小心讓刀劃到了我手臂，我當下血流如注，但或許是嚇傻了，我一點也不覺得疼，而我媽則在瞧見我渾身是血時，整個人清醒了過來。」

徐芝唯還記得，那時她被刀劃到流出大量鮮血時，小舅舅在奪了母親的刀往一旁遠遠丟開後，邊抓來一旁的桌布為她緊急強壓止血，邊朝母親暴怒喊出的那句話……

『郭彩娜！妳死了老公，現在也想讓女兒死嗎？』

（4）我們重新認識

打從有記憶以來，徐芝唯不曾見過小舅舅那麼憤怒的模樣，那是第一次，小舅舅氣到渾身發抖，邊顫著手為她止血，邊安撫著她讓她別害怕，並且反覆地告訴她，媽媽不是故意的。

但是，不害怕是不可能的，徐芝唯望著母親，忽然覺得母親看來很陌生，好像眼前那女人並不是從小疼愛她的母親，而是個想置她於死地的惡人。可，當她這樣想時，她的潛意識卻又告訴自己，母親不是故意的，她只是太愛父親了，因為愛，所以無法承受失去，所以才會出現這種行為，她不能也沒辦法去恐懼母親。

不曉得是小舅舅那句話驚醒了母親，還是她渾身是血的模樣將母親的神智喚了回來，徐芝唯看到母親在瞧見她的傷勢時，目光從渾沌瘋癲逐漸轉為清醒，然後望著自己的雙手緩緩跪倒在地崩潰大哭。

而她，在小舅舅驚愕的視線下，上前去抱住了母親。

直到那時，她才發現母親渾身顫抖得比小舅舅還厲害，母親緊緊地抱住了她，在她的耳邊，一聲接一聲不停地說著對不起。

『對不起……唯唯，對不起……』

『唯唯……媽媽不是故意的，請妳原諒媽媽……』

『仲達……對不起……請你原諒我……我傷害了我們的女兒……』

一句又一句的對不起，在徐芝唯的耳邊響起，本來不覺得害怕的她，在那一瞬間突然感到特別委屈，那自從父親過世後就被母親漠視的心酸，以及母親不顧她意願想帶她共赴黃泉的恐懼，叫她眼眶不禁迅速紅了一圈，也啞著嗓子哭著開了口……

『媽……嗚嗚嗚……我好怕……』

『媽……我不想死……嗚嗚……』

『……媽……沒關係……我不怪妳……』

從釋放恐懼到啜泣著安慰彼此，徐芝唯忘了她和母親這樣的對話持續了多久，但應該是沒有很久的，因為她的傷口不小，不去醫院不行，所以小舅舅讓母親在家裡等著，馬上開車載她去醫院掛急診，而在前往醫院的路上，她不知道自己想了些什麼，只記得車窗外的街景一如以往每個放學後，父親載她經過的一般。

有的人離去了，而有的人還需要繼續往前走。

在沉默了許久後，她轉頭朝小舅舅很認真地說著：『小舅舅，等一下就跟醫生說是我自己不小心割傷的好嗎？』

小舅舅回頭看了她一眼，目光有些複雜，又轉過頭去繼續開車，淡淡地朝她問來一句：『妳決定要這樣說？』
是詢問句，小舅舅似是不敢相信她的決定。

她沒在意小舅舅是不是看見，點了點頭，堅定道：『嗯，因為我想和媽媽一起努力。』她頓了一下，轉頭看向窗外，才又道：『努力重新開始。』

後來的故事也就是那樣了，去了醫院縫針時，雖然還是免不了被醫生一番盤問，但她咬死自己是不小心割傷的，還將割傷過程說的煞有其事，最後也就順利地過了關，然後如同她說的想要重新開始，小舅舅在和母親討論過後，決定搬離原本的地方，為她辦了轉學，一起離開原本有父親的城市，去了外縣市定居，而這也是她國二轉學的原因。

「……原來如此。」聽她把故事說完，唐靖遙沉默了好一會兒，才緩緩吐出這四個字。

徐芝唯將自己的手縮了回來，佯裝輕鬆的笑道：「是啊！就是這樣，意外來得太快了，不然我當年還挺想跟你一起畢業呢！為了這件事，我那時還難過了好一段時間，只是沒想到你後來也轉學了。」

聽到她這話，唐靖遙驀地抬頭對上她的視線。

徐芝唯以為是自己又提起了過去，觸碰到了唐靖遙的傷口，不禁歉疚道：「阿遙，對不起！我又不小心講到了你以前的事。」

唐靖遙聞言一愣，想起了她剛剛說的話，又見到她　臉抱歉的模樣，忍不住皺眉道：「那沒什麼，妳不用一直為這事說對不起。」

徐芝唯雖然感到驚訝，但還是點了頭：「好。」

兩人沒再開口，氛圍忽然變得有些尷尬，唐靖遙大概也是察覺了這點，不自在的清了清喉嚨低咳了一聲，站了起來。

「咳……那妳還能走嗎？」他問著她。

「應該可以吧？」徐芝唯遲疑的應了聲，然後試圖往前走幾步，只是有些擦傷在膝蓋上，一走就免不了扯到傷處，所以她走的是一跛一跛的。

唐靖遙見狀皺緊了眉，看了她半晌，最後說道：「算了，我扶著妳吧！」話說完，不待徐芝唯反應，他將她的手拉向自己手臂勾著，然後回頭對她叮囑著：「妳抓好我的手。」

徐芝唯掌心接觸到唐靖遙的手臂，可以很清楚地感受到他的體溫，想起自己不久前才只能目睹他離去的背影，但此時他卻在她的身邊，她不禁有些恍如在作夢的感覺，整個人有些飄飄然的。

然而，這並不是夢，她也不希望眼下這一刻是一場夢，她很想很想接近他，他是她年少的憧憬，也是她那段黑暗時期的唯一一道陽光，好不容易能夠再次與他相遇，她想要離他更近一些，曾經沒有勇氣走向前的，她不想再輕易放棄。

緣分啊！好不容易，她能與他重逢，必定是有所意義。

隨著唐靖遙的步伐，一步一步慢慢往前走的徐芝唯，深呼吸了一口氣，喚了他一聲：「阿遙。」

「嗯？」唐靖遙下意識的應聲，回頭瞥了她一眼，又繼續專注著眼前的路，帶她避開地上的碎石小坑。

凝視著他的側臉，徐芝唯聽見自己開口問道：「我知道你不喜歡提起過去的事，既然這樣，以後我也不會再說了，但你能不能給我一次機會，就當是認識一個新朋友，讓我重新認識你？」

唐靖遙聞言腳步一頓，但卻沒有回頭，徐芝唯隨之停住了腳步，站在他身旁，她瞧不清他的表情，只能惴惴不安的等著他的反應。然而，他卻沒有說話，很快的又繼續領著她往前走。

眼看著他們就要走出樹林，離營地越來越近，徐芝唯正覺得自己可能沒機會了，唐靖遙這是用沉默又拒絕了她時，卻聽他忽地出聲問了她一句……

「為什麼？」

簡單三個字，雖然只是一句問話，也沒有什麼特別的意思，但徐芝唯聽見卻是雙眼為之一亮，因為她彷彿看見了一線生機出現在眼前，她隱約知道這是攸關能不能走近唐靖遙身旁的關鍵，於是在這一瞬間她的腦海中閃過了好多種回答，從『因為我很想跟你做朋友』到『能夠當你的朋友是我畢生夢想』諸如此類誇張的回答，但最後都被她自己給一一否決。

從唐靖遙拋出問話到她思考該如何回答的這一段時間，不過也才過了十幾秒，可她卻害怕自己沉默得太久，會讓唐靖遙再度關起了那扇好不容易朝她打開的大門，只是她越在意越緊張就越想不出個好答案。

徐芝唯望著唐靖遙的側臉，她想著這個男孩子是自己一直以來很喜歡的人，她喜歡他，從幼兒園就喜歡著他，即使中間分開了，這份情感沉澱了下去，但卻始終蟄伏在她心中，而這不就是她努力想接近他的最主要原因嗎？

思至此，徐芝唯忽然所有紛亂思緒都平靜了下來，她看著腳下自己與唐靖遙緊緊相隨的步伐，嘴角微微勾起，以輕柔卻無比堅定的口吻朝他說著……

「因為我喜歡你。」

（5）他給她的回答

迎新的一系列活動在眾人搭完帳篷後便如火如荼的展開，而徐芝唯和唐靖遙一回到營地，恰好就被值星官逮個正著，當值星官板著一張臉，把他們帶回小組去時，小隊輔正為找不到他倆而著急。

擔任小隊輔的兩位學姊，在看到徐芝唯和唐靖遙被值星官抓了回來時，臉先綠了幾分，又見自己的小隊在活動還沒開始前，便被因隊員擅自脫隊給扣了一分，臉色頓時更差了，於是在發現徐芝唯身上竟還帶著傷後，不禁氣急敗壞的念了他們一頓，然後要其他人幫忙注意，別讓他們再有私自離隊的行為。

徐芝唯被學姊們當眾罵了，傷口也因為上藥的關係疼得要命，但這些她都不是很在意，她瞅著同樣也被念了一頓的唐靖遙，心裡想著的都是兩人先前的那些對話，還有面對她儼然是告白的答案，他並未給予她任何回應。

他問她為什麼想重新認識他，她說因為她喜歡他。

然後……就沒有然後了。

徐芝唯在當下話說的很堅決，沒有想太多，但事後卻開始有些不安，特別是唐靖遙還什麼都沒說，這讓她不由得開始胡思亂想，擔心是不是自己告白太過莽撞，講的那句話嚇到了他。

只不過，真相究竟為何，只有唐靖遙自己才知道了。

雖然徐芝唯的傷勢並不嚴重，但受到傷口影響，有些行動還不是很方便，所以在迎新的大地活動時，她也沒能上場玩幾關，只能在旁給隊員們加油，幫忙後勤支援。

至於唐靖遙，他依然維持著一貫的風格，除非是小隊輔硬要他上場，否則他也都是在一旁看著，對於活動並不熱衷，於是一場熱熱鬧鬧的大地活動也就在徐芝唯還糊里糊塗的情況下結束了。

隨著夕陽西下，系學會幹部公布完目前各小隊的積分，經歷了幾家歡樂幾家愁後，眾人一同用過了晚飯，試膽大會兼營火晚會就這樣來到了眼前。

隨著大夥們站在一片漆黑的樹林前，徐芝唯的臉色非常難看。

她怕黑，她實在不能想像自己進到了伸手不見五指的樹林中時，會是個什麼模樣，所以她在試膽大會前就先找到了小隊輔，表明了自己行動不是很方便，可不可以不參加，但小隊輔卻是一臉為難的駁回了她的請求，並婉轉的告訴她，她和唐靖遙已經害小隊被扣了很多分，如果這活動她不參加，可能小隊又會被以隊員不團結的理由給扣分，希望她可以配合。

『如果害怕的話，抓住身旁隊友的手就好了啊！』

面對她的恐懼，小隊輔如此語調輕快的告訴她。

於是，此時此刻，徐芝唯緊緊地抓住了汪以涵。

「……」汪以涵看著將自己手臂抓得死緊的徐芝唯，忍了好一會兒，才朝她說道：「芝唯，妳抓太緊了，我手會痛。」

「啊！對不起、對不起。」徐芝唯回過神來，連忙鬆開了她的手，一臉歉疚。

「芝唯，妳不要那麼緊張，這裡人很多，就手電筒的光都能把樹林照得像白天了。」知道她害怕，汪以涵邊揉著自己手臂邊安慰她。

「我知道，但我就是怕黑。」徐芝唯尷尬的笑了笑。

她對黑暗向來有種畏懼，而追究起來，大概是始於國小時曾被同學惡作劇反鎖在體育館儲藏室裡，那種叫天天不應、叫地地不靈，周遭靜謐得彷彿全世界都遺忘了自己的感覺，以及黑暗深處不曉得躲藏著什麼的恐懼感，自此深深烙進她的內心深處，導致她哪怕長大之後，對於黑暗還是有種本能的懼怕。

「是呀！芝唯，妳別怕！等一下大家會一起走，沒什麼可怕的。」程卉妤聽見了她們的對話，也出聲安撫著徐芝唯。

「好……我盡量。」徐芝唯勉強的點了下頭。

很快的，在系學會幹部的安排下，各隊的小隊輔們帶領著隊員踏進了樹林之中，而大家確實也都走在一起，到處都能聽到彼此嘻哈打鬧的聲音，徐芝唯一顆懸在半空不安的心，這時才慢慢放了下來。

「好像真的沒那麼可怕耶。」她轉頭朝汪以涵笑著，這一瞬間，她彷彿覺得自己已經克服了心靈陰影，不再對黑暗感到恐懼。

而她這一回頭，恰好也瞧見了獨自走在附近的唐靖遙，只見他形單影隻的樣子，在一片成群結隊的眾人之中顯得格外突兀。

徐芝唯還正看著唐靖遙發愣，耳邊就傳來汪以涵的回應：「本來就不會很可怕，是妳想太多了。」

「對啊！我想太多了。」徐芝唯收回視線，含笑點了點頭。

就在她們講話的這時，瞧見了她們身影的楚向芯也跟著湊過來。

「芝唯、芝唯，我找妳好久了，總算遇到妳啦！　楚向芯將手搭上徐芝唯的肩膀，笑得一臉不懷好意。

「妳找我幹麼？」徐芝唯心中頓時有種不好的預感。

「嘿嘿……當然是有事情要問妳啦！」楚向芯神祕兮兮的湊近她，「妳快說！妳剛才跟唐靖遙一起不見，你們是跑去做什麼壞事了？」

「向芯同學，妳會不會想太多了，我們能做什麼壞事？」徐芝唯覺得啼笑皆非。

楚向芯睜大眼，嚷道：「我怎麼知道？我只看見你們一個走一個追的，這其中肯定有戲啊！別轉移話題，快說！快說！你們幹什麼去了？」

「我們沒有幹什麼。」徐芝唯簡直快被她打敗。

「少騙人了！你們離開了很久耶，我們帳篷都搭好，準備要大地活動了，都沒見到你們回來。」楚向芯撇了撇嘴，一臉不信。

「真的沒有！我只是跟阿遙說幾句話而已。」徐之唯備感無力。

楚向芯聞言雙眼一亮，伸手一把抓住徐芝唯的手臂，追問道：「說什麼？說什麼？你們跑去聊什麼了？」

孰知，她這一抓恰好抓在了徐芝唯的傷口上，痛得她忍不住倒抽了口冷氣。

「唔……痛……」

見狀，楚向芯嚇得縮回了手，表情愕然：「芝唯，妳怎麼了？」

「她怎麼了？妳不會睜大妳的眼睛看一下啊！她手上包著紗布呢！」一旁的汪以涵看不下去，轉頭瞪著她。

楚向芯一驚，這才發現徐芝唯手上確實纏著紗布，不禁詫道：「芝唯，妳受傷了？」

「嗯，跌倒，小擦傷。」為了怕她又伸出『狼爪』，徐芝唯邊說邊往旁邊閃開。

「怎麼會這樣？嚴重嗎？」楚向芯蹙起眉關心著她。

徐芝唯不得不說，楚向芯雖然有時挺白目又很八卦，但遇上正經事時也還是很窩心的，收到她的關切，她微笑著搖了搖頭：「擦過藥了，沒什麼事了。」

「那就好。」楚向芯鬆了口氣，然後又想起自己方才沒能得到回答的問題，舉步就想往徐芝唯靠近，邊走邊問：「芝唯妳還沒回答我，妳到底跟唐靖遙……卉妤妳拉我幹麼？」

楚向芯還沒能走近徐芝唯，到了半路就被程卉妤給拉了開去。

「好了，妳別那麼八卦，人家講些什麼關妳什麼事？」大概是覺得楚向芯問得有些過火，程卉妤也忍不住出言阻止她。

「我就好奇嘛！」楚向芯委屈的癟了癟嘴。

「好奇也要分情況的好嗎？」汪以涵跟著念她。

雖然她們都不知道徐芝唯跟唐靖遙是個什麼狀況，但很顯然的徐芝唯並不想多說，她們也覺得那就沒必要多問，畢竟有些事是私事，問得多了只怕會讓徐芝唯反感，而這也是她們阻止楚向芯的原因。

同為一個寢室的室友，要是鬧翻了還真不好看。

徐芝唯見楚向芯被拉住了，緊繃的神經這才鬆懈下來，因為她實在是不想自己和唐靖遙的事被當成八卦傳來傳去，她不討厭向芯，也很喜歡聽她說那些有的沒有的，但她並不想成為其中的主角，也不願唐靖遙成為他人茶餘飯後的話題。

似乎是為了怕楚向芯又抓著徐芝唯亂問，程卉妤拉著她向前面走去，而徐芝唯一看她們離開便也打算再走回汪以涵身邊，可就在這時，一聲命令卻從前方傳了過來……

「所有人聽見，把手電筒全部關掉，將手搭上前方隊友的肩膀。」

聽到這句話，徐芝唯還沒來得及反應，就見身旁的手電筒一盞接一盞的熄滅，而早就走出原本隊伍的她，還沒能回到原本位置，眼前的光亮就瞬間消失，待她回過神來時，四周已是漆黑一片。

雙眼一時無法適應黑暗，徐芝唯伸出手往旁邊摸了摸，語氣緊張的問著：「以涵，妳們在哪裡？」

「我們在這兒，芝唯妳在哪？」汪以涵的聲音響起，卻是來自離她有段距離的前方。

「妳怎麼走那麼快？我還在剛剛這裡。」徐芝唯一下子有些慌了，連忙就想朝聲音的方向走去，但才跨出一步就不知道踢到了什麼，腳下踉蹌了一下，所幸並沒有跌倒。

「芝唯，還好嗎？需要回去接妳嗎？」大概是聽到了聲響，汪以涵的聲音又傳來。

「我……」徐芝唯剛要應好，忽然感到有個人靠近自己，而她還來不及回頭看是誰，有隻手忽地就牽住了她。

徐芝唯嚇了一跳，剛要甩開，就聽見身邊傳來一句淡淡的男音……

「牽好，我帶妳出去。」

這聲音徐芝唯並不陌生，因為那是唐靖遙。

聞言，哪怕黑暗之中什麼都看不見，徐芝唯還是回頭看他，而或許是雙眼習慣了黑暗，她在隱約之中竟能看清了他的雙眼，此時的他也正回望著她。

徐芝唯知道自己應該要道謝，但在瞧見來人真是唐靖遙後，她卻忍不住恍惚了起來，因為她記得在很久之前，他也曾這樣來拯救她。

小學時，由於唐靖遙長得好看、各項成績又好，是學校的風雲人物，幾乎所有人都喜歡他，而因為他們是幼兒園直升上小學的，所以也不知是怎麼傳的，到了後來竟有人知道她在幼兒園時曾吻過唐靖遙，還頻頻對他示好，送牛奶給他喝的事。

其實這些也沒什麼，但流傳開來後自然有些喜歡唐靖遙的人看她就不是很順眼，儘管在大人眼裡他們都是小孩子，翻不了什麼風浪，但小孩子之間的惡意也是不容小覷的，特別是到了曉得群體力量的好用之後。於是，那些因此而討厭她的人就串通起來，在某一天體育課下課後，以將籃球抬回儲藏室為由，將她騙進儲藏室鎖了起來，而那天體育老師又剛好有事先回辦公室，沒有留下來檢查，於是她便一個人被孤零零的關在裡面。

那是第一次，徐芝唯感受到自己和唐靖遙的距離這麼遙遠。

她喜歡他，但他卻有太多人喜歡，他們就好像是不同的世界，他在最耀眼的那顆星球，而她只能在地上仰望他，不能太接近他，否則便會被他周圍的火光給灼傷。

徐芝唯忘了那天她被關在儲藏室裡多久，只記得她從慌張害怕到抱膝啜泣，始終都沒有人發現她的存在，她不知道那些同學會不會來將她放出去，也不清楚何時才會有人注意到她消失不見，畢竟體育課之後是打掃時間，老師也不可能在打掃時間還特地點名。
她真的很想爸爸媽媽，她很想回家。
而就在她聽著鐘聲敲過一聲又一聲，似乎已經到了放學時間時，幾道匆促的腳步聲突然由遠到近的往體育館跑來，然後在儲藏室門口停下步伐。
『老師，快點開門！有人在裡面！』
青澀稚嫩的嗓音在門外響起，徐芝唯還沒來得及思考，就聽見門鎖被打開的聲音，然後眼前那扇任憑她如何拍打都紋風不動的木門，就被人動作飛快的一把拉開，緊接著一道光順著流淌進來，照亮了整間儲藏室。
她已習慣了黑暗的眼睛，一時受不了亮光，微瞇了起來向前看去，只見一道身影朝她走近，沒多久就有一隻手掌向上攤開在她面前，然後她聽見那道在門外催促著老師開門的稚嫩嗓音在身前響起，對她輕聲說著……
『來，牽住我的手，我帶妳出去。』
回憶到此戛然而斷，因為唐靖遙見她沒應聲，主動拉著她向前面隊伍走去。
溫熱的手掌緊貼著自己，徐芝唯慢了好幾拍才意識到兩人眼下的動作有多親密，雙頰不禁一陣火熱，她實在是不能相信唐靖遙竟會主動牽她的手，分明他早上還一直說著她很煩，要她別去煩他啊！
徐芝唯一顆心小鹿亂撞起來，緊張的差點連路都不會走，而那本來她最恐懼的黑暗，此時盡數被身旁唐靖遙的存在給沖散，甚至於她還希望這路就這樣走不完，黑暗永遠別消失，誰也別將手電筒打開。

她正胡思亂想間，始終沉默著的唐靖遙卻突然開了口。

「妳早上的那些話我想過了。」

「啊？」徐芝唯怔了怔，思緒一下子沒辦法跟上他的。

沒有注意到她的錯愕，唐靖遙又道：「我覺得我可以接受妳的要求。」

「什麼？」徐芝唯更傻眼了，沒能反應過來他在說什麼。

此時，唐靖遙似是終於發現到了她沒在狀況內，轉頭看她，說道：「妳說的重新認識當朋友這件事。」

徐芝唯這下才總算明白他在講什麼，忍不住開心的彎起嘴角，正想說一句『太好了』，但話還沒能說出口，就又聽他出了聲……

「但是我希望妳別喜歡我了。」

他注視著她，神情認真。

第六章　束縛

（1）都是他應得的

夏日炎熱的午後，唐靖遙放學打完籃球一身是汗的回家，他拉開紗門，剛想朝客廳喊聲他回來了，卻發現家裡一片靜悄悄，只有魚缸馬達規律的打水聲，為幾尾愣頭愣腦的金魚供應著氧氣。

唐靖遙撇撇嘴不以為意，知道爸媽肯定又有應酬，大概深夜才會回來，他反手拉上紗門剛想換拖鞋，卻發現擺在玄關的拖鞋少了一雙，他忍不住笑顏逐開，一雙好看的眼眸霎時亮了起來，連忙拖鞋一踩直往樓上跑。

『哥！』

衝到二樓走廊的最裡間，唐靖遙拉開房門開心的喊著，而隨著他的聲音落下，一個坐在畫板前的身影回過頭來，瞧見了是他，唇邊揚起溫柔的笑意。

『阿遙，回來了啊！』唐靖遠笑瞅著自家弟弟。

『哥，你又在畫畫了喔！』唐靖遙將手上的籃球隨手放在一旁椅子上，邊說邊走到他身旁。

『對啊！今天提前考完試，想說沒什麼事做又剛好有些靈感，所以就來畫畫了。』唐靖遠含笑看他走近，回頭又繼續用鉛筆在畫紙上一筆一劃勾勒。

『那你今天畫什麼？』唐靖遙好奇的湊上前，瞧見唐靖遠畫的是一張臉的輪廓後，不禁訝然出聲，『哥你這是人物畫？』

『是呀！』唐靖遠微笑的點了點頭，又在那張臉上描出一雙細長的眼睛。

『哥，這人是誰？』唐靖遙看著畫上的那張臉，確定不是自家父母，也不是自己後，忍不住疑惑問著。

『這是我朋友。』唐靖遠邊回答他，手下畫筆依舊沒停。

『我認識嗎？』瞧見畫紙上的臉逐漸成形，但唐靖遙卻沒印象曾見過畫上的人，不免又追問了一句。

『不認識。』唐靖遠抬眸看他，微微一笑，『他是我高中認識的新朋友。』

『啊！真好！哥都上高中交到新朋友了。』唐靖遙羨慕的癟了癟嘴。

如果此時有和唐靖遙同校的學生在，看見他這模樣肯定會嚇一跳，誰能想到風靡校園的唐靖遙竟會有這般孩子氣的模樣，好險他這樣子只會出現在自家兄長面前，外人是無法瞧見的。

『說什麼傻話？你不也上國中認識很多新朋友嗎？』唐靖遠失笑的揉了揉他的頭髮，然後又回頭去將畫紙上的那雙眼繪出神韻，一勾一勒，神似那人的眼眸便躍然於紙上。

『哪比得上哥啊！哥認識的朋友一定比我多。』唐靖遙直接在一旁席地而坐，仰頭望著唐靖遠作畫，語氣裡滿是欽羨。

在唐靖遙的心目中唐靖遠什麼都好，脾氣好、個性好、成績好、人緣也好，認識新朋友對唐靖遠來說向來不是什麼問題，每個人一見到唐靖遠都輕而易舉的喜歡上他，雖然大家也都說他很受歡迎，可是他總覺得自己和兄長比起來還是差了很大一截。

『朋友重質不重量，要那麼多做什麼？好朋友幾個就可以了。』唐靖遠好笑的看著自家弟弟。

『哥你朋友多，你當然這樣說。』雖然覺得哥哥說的有道理，但身處叛逆期的少年，還是嘴硬的反駁了回去。

唐靖遠拿他沒輒，笑著搖了搖頭，轉身作勢又要回去做畫，卻忽然像想到什麼似的，忽然對他問了一句：『對了！阿遙，那女孩也跟你念同一間學校對吧？』

『啊？』唐靖遙愣住，沒能反應他哥在問什麼。

『就那個……那個送你牛奶的女孩啊！叫什麼來著？徐……』唐靖遠很認真的想了想，而就在那名字快呼之欲出時，唐靖遙卻像反應過來他要講什麼 俊秀的臉上一紅，連忙指著畫紙打斷他的話。

『哥！你為什麼要畫這個人啊！這個人是你很好的朋友嗎？』唐靖遙技巧拙劣的轉移話題。

『欸？喔！不是。』唐靖遠順著他的手看向畫紙，淡淡地笑了，『我只是覺得他這模樣很好看，所以就想把他畫下來。』

『哥的朋友看起來很陽光呢！』為了不想再讓哥哥提起前面的事，唐靖遙望著畫紙上已然成形的明媚少年，故作認真的評論。

『他是挺陽光的。』唐靖遠笑開，轉身摸了摸自已弟弟的頭，溫聲道：『跟阿遙你一樣，都是個陽光的男孩。』

『我哪有！』突然被自家兄長誇獎，唐靖遙不禁彆扭了起來。

唐靖遠看著他這樣，卻是笑得更深了，他眸光淺淺的，像盛載著整個星河，對他柔聲說道：『阿遙，你的溫暖陽光是一種難能可貴的特質，哥希望你能一直保持這樣，無論以後遇到什麼事情，你都不要變，永遠都要做你最真實的自己。』

唐靖遙愣住了，他不知道自家哥哥為什麼突然講這種很深奧的話，他伸出手想去觸碰唐靖遠，卻發現自己的手竟然穿過了唐靖遠的身體。

『哥？』他一臉愣然。

只見眼前的唐靖遠對他微微一笑，沒有回應他的呼喊，而是站起身走了出去，唐靖遙見狀想從地上爬起來追出去，卻發現自己被定在原地一動也不能動，然後身邊的畫面驀地一變，他竟從畫室被轉移到了唐靖遠的房間。

唐靖遙還來不及感到驚恐，便被眼前那被厚重窗簾層層隔絕的幽暗房間給震住了思緒，他望著這既熟悉又陌生的房間，心裡忽然起了一種很不好的預感。

驀地，背後傳來一陣窸窣聲響，唐靖遙飛快回頭看去，卻被映入眼簾的畫面給震驚得瞳孔一縮——他那溫柔和氣的哥哥正踩上椅子，準備將頭往懸在吊燈下的繩圈裡套去。

『不……不……』他不可置信的搖頭，試圖想喊住唐靖遠的舉動，但聲音卻梗在喉頭喊不出來，只能目睹著唐靖遠把繩子套上脖頸、踢開椅子，而在椅子倒地發出聲響的那一刻，他發現那箝在喉嚨的力道瞬間散去，於是他立即嘶吼出聲：『哥——！不要——！』

「阿遙？阿遙？」

身體被人晃動著，唐靖遙猛然睜開雙眼，室友張逸廷關切的面容立時躍入眼底，他這才發現自己身處在宿舍裡，而剛才只是做了一場惡夢。

「阿遙，你怎麼了？做惡夢了？」張逸廷見他醒來，立刻撤回了手，往後退了幾步，他知道唐靖遙向來不喜歡人家靠他太近。

「嗯。」唐靖遙冷淡的應了聲，翻身從床上坐起，此時床邊的電風扇吹來，他身體感到一陣冷，竟是驚出了一身冷汗。

「是很可怕的惡夢嗎？」張逸廷看他臉色不好，不免好奇的問了句，卻見唐靖遙垂眸不知在想些什麼，沒有想搭理他的意思，只得又換了句話：「阿遙，你要不要去洗個臉，你的臉色看起來很難看。」

「嗯。」還是淡淡一聲，唐靖遙沒有多說什麼，起身朝洗手間走去。

關上門、轉開水龍頭，唐靖遙用手捧起水洗了洗臉，冰涼的水讓他的腦袋瞬間清醒了許多，他抬起頭向鏡子看去，只見鏡中的男子那過長瀏海被水弄濕，正貼服著臉頰兩側，露出一張蒼白毫無血色的臉孔，目光陰鬱、唇邊沒有笑意，雙唇抿得死緊，整個人陰沉得令人望之卻步。

這張臉、這模樣，唐靖遙很習慣了，縱使每個人見到時都大吃一驚，但他卻是平靜得毫無波瀾，因為那是他應得的。

他閉了閉眼，回想著方才夢中的一切。

溫柔的唐靖遠是真的，那張午後由他細細描繪的人物像也是真的，但是後面的事情全是假的，是他的想像、是他的幻想，包括那句唐靖遠對他溫柔的叮嚀都是假的。

果然是夢，唐靖遙嘴角漫出諷刺的笑容。

唐靖遠才不是上吊死的，他哪能死得那樣難看，他走的時候是神情安詳的。

彷彿只是睡著了，不過是再也醒不來了。

望著鏡中那張與唐靖遠有三分相似的面容，唐靖遙唇邊的笑意越深，他伸手摸上鏡子裡那人的笑容，輕聲問著：「唐靖遙，你為什麼還活著呢？怎麼會是你活著？你有什麼資格活著？」

鏡中的人沒有答腔，只是嘴角上揚的弧度更大了。

唐靖遙斂起笑，目光森然，正覺得眼前那張臉看來實在礙眼，實在應該被毀掉時，廁所的門卻突然傳來幾聲敲響。

「阿遙，你的電話在響。」張逸廷的聲音從門外響起。

聞言，唐靖遙本不想理，但張逸廷卻好像知道他想法似的，又補了句……

「已經響了好多次了。」張逸廷說著，回頭看了眼躺在書桌上的手機，打從心底佩服撥電話那人的毅力。

唐靖遙眉心微蹙，略微一想，腦中隨即跳出一張總小心翼翼瞅著他的面容，不由得嘆了口氣，應道：「知道了。」

門口的張逸廷聽見卻是愣了一愣，他剛剛有沒有聽錯，阿遙的語氣聽起來怎麼好像有些無奈？

關掉水龍頭走出洗手間，唐靖遙拿起手機一看，果不其然來電的是徐芝唯，而她不知道是什麼事情找他，一連撥了三通電話，他猶豫了一下正想著是不是該回撥時，訊息卻跳了出來。

芝唯：阿遙，明天早上要討論管理學報告喔！我們借了專A教室，記得來唷！

望著那雙眼發亮的表情圖案，唐靖遙彷彿能看見徐芝唯對他笑得眼都彎了的模樣，她長得不是特別好看，但笑起來的時候卻特別奪人目光，他不由得想起了那個曾經站在籃球場邊和眾人一起喊他加油的女孩，每當他回頭看去對上女孩的視線時，她總會羞紅了雙頰，但一雙眼睛卻是閃著亮光，眨也不眨的直瞅著他。

女孩的面容與久別重逢的徐芝唯重疊，唐靖遙一邊心想著她怎麼過了那麼久都沒有改變，一邊連自己都沒注意到的，嘴角微微地揚起一抹輕淺的笑意。

與方才那抹在廁所間陰森的諷刺笑容不同，他這抹淺笑溫柔的像是初雪過後的暖陽，映射在雪地之上，耀眼的閃著光。

一旁的張逸廷不經意瞧見了，他本是疑惑唐靖遙為什麼看個手機看那麼久，結果抬頭一看卻發現他看著手機露出這麼個微笑，不禁瞪大眼差點沒把手上的手機給摔了。

揉了揉眼，確認唐靖遙真的在笑後，他馬上點開手機通訊軟體，找到備註為老大的聯絡人，飛快地傳了訊息過去。

張逸廷（ＥＴ）：老大，你回來時幫我買個大碗滷肉飯。

林燁（老大）：？

張逸廷（ＥＴ）：我懷疑我餓昏頭血糖太低出現幻覺了。

林燁（老大）：？？？？

張逸廷（ＥＴ）：我竟然看見阿遙在微笑！！！

林燁（老大）：……

林燁（老大）：我幫你買個大碗滷肉飯再加一杯珍珠奶茶回去。

（2）撞見的狗血劇

徐芝唯站在學生餐廳外的花圃旁，目光滿是期待地盯著手機，距離唐靖遙訊息已讀已經一段時間了，雖然明知可能性很低，但他遲遲沒有回她任何訊息，她就忍不住殷殷期盼著他會打電話過來，畢竟她前面已經撥過三通電話，就算他看見了訊息，應該也會再打來問她有什麼事吧？

然而，她等了許久卻始終沒能等到電話響起，正當她瞅著那個『已讀』字樣心想著，要不要藉由確認他是不是真的看到訊息，再次撥通電話給他時，手機卻突然震動了一下，隨著輕快的訊息聲響起，一則訊息顯示在對話視窗裡。

阿遙：好。

簡單一個字，沒有表情符號也沒有貼圖，徐芝唯盯著手機許久，見唐靖遙傳回來的訊息真的就只有這樣，心中不免一陣失落。

一個學期都已經過了三分之二了，她卻還是原地踏步，沒能更走近他一點。

徐芝唯嘆了口氣將手機放回牛仔褲口袋裡，情緒不禁有些低落。

儘管唐靖遙已經不像剛開學時那般對她築起高牆一再將她推開，甚至在別人的眼裡看來，她與他的感情還算挺好的，畢竟所有人之中只有她會主動去找他說話，也只有她敢跟他開玩笑，而他也只理會她一個人，連他的社群軟體帳號也只有她才有，但是她卻比誰都清楚，縱使這一切都顯得她是特別的，她卻始終被他擋在心房之外。

從前的唐靖遙是高不可攀，只能遠觀而無法接近，而如今的他卻仍是觸不可及，她依舊只能遠遠看著他，旁人怎會料想得到，他看似接受她的靠近，卻是在他們之間鑿下了一道深深的溝渠。

或許這就是當初他答應和她當朋友，卻又叫她不要喜歡他的原因吧？因為他不接受任何人，也不打算接受她。

面對唐靖遙的冷淡疏離，徐芝唯不是不難過，只是她一直讓自己別去想，可是很偶爾的她還是會想起來，然後不小心就深陷其中，就像此刻這樣，她的滿心期待被他的回應給潑了冷水，而她明知他就是這種個性，卻還是不由得湧起一股沉重的無力感。

「徐芝唯妳不能再想了！妳不是不知道阿遙經歷過什麼，妳要加油！好好陪他走出來，不能再出現這麼沮喪的情緒了！想想妳的願望，妳現在已經是他的朋友了，妳要感到開心才是啊！」如同過往每次因唐靖遙的態度而感到失落那樣，徐芝唯給自己加油打氣，雙手握拳暗暗告訴自己要振作。

「朋友你個頭，誰想當你的朋友！你說！我到底哪裡不好？為什麼你不喜歡我？」

彷彿在回應徐芝唯的話似的，一道飽含怒意的女聲驀地響起，徐芝唯怔愣了下，四周張望了起來，這才發現聲音是從轉角的露天咖啡座傳來，基於人的本能，她好奇的走上前去想看到底發生了什麼事。

繞過了花圃，徐芝唯隨即瞧見了不遠處的露天咖啡座正坐著一男一女，只是礙於她所站的位置，她看不清男生的長相，只看到背對她的男生有一頭很眼熟的耀眼金髮，至於那女生她則隱約有些印象，似乎是財金系的系花，叫什麼名字她不記得了，只曉得那系花此時正一臉憤怒的瞪著男生。

見狀，徐芝唯不禁暗自心想著，如果說人的目光能具現化，那麼系花此刻的目光八成就是一把磨得銳利閃亮的開山刀。

「不喜歡就是不喜歡，還要有什麼原因。」

男生冰冷的嗓音傳來，徐芝唯聽到時一愣，而眼前系花的表情則是更憤怒了。

徐芝唯本來就覺得那男生的一頭金髮很眼熟，這時又聽到他的聲音，腦中不自覺的就躍出一道身影，而宛如要印證她所想的無誤，她才剛聯想到自己所知道的某人，那男生就站了起來轉過身貌似要離開。

微挑的狐狸眼、俊朗的面容、讓人難以忽視的金髮……她第一時間怎會沒想到，這妥妥就是陸勻恆那台發電機啊！

雖然是同班同學，管理學報告又同一組，但徐芝唯和陸勻恆不熟，她也不太想和他熟，這人從開學那天起就是個話題人物，大一上學期都快結束了，有關他八卦緋聞依然從來沒停過，別人是一個女友交四年，他是一學期交四個女友以上，搞得不分男生女生對他都是又愛又恨。

男生們一方面羨慕他桃花朵朵開，一方面又眼紅他女友沒斷過；女生們則是幾乎個個都喜歡他想和他在一起，卻又痛恨他對感情都當兒戲。

大學生活能過得像偶像劇那樣精采，徐芝唯覺得天上地下也就這麼一個陸勻恆了。

徐芝唯對他沒興趣，他的緋聞她也不想理，眼前這齣戲一看又是他四處留情惹的禍，她更是連蹚渾水都不想，馬上就想閃人，可是她才剛要邁開步伐，就聽見身後傳來陸勻恆狀似微訝又蘊著怒火的話聲……

「妳做什麼？」

人的好奇心是禁不起誘惑的小貓，徐芝唯聽到他這話，忍不住又停下腳步回頭，她告訴自己她就想看一眼究竟發生了什麼事，竟能讓陸匀恆出現那種情緒。

孰知，這一回頭，徐芝唯差點沒把自己的眼珠給瞪掉了。

只見那財金系的系花正從陸匀恆背後死摟著他的腰，而向來百花叢裡過、片葉不沾身，面對眾多女生示好都游刃有餘的陸匀恆，此時正黑著一張臉，瞪著那雙緊抱他的手，周圍瀰漫一片低氣壓，像是下一秒就會將那手給折了似的。

徐芝唯還真沒看過陸匀恆這樣難看的臉色，心裡正默默為那女生捏一把冷汗時，就見陸匀恆伸出手一點風度也沒有的，一把將那女生的手給拽開，然後狠狠甩到一邊。

「誰準妳碰我的？真噁心！」陸匀恆眸光冰冷的朝那女生射去，嘴裡吐出與他平常多情人設截然不同的惡毒話語。

系花似乎是被陸匀恆的反應給嚇到了，怔怔地望著他，張大嘴巴說不出話來。但其實別說是系花了，站在一旁遠遠看著的徐芝唯也給嚇得不輕，好歹她和陸匀恆同班同組也快一個學期，她還真沒看過他這模樣。

眼還是那雙好看的狐狸眼，可是那裡頭濃厚的冷傲以及毫不掩飾的厭惡，卻是陌生得讓人彷彿初次與他相識。

望著周遭散發出高高在上，滿是睥睨不屑氣息的陸匀恆，就在這一刻，徐芝唯竟不合時宜的想起曾經從楚向芯那裡所聽到的有關他的八卦。

『……他的家世顯赫，父親是知名企業的大老闆，活脫脫就是個富二代。』

徐芝唯知道這種突兀的感覺是什麼了，是直到此時她才發現陸匀恆是和他們不同世界的人，而其實他們本來就不該一樣，只是他給人帶來的感覺向來並不會讓人聯想到那處去，就像她一樣，都認識他一個學期了，頂多也就覺得他花心濫情，卻沒想過他也能高傲如雪嶺，令人望之生寒。

見系花沒再動作了，陸匀恆冷笑一聲，舉步又要走人，而徐芝唯見他好像朝自己的方向走來，立刻也準備要閃，但就在這時系花卻又喊住了陸匀恆。

「陸匀恆你站住！」

陸匀恆有沒有站住徐芝唯不知道，但她停下動作回頭了，只是她怎樣都沒想到會看到這樣的畫面——系花動手將露肩上衣連同小可愛的肩帶一起往下拉，露出一大片白晰肩膀以及胸前半顆渾圓。

徐芝唯看得眼睛發直，可是陸匀恆壓根沒回頭，所以系花立即衝到陸匀恆面前，張手擋住了他的去路。

大概也是沒想到會看到眼前的畫面，陸匀恆瞧見系花這大幅度裸露的模樣，立刻轉開了頭，濃眉緊擰，一臉嫌惡道：「妳這是幹什麼？」

「陸匀恆，我讓你再考慮一次，你要不要跟我在一起？」系花朝他露出一抹冷笑，語帶威脅。

陸匀恆一臉像是聽到了什麼天大的笑話，挑眉笑問她：「妳當我是垃圾車，什麼阿貓阿狗都要？更何況……」

「更何況怎樣？」系花瞪大眼追問他。

「更何況我連妳是誰都不知道。」陸匀恆嘲諷的彎起嘴角，不屑地冷嗤。

「陸匀恆你！」系花似是被他氣得不輕，一張妝容精緻的臉蛋瞬間扭曲，徐芝唯遠遠看著不禁也有些心驚，原來美女與修羅也不過是一線之隔。

「好狗不擋路，謝謝。」陸勻恆理也沒理她，伸了就要把她給推到一邊。

（3）她英雄救美男

徐芝唯見狀本以為這齣戲落幕了，系花連最後一招色誘都使出了還是失敗，一方面訝異著陸勻恆原來也不是來者不拒，另一方面則為系花感到有些唏噓時，卻見系花竟然猛地撲進了陸勻恆懷裡，又一次雙手死抱著他不放，只不過差別在於她這次抱的是正面，剛剛是從背後摟著腰。

「妳到底有完沒完！」陸勻恆顯然耐心已用罄，見自己又被撲上，當下氣得就想伸手狠狠把她甩開。

系花瞧見他的動作，手下立刻抱得更緊，笑得一臉嬌媚的對他道：「陸勻恆，現在這時間附近都沒有人，你覺得我要是大喊一聲，別人來時看見這畫面會怎麼想呢？」

聞言，陸勻恆停下動作，雙眼微瞇：「妳什麼意思？」

「意思不是很明白嗎？」系花笑得更嬌柔了，唇瓣在他臉龐劃過留下印記，並將自己的口紅給弄花了，才又對他緩緩說道：「我要是跟別人說你意圖非禮我，你覺得他們會信嗎？」

「妳要跟我玩陰的？」陸勻恆目光危險的瞅著她，冷聲道。

「我哪敢跟你玩陰的，你本來就想非禮我啊！花心渣男欺負女孩子這不是很常見的戲碼嗎？」系花一臉委屈的嘟起嘴，然後看了周遭一眼，嘴唇微張似乎下一刻就要大叫出聲，「救……」

「同學，我覺得妳這招行不通的。」徐芝唯不知道自己為什麼要站出來，可當她反應過來時，她已經走了出來，而且還開了口。

「妳是誰？」系花似是沒料到會有人突然出現，下意識嚇得鬆開了抱住陸匀恆的手，改成連忙將自己的衣服往上拉。

徐芝唯看著她的動作不免在心裡嘆了口氣，現在還只有她一個人而已，她就沒想過大喊後會引來更多人嗎？這樣不淡定還想用這招威脅陸匀恆。

「我只是路過的，但我不小心聽到了你們的對話，所以忍不住就插了嘴，真的很抱歉。」徐芝唯尷尬的笑了笑。

「妳、妳都聽到了什麼？」系花一聽她這樣說，頓時緊張到連問話都結巴。

「也沒多久，就妳跟他講的那些話我都聽見了，所以我覺得妳這招行不通的。」徐芝唯努力讓自己表情看起來很真誠。

「什麼？」系花一臉錯愕。

「姑且不論我從頭到尾都聽見了，能夠幫他證明他並沒有意圖非禮妳，我們就說一件客觀的事實好了。」徐芝唯走上前去，在距離他們兩隻手臂的位置站定，然後左手指了指左上方的餐廳屋簷下，有些無奈道：「這邊有台監視器呢！怕是你們這段精彩演出都被拍得一清二楚了。」

系花順著她手指的方向看去，果真瞧見有台正亮著紅燈的監視器，臉色霎時一片鐵青，不可置信的喃喃著：「怎麼會……」

「所以同學……」徐芝唯很是同情的看著她，搖頭嘆道：「妳這招真的行不通。」

「可惡。」系花忿忿的瞪了徐芝唯一眼，然後又轉頭看向陸勻恆咬牙道：「陸勻恆，今天算你運氣好，但是像你這種人早晚會有報應的，活該你遲早有一天會感受到喜歡的人不喜歡你時的痛苦！」

「慢走不送。」面對她的憤恨詛咒，陸勻恆倒是　臉淡定，擺手示意她離開。

「哼！」氣勢十足地丟下一聲冷哼，那位上演色誘不行、威脅又失利的財金系系花甩頭走人了。

目送那抹氣呼呼的身影走遠，徐芝唯這才後知後覺的感受到背後好像有道銳利的目光正盯著自己，她愣了一下，想起後面站著的人是誰後，連回頭也不想的，立刻望著天空故作想到了什麼似的，喊了句：「哎呀！我好像跟人還有約，我也先走了。」

然而，她才剛跨出步伐，一道身影就飛快攔住了她的去路。

「徐芝唯，換妳了。」陸勻恆瞪著她，面無表情的冷聲問著：「妳想幹麼？」

「我剛才不是說了嗎？我只是路過。」徐芝唯睜大眼，一臉無辜。

「這麼巧？這個時間路過這裡？都放學了。」陸勻恆挑了挑眉，擺明不信。

「放學路過餐廳很奇怪嗎？」徐芝唯眉頭蹙起，不懂他這是什麼問題。

「放學路過餐廳當然不奇怪，奇怪的是怎麼剛好我發生這種事就讓妳遇上，還讓妳幫了我一把。」陸勻恆目光冷冽的瞅著她，彷彿想看透她的想法。

徐芝唯本來就覺得他有些奇怪了，只是一時之間還想不出哪裡有問題，此刻聽了他的話後，頓時明白問題出在哪了，她不由得有些不高興的問他：「聽你這話的意思，是懷疑我跟那女生一起在設計你？」

陸勻恆冷笑了一聲，不答反問：「不是嗎？」

「嗯，是！你猜對了。」徐芝唯對他露出一抹燦爛笑靨點了點頭，然後在看到他的臉色瞬間變得難看時，又補上一句：「我吃飽閒著跟那女生一起設計你，然後還跳出來拆穿女生拯救你，請問我圖什麼？」

陸勻恆被她問得啞口無言，只能怔怔看著她。

徐芝唯也沒理他，想了想又自問自答道：「啊！我想到了，八成是我圖你的美色，你覺得我也喜歡你，所以刻意設局要讓你對我有好感對吧？」

她的這席話彷彿讓陸勻恆找到了底氣，他回過神來順著她的話點了下頭，果斷應道：「是！就是這樣，妳大概就是這樣想的。」

徐芝唯還真沒想到她給了他台階，他還真敢爬，當下一個開口就將台階給全拆了，沒好氣的瞪著他道：「想你個頭，你少自以為了！你還真當作全世界的女生都喜歡你啊！我對你一點意思也沒有。」

陸勻恆似是沒料到她會這樣說，愣了一下才急急找回聲音問她：「妳要真對我沒意思，幹麼跳出來幫我？」

「因為……」徐芝唯很認真地瞅著他，一字一句道：「我只是說實話而已。」

「……」沒想到會是這麼個答案，陸勻恆登時沉默了。

徐芝唯不以為然道：「我如果沒看見就算了，但我親眼瞧見了，我就不能裝作沒看到，別說你是我同學了，哪怕你不過是個陌生人，我也還是會跳出來說話的，畢竟我親眼目睹了一切。」

陸勻恆沒回話，只是沉默地看著徐芝唯，而徐芝唯也不曉得他這樣看自己是什麼意思，只是她也懶得再跟他多說，往旁邊走出了一步就要繞過他離開，可她才剛走出兩三步，就聽他的聲音傳來……

「徐芝唯，對不起，我誤會妳了。」

坦白說，陸勻恆道歉這件事著實出乎徐芝唯的意料之外，所以她不禁愣了一下，但很快的就又反應過來，頭也沒回的揮了揮手，隨口敷衍道：「算了，沒什麼事，我走了。」

「徐芝唯！」陸勻恆忽然又喊住了她。

「啊？」徐芝唯困惑的回頭。

「妳真的不喜歡我嗎？」陸勻恆笑瞅著她問道。

徐芝唯沒答腔，只丟給他一個『你有病嗎』的眼神。

「妳為什麼不喜歡我？」收到她的目光，陸勻恆一臉看來很疑惑的模樣。

「陸勻恆，自戀過頭也是種病，得治。」徐芝唯語重心長的對他說著

「……」陸勻恆澈底無言了，他一開始以為她不過是嘴硬，畢竟有很多喜歡他的女生都會假裝自己對她沒意思，可是眼下看來卻似乎不是這樣。

徐芝唯懶得理他在想什麼，她正想離開，突然口袋裡的手機震動了一下，她下意識的掏出來一看，在瞧見上面的訊息後忍不住笑了開來，飛快地抬頭看向樓上。

陸勻恆一直盯著她，眼見她露出欣喜的表情朝樓上看時，立時也跟著想看去，但他才剛要抬頭，就見她掩不住喜悅的和他揮手道別。

「我朋友找我，不跟你聊了，再見。」話畢，她轉身步伐輕快的走出好幾步，然後又突然像想到什麼，回頭朝他叮囑了句：「對了！明天早上記得去A教室開會討論管理學報告啊！」

那語氣和剛才與他說話時完全天壤之別。

陸勻恆異性緣好，和女生交往的經驗並不少，自然而然聽出來她的態度儼然像是要去見心上人。

思至此，他不禁好奇朝樓上看去，想看她究竟是要去見誰，卻見到一道身影從二樓走過，霎時叫他不由得愣了一下，怎麼會……

是唐靖遙？

（4）找藉口打電話

如果要讓徐芝唯對上了將近一學期的企管系做個總評，那麼她會說這是一個報告多到足以逼死人的科系，打從開學以來，他們幾乎無時無刻都在做報告，而且每份報告都得耗盡無數的腦細胞。

特別是管理學報告，可以說是這學期的重頭戲，在經歷過慘不忍睹的期中考後，管理學能順利過關還是被當重來，就都看期末報告定生死了。所幸，這份報告也是最後一份報告了，只要順利過關，大一上的兵荒馬亂生活也算是解脫了。

這是徐芝唯早上睜開眼的第一個感想。

「唯唯，妳不是要去討論管理學，怎麼還在床上？」楚向芯剛和男朋友講完電話從床上爬起來，轉身瞧見還坐在床上發呆的徐芝唯不免好奇問了句。

時間可以改變很多事情，就好比這將近四個月的時間，幾位室友把對徐芝唯的稱呼從『芝唯』改成了『唯唯』，彼此的感情在不知不覺間又拉近了一大步。

但為什麼唐靖遙和她的感情卻始終原地踏步呢？

徐芝唯沒應聲，呆呆的望著楚向芯想著。

「哈囉！唯唯，妳有聽見我說話嗎？」徐芝唯早上睡醒這恍惚的模樣楚向芯不是第一次看見，她立刻走近徐芝唯床邊，伸手在她眼前揮了揮，「唯唯　回神，魂魄又飛到哪裡去了呢？」

眼見徐芝唯依然無動於衷的望著自己出神，楚向芯無奈的嘆了口氣，只能拔高音量朝她喊了句：「徐芝唯醒醒！」

「啊？」在耳邊猛然炸開的聲音，嚇得徐芝唯立時一個驚醒。

只是，這一聲吼醒的不只徐芝唯，還有寢室裡其他美夢正甜的人。

「楚向芯妳吵死了！」汪以涵轉身就將枕頭狠狠朝楚向芯身上扔。

「芯芯妳吵什麼？」程卉妤從棉被裡探頭，漂亮的臉蛋上兩道秀眉緊蹙，同樣顯得不大高興。

楚向芯頓時覺得無比委屈，癟嘴道：「我也不願意啊！我是在叫唯唯起床。」

「那妳可以換種方式叫。」汪以涵咬牙切齒的。

「我試過了，但她就一直沒回神啊！」楚向芯覺得自己忒無辜，轉頭看徐芝唯：「唯唯，妳自己跟她們說，我剛剛是不是有一直在叫妳，但妳根本沒理我。」

徐芝唯哪敢承認，當下孬種的掀開棉被下床奔進廁所，邊逃邊道：「我去刷牙洗臉了。」罪魁禍首跑了，獨留楚向芯面對其他兩個人的低氣壓，她立刻也很沒種的拎了錢包佯裝無事的走向門口。

「啊！我今天突然好想吃一餐的小籠包，我先去買好了。」話一說完，她拉開門飛也似的逃走了。

「真受不了！」汪以涵翻了個白眼啐了聲，回頭瞧見床頭的鬧鐘，發現也差不多該起床梳洗準備去討論報告後，只得離開溫暖的被窩。

至於程卉妤則是無奈的嘆了口氣，將棉被拉高埋頭繼續睡。

進了廁所的徐芝唯在漱口時發現自己的喉嚨有些痛，她皺了皺眉，想著自己該不會是感冒了吧？下一秒鼻子裡面便冷不防傳來一陣騷癢，忍不住掩面打了個噴嚏。

「哈啾——」

打完噴嚏後，她用手背抹了抹鼻尖，然後拿肥皂洗乾淨雙手，著鏡中自己有些憔悴的臉色，暗忖著該不是昨晚洗完頭髮貪懶沒吹乾，晚上吹了風著涼了？

「唯唯，妳好了沒有？我要洗手間。」沒等徐芝唯想出個結論，門外隨即響起汪以涵的催促聲。

「喔，好了。」徐芝唯急忙應了聲，可話一說完就愣了下，因為她的聲音整個是沙啞的。

糟糕，真是個不好的開始。

徐芝唯無力的搖了搖頭，拉開門走出洗手間，恰好對上汪以涵詢問的眼神。

「妳感冒了？」汪以涵問著，方才她也聽出徐芝唯的聲音好像有些不對勁。

「嗯，好像有點著涼了，等等去買個熱的喝就好了。」徐芝唯朝她笑了笑，示意她別擔心。

「真不舒服還是看個醫生吧！山下有診所，我可以載妳下去。」汪以涵還是有些不放心。

「以涵，我真的沒事，妳快去刷牙洗臉吧！我們要先去借鑰匙，可不能遲到。」徐芝唯提醒著她，由於專A教室是她們登記的，所以去系辦拿鑰匙開門也是她們的責任。

「唉！妳不用那麼緊張啦！說不定其他人都還沒起床呢！」汪以涵給了她一個大驚小怪的眼神，但話講完卻也是立刻進了洗手間盥洗。

不過，她這一席話倒是提醒了徐芝唯，雖然唐靖遙是個滿守時的人，上課幾乎沒有遲到過，但是今天早上沒課，難保他不會也睡過頭。

……好啦！她承認自己就是想找個藉口打給他而已。

動了這個心思後，徐芝唯立刻喜孜孜的奔到床邊拿起手機，想也沒想的按下語音通話撥給唐靖遙，邊聽著撥號聲邊暗自竊喜著，早上叫唐靖遙起床，這種感覺就好像他們在交往一樣。

只是電話響了好一會兒卻始終沒人接，正當徐芝唯的心情從雀躍就要轉為沮喪時，忽然電話接通了，另一端先是傳來一陣沙沙聲，然後才聽見那道熟悉的好聽嗓音響起。

「喂？」聲音聽來有些低沉嘶啞，好似是剛睡醒。

意識到這一點，徐芝唯心頭一跳，緩緩開口：「阿遙……」才喊了兩個字，她就發現自己的聲音沙啞地有些難聽，不免又輕咳幾聲才又道：「咳……阿遙，你起床了嗎？記得等等要討論報告喔！」

徐芝唯小心翼翼地講完，但電話那端卻遲遲沒有應聲，她以為電話斷線了，拿遠手機一看，發現螢幕上還顯示在通話中，正疑惑的想要再喊唐靖遙一聲時，唐靖遙卻忽然開口了。

「妳感冒了？」

孰知，他講的第一句話竟然是這個。

聞言，徐芝唯一怔，而後才吶吶應道：「呃，對！我好像有點著涼了。」

唐靖遙沒講話，徐芝唯以為他是在關心自己，後知後覺的心裡開心了一下，正想跟他說不用擔心只是不小心吹到風喝點熱的就好了時，卻聽見他淡淡地傳來一句……

「知道了，我會準時到。」

話說完，電話應聲就斷了。

徐芝唯錯愕的瞪著手機，沒有預想中的關懷詢問，也沒有針對她特地打電話提醒他起床的道謝，他就這樣掛了她的電話。

不知道第幾回，徐芝唯深深的感到挫敗。

她和唐靖遙到底什麼時候才能更進一步。

（5）只是實話實說

時間不容許徐芝唯多想，待汪以涵換完衣服後，她們一同離開宿舍準備去系辦借教室，只是到了一餐汪以涵見時間還夠想先買個早餐，所以便讓徐芝唯先去系辦借鑰匙，然後自己去買兩人的早餐，避免等等討論太久餓到腦缺氧。

徐芝唯順利地從助教手中拿到鑰匙後，到了專A教室開完門、將電腦開機，正想坐下等汪以涵和其他人到來，卻在將資料從包包拿出來放在桌上時，發現自己少帶了存著資料的隨身碟，於是只得將專A教室的門掩上，拎起背包邊跑回宿舍拿隨身碟邊發訊息跟汪以涵說這件事。

商學院大樓離女生宿舍算是較近的，但一來一回還是花了徐芝唯好幾分鐘，等到她氣喘吁吁的跑回專A教室時，裡頭已經坐了汪以涵、唐靖遙以及簡昕羽，獨缺一個陸勻恆而已。

「抱歉！我剛回去拿東西。」雖然是先來開門的，但是讓大家等也是事實，徐芝唯邊表示歉意邊走到自己的位置坐下。

「沒關係！以涵都跟我們說了，我們才要謝謝芝唯妳呢！一早就過來幫大家開門。」簡昕羽微笑道。

「我是組長，這是應該的。」徐芝唯不好意思的應了聲，然後將隨身碟放在桌上，卻發現有一瓶礦泉水正壓在自己原先擱在桌上的資料上。

下意識的，徐芝唯以為是汪以涵知道她喉嚨不舒服幫她買來的，所以她回頭朝坐在身旁的汪以涵笑道：「以涵，謝謝啦！」

「啊？」正邊咬著三明治邊低頭滑手機的汪以涵，聽到她這沒頭沒腦的一句，一臉茫然的回頭。

「謝謝妳幫我買……」徐芝唯話還沒講完，原先被關上的門忽然被人一把推開，而來人似乎使的力道太大，門猛地撞到了牆壁，發出了頗大的一道聲響。

「碰——」

伴隨著聲音落下，一頭耀眼金髮從門後出現。

「啊！不好意思，我門開得太大力了。」陸匀恆臉上帶笑說著抱歉，但態度卻絲毫看不出一絲歉意。

「門弄壞要賠的，就算你賠得起，也顧慮一下我們的耳膜吧！」汪以涵對他向來沒好感，立刻賞了他一記白眼。

「哈哈哈！別生氣，頂多醫藥費也我付好了。」陸匀恆不以為然，嘻皮笑臉的敷衍了句，關上門後就直接拉開椅子在簡昕羽身邊坐了下來。

沒有人注意到，當他坐下時，簡昕羽的臉微微一紅。

「好了，沒什麼事，我們開始討論報告吧！」徐芝唯不想多扯其他的，經過上次花圃事件，她對陸勻恆同樣沒什麼好感，當下將資料攤平在桌上示意大家進入正題。

托那瓶礦泉水的福，將近一個多小時的開會討論下來，徐芝唯的喉嚨並沒有感覺太難受，而除了一開始陸勻恆鬧的小插曲外，整個過程也是很順利的，徐芝唯看了陸勻恆一眼，不得不說他找到的資料都挺有用的，本以為像他這樣長相出眾又愛玩的紈綺子弟只有當花瓶擺飾的份，但無論是這次開會，還是之前的幾次討論，他的表現都挺好，交代他的工作也都很盡責完成。

……就是態度真的有些惹人厭。

「大概就是這樣子，接下來就是將ＳＷＯＴ和五力分析做出來，然後再將其他資料整理一下就差不多了，那麼我們來討論各人負責的工作吧！」徐芝唯低頭看了看筆記，抬頭問大家：「書面報告交由我來進行，大家覺得如何？」

「我沒意見，妳那邊資料最齊全，書面報告向來也做得不錯，交給妳做我覺得可以。」汪以涵第一個開口贊成。

「我也覺得OK！芝唯的書面報告做得好是有目共睹的，每一科報告分數都挺高。」」簡昕羽第二個附和，她柔聲笑道。

「呵呵……也沒有啦！」徐芝唯向來不太習慣被稱讚，不免乾笑了幾聲。

「我隨便，反正能過就好。」陸勻恆伸了個懶腰，一副不是很在乎。

於是眾人將目光一致看向沒出聲的唐靖遙身上。

唐靖遙瞅了徐芝唯一眼，然後挪開目光，淡淡地應了聲：「都可以。」

雖然只是輕描淡寫的一眼，但徐芝唯的心跳還是不由得微微加快了些，為掩飾自己的慌亂，她低下頭在筆記上寫著工作內容，邊飛快說道：「好，那就這樣決定了，我負責書面。」

「書面有了，那麼ＰＰＴ呢？扣掉唯唯之外，我們一人做一部分？」汪以涵問著大家。

「我覺得這樣好像不太好，大家做的都不一樣，如果不整理過，看起來肯定會很亂，但如果又要花時間整合只是浪費時間。」簡昕羽想了想，提議道：「不如大家把資料交給我，我來負責ＰＰＴ，這樣比較快。」

「嗯，我覺得昕羽這個提議可行。」汪以涵點了點頭，轉頭問徐芝唯：「唯唯妳覺得呢？」

才剛穩住心緒的徐芝唯愣了愣，然後才意識過來是在講些什麼，跟著應和道：「我認為這個方法很好。」

「那……其他人沒意見吧？」汪以涵看向兩位男生，只見一個聳了聳肩，一個淡淡點了點頭，看來都沒有其他異議，於是就此定案：「好，那就昕羽負責ＰＰＴ，至於剩下的上台報告……」

「我建議讓阿陸上！」簡昕羽驀地插嘴打斷了汪以涵的話。

「啊？」徐芝唯錯愕的看著她。

汪以涵微微蹙起眉，不是很高興簡昕羽這沒禮貌的舉動。

陸勻恆先是愣了下，然後單手支頭斜睨著簡昕羽，一臉不懷好意的笑道：「妳想讓我上也不要說得這麼大聲啊！妳可以私下跟我說。」

簡昕羽一時沒反應過來他的意思，待想通之後，雙頰霎時紅了起來

「你、你在胡說什麼啦！」她偷覷了他一眼小小聲辯駁著，面上表情與其說是生氣，不如說是羞怯更多。

徐芝唯和汪以涵也聽懂了陸匀恆的話，兩人臉色霎時都不太好看，最後由徐芝唯不滿的敲了敲桌子，警告道：「同學，可以別在女生面前開這種有色玩笑嗎？」

「冤枉啊！」陸匀恆睜大眼，一副遭受天大冤屈的模樣，解釋著：「我是說想讓我上台也不用說得這麼大聲啊！妳們這一個個的都想到哪裡去了？」

「你這個……」汪以涵聽了正想開罵，卻被徐芝唯伸手擋了下來。

「對，昕羽說的對，你確實是上台報告的不二人選。」徐芝唯不想和他爭執，也不願讓他將話題帶歪，直接進入正題。

她微笑的看著他，對付這種人最好的方法就是無視他。

陸匀恆怔住，嘴角的笑容凝結，不太確定的反問：「妳說什麼？」

「我說讓你上台報告啊！」徐芝唯挑了挑眉又說了一次。

陸匀恆不耐煩的白了她一眼，「別鬧了好嗎？妳以為上台報告只看臉啊！如果只看臉就算了，但還要……」

沒等他把話說完，徐芝唯便接過他的話道：「當然不是只看臉啊！報告者還要有清晰的頭腦、極佳的口才，而且還得對整個報告了解透徹，才能讓老師還有其他同學知道我們在做什麼，所以上台報告的那個人非常重要，如果說書面佔總成績30％、簡報佔30％，那麼上台報告就佔40％。」

「既然妳知道那麼重要，那妳還……」陸勻恆一聽就要反駁，但徐芝唯沒給他反駁的機會。

「你確實是最好的人選啊！昕羽沒說錯。」徐芝唯雖然也不是很喜歡簡昕羽的私心，因為明眼人都看得出來她對陸勻恆有些想法，但陸勻恆確實是個好人選，她本來也是想推薦他的，而為了證明他真的適合，她仔細地說著：「儘管你每次討論報告都不太正經，但我看得出來你很認真在準備資料，而你發言時雖然都愛胡扯瞎講，可是講到正題時都是言之有物，也有自己的一套論述，有時候也幫了討論推進，其實你真的還滿厲害的。」

大概是沒想到她竟會正經的分析起陸勻恆的優點來，她話講完後大家一時間都沒出聲，只是目光微訝的盯著她，其中以當事人陸勻恆的表情最為震驚。

「怎麼了嗎？」徐芝唯這才注意到眾人的神情不對，無辜的聳了聳肩：「別這樣看我，我只是說實話。」

當陸勻恆聽到徐芝唯這句話時，冷不防的想起了那天在花圃旁，徐芝唯為他解圍遭他誤會時，所說的那一段話。

她說：『我沒看見就算了，當我親眼瞧見了，我就不能裝作沒看到。』

陸勻恆微瞇起眼，表情頗富興味的瞅著徐芝唯。

說實話嗎？

別人只看到他的嘻皮笑臉、他出色的外表、他顯赫的家世，卻沒人真的去注意過他對每件事情其實都下了心思，他其實也是一般人，為了順利取得學分，也會熬夜整理資料，只是個性使然，他並不想讓別人知道自己費了這麼多心思。

一直以來都是這樣的，他藏得很好，沒人發現他也沒差，反正大家只要他有好看的外表就夠了，讓他上台當花瓶當裝飾品，然後在背地裡再取笑他是繡花枕頭，他們拿他當笑話，他也覺得他們好笑，從來就不想爭辯，因為他也不在乎，就如同在他那個顯赫家族裡，有他出色的兄姐就好了，他只要當個被寵壞的廢柴就可以了。

但是，她居然看見了，而且還說出來了，只因為她覺得講的是事實。

陸勻恆不得不承認，他真的覺得太有趣了，這個『不喜歡他』的徐芝唯，讓他覺得非常有意思，一時間忍不住低聲笑了起來。

「哈哈……」

「你幹麼看著我笑得那麼奇怪？」徐芝唯瞧見陸勻恆望著自己笑，整身雞皮疙瘩都起來了。

一旁的簡昕羽瞧見陸勻恆的神情，又順著他的目光看向徐芝唯，原本含羞帶怯的臉霎時有些不大好看。

「沒事。」陸勻恆搖了下頭，笑瞅著她道：「妳要我上台可以，但要答應我一個要求。」

「什麼？」徐芝唯一臉莫明其妙，為了小組報告她還要答應他要求？

陸勻恆得意的彎起嘴角，開口就要說：「妳要……」

「工作分配完了吧？可以結束了嗎？」唐靖遙忽地出聲打斷了兩人對話。

話語被人中斷的陸勻恆沒好氣的瞪著唐靖遙，而唐靖遙只是沉默地瞅著他，雖是被瀏海蓋住了雙眼，但卻好似有道銳利的視線朝他射來。

陸勻恆一愣。

「結束了、結束了！」感受到唐靖遙好像有些不悅，徐芝唯連忙應聲附和，然後朝眾人叮囑道：「那大家就按照今天所說的各自去進行吧！至於以涵跟阿遙就要麻煩你們幫忙再找些資料了。」

「沒問題。」汪以涵雖然看不懂是怎麼回事，但也察覺到氣氛有些奇怪，待徐芝唯一講完，立刻第一個回答，打破那個詭譎的氛圍。

「那解散吧！」徐芝唯笑著結束會議，然後依照往常的，也不顧其他人怎麼看，馬上湊到唐靖遙身邊，試探道：「阿遙，快中午了，一起吃午餐？」

其實徐芝唯心裡並不太有把握，因為她十次有九次找唐靖遙吃飯，唐靖遙都是拒絕她的，這一個學期下來他們一起吃飯的次數簡直屈指可數，但她還是每次逮到機會就想問上一問。

「吃飯啊？我方便！唯唯，可以找我啊！」陸勻恆聽見了，立刻笑嘻嘻地湊上前，邀約著徐芝唯。

「對不起，我不想跟你吃。」徐芝唯皮笑肉不笑的拒絕了他。

「真傷心！妳為什麼要問他不問我呢？他一定拒絕妳的，可是我不會啊！」陸勻恆佯裝心碎樣，調侃著徐芝唯。

他這話剛講完，忽然桌上傳來一道挺大的碰撞聲，眾人回頭一看，竟是簡昕羽原本拿在手上的管理學課本不知為何掉在了桌上。

「抱歉！抱歉！我手滑。」簡昕羽尷尬的朝眾人賠笑。

「沒關係！」徐芝唯笑著表示無妨，然後正想回頭義正嚴詞請陸勻恆打消念頭時，始終沒作聲的唐靖遙卻在這時開了口。

「好啊！我們去吃飯，走吧！」

話一說完，也不待錯愕的徐芝唯反應過來，他拉了徐芝唯的手就離開教室。

望著兩人消失在門外的身影，陸勻恆很是遺憾的吹了聲口哨。

嘖！真可惜！本來他是想趁機要她當他女朋友的，這個唐靖遙真礙眼。

（6）她是他女朋友

徐芝唯覺得自己好像在作夢，她眨也不眨的瞅著被唐靖遙拉住的手，直到兩人都離專A教室好遠了，還是不敢置信他竟會主動牽起自己的手。

這是怎麼一回事？上天總算聽見她的願望了，要讓他們更進一步了嗎？

望著兩人交纏的手，徐芝微忍不住想入非非起來，幻想著跟唐靖遙可能有的未來發展，然後手指不自覺地就想攏緊反握住唐靖遙，只是她才剛觸及他的手背，他卻驀地鬆開了她的手。

徐芝唯頓時傻了，抬頭愣然的看他。

只見唐靖遙好似有些不自在的閃避她的目光，看著其他方向，淡淡問了聲：「妳想吃什麼？」

聞言，徐芝唯轉頭一看，這才發現兩人在不知不覺間已抵達了學生餐廳。

原來是到了目的地啊！

徐芝唯輕攏著自己空蕩的手，心裡哀怨的想著，這條路怎麼那麼短，美夢怎麼轉眼就醒。

「我都可以。」她滿心沮喪，連帶話也應得有氣無力。

唐靖遙聽出她的語氣有異，眸光一閃，不知是想到了什麼，神色有些黯淡，但很快就又恢復成面無表情的模樣，語氣不帶起伏的向她示意道：「那走吧！進去後再決定。」

「好……」徐芝唯拖沓著腳步，跟在他身後走進餐廳。

正逢中午時段用餐的學生較多，兩人一走進餐廳就發現每個店家外都大排長龍，就連麵包店裡面也湧現結帳人潮，於是便決定先找位置坐，再來看要吃哪一家，然後慢慢排隊。

人多，座位自然一位難求，兩人繞了餐廳一圈都沒看見位置，徐芝唯擔心唐靖遙會因此放棄和自己吃飯，正想提議兩人去餐廳外的露天區坐，卻忽然聽見有人在喊著唐靖遙。

「阿遙！阿遙！這裡！這裡！」

餐廳有點吵，別說徐芝唯一開始沒聽清楚，就連唐靖遙本人也是愣了一下才聽見有人在叫自己。

循著聲音看去，只見右側走廊的一張六人桌，有人正不斷地在和他揮著手。

仔細一看，那人竟是張逸廷。

這個時間瞧見張逸廷肯定不會只有他一個人，唐靖遙又看了看他身旁，在看到其他幾個與他對上目光，正朝他點頭打招呼的人後，當下決定立刻帶著徐芝唯走人。

「走吧！我們去二餐吃。」唐靖遙轉身示意徐芝唯跟著自己離開。

「啊？」徐芝唯完全狀況外，不曉得眼下這是什麼回事。

唐靖遙也沒想跟她多解釋，幾個快步就走到了自動門前，而就在他們即將踏出餐廳時，一道身影卻猛地從後頭竄到前面，攔住了兩人的動作。

「阿遙，你也太過分了吧！竟然看見我們調頭就走。」張逸廷一臉痛心疾首的模樣，誇張的表情讓徐芝唯不禁看傻了眼。

「肚子餓，吃飯。」唐靖遙沒想跟他廢話，推開他又想朝門外走。

「等一下！別急嘛！要吃飯我們可以一起吃啊！」張逸廷連忙又擋住他。

「我不想。」唐靖遙冷冷瞥他一眼，閃過他的阻擋，作勢就要離開。

張逸廷眼見攔不下唐靖遙，回頭瞧見正處於一頭霧水的徐芝唯，唇邊揚起一抹不懷好意的笑，伸手搭上徐芝唯的肩膀，問著：「同學，妳跟阿遙是什麼關係呀？你們這是一起來吃飯嗎？」

早在他們寢室幾人看到唐靖遙與這女生一起出現在餐廳時，他們就很想問這問題了，所以才想拉唐靖遙過去一起吃飯，想知道究竟是何方人物，竟然可以讓向來生人勿近的阿遙，除了他們幾人以外，還願意讓對方靠近，尤其還是個女的。

「我……」

徐芝唯不知道這人是誰，但見他跟唐靖遙說話的態度好像挺熟的，正想著是不是該回答他時，原本已經準備離開的唐靖遙，聽到身後傳來的問話，立刻回過身伸手將徐芝唯拉了過來。

「講話就講話，別動手動腳。」唐靖遙冷著一張臉，語氣不是很好。

張逸廷無辜的攤開手，看了一眼唐靖遙抓住徐芝唯的那隻手，心中頗無語的想著，說好的別動手動腳呢？這是只許州官放火，不許百姓點燈了？莫非只有他一個人才可以碰？

想到這，張逸廷的好奇心又旺盛起來，他涎著笑臉靠近徐芝唯，口氣討好道：「同學，妳肚子餓了吧？我們是阿遙的室友，剛好也在餐廳吃飯，旁邊還有空位，妳要不要來一起吃？」

由於這話問的不是唐靖遙，所以他也沒辦法拒絕，只能皺眉看著徐芝唯，向來不帶情緒的臉上明顯的透露出希望她拒絕的意思。

徐芝唯起初不曉得張逸廷是誰，又看到唐靖遙那麼不待見他的樣子，是想著別和這人扯上關係的，但在聽見他是唐靖遙的室友後，心中忍不住就有些動搖，表情也顯得有些遲疑。

張逸廷善於察言觀色，發現徐芝唯猶豫了，立刻又慫恿道：「同學，一起吃個飯嘛！順便跟我們聊聊妳認識的阿遙和在我們宿舍有什麼不一樣？」

出自於直覺，張逸廷覺得眼前這女生對阿遙來說肯定不大一樣，而他雖然還不認識她，卻也感受得出來她對阿遙有些微妙的情感，所以他刻意用阿遙當誘餌想引她上鉤，至於阿遙……張逸廷敢發誓，這女生如果答應了，他也只有乖乖跟來的份。

確實如張逸廷所想的，徐芝唯一聽之後不由得就想和他們一起吃飯，因為他們是唐靖遙的室友，他們能看見她所看不到的唐靖遙另一面，而她私心的想聽到更多與唐靖遙有關的事

「阿遙，我……」徐芝唯轉頭看向唐靖遙，咬著下唇，臉上滿是祈求。

唐靖遙看見她那小心翼翼的表情，頓時不由得嘆了口氣，應道：「知道了，如果妳想的話那就一起吃吧！」

「謝謝阿遙。」見他答應，徐芝唯不禁開心的笑了起來。

唐靖遙沒回話，只是冷瞥了張逸廷一眼，目光隱約中含有警告的意味，似是在叫他不要亂講話，然後便帶著徐芝唯朝室友們坐的六人桌走去。

只是，張逸廷此時哪有心思注意唐靖遙，他整個人是怔住的，因為他壓根沒看過唐靖遙露出那樣無奈的神情，他們當了快四個月的室友以來，他都要以為唐靖遙的顏面神經失調，除了冷淡漠然的模樣，其他表情都做不出來。

原來不是做不出來，而是沒碰上對的人啊！

就如同那天他看到那封簡訊後，露出的那抹輕淺笑意一樣，有些東西只針對某些人而出現。

一想到那天響個不停的電話，以及唐靖遙後來的反應，跟著走到座位的張逸廷，忍不住好奇的問著徐芝唯：「對了，同學，妳叫什麼名字？」

「啊？」徐芝唯剛和唐靖遙其他兩個室友點頭打完招呼要坐下，身後就傳來張逸廷的詢問，不由得愣了一下才出聲答道：「我叫徐芝唯。」

「徐芝唯……」張逸廷聽了邊沉吟著走到對面坐下，而後就像想起了什麼，忽然驚呼了聲：「妳就是那天一直打電話給阿遙的那個女生！」

「什麼？」徐芝唯被他嚇了一跳，睜大眼瞅著他。

「妳前幾天是不是有打好幾通電話給阿遙，只是他都沒接，所以後來妳改傳訊息了？」張逸廷非常好心的幫忙喚醒她的記憶。

徐芝唯這才想起來，如夢初醒道：「對……我前幾天是有打電話給阿遙，因為想通知他今天要開會。」

講完話之後，徐芝唯才後知後覺的想到，怎麼她打電話給唐靖遙的事，他的室友們也知道，霎時間不免覺得有些尷尬。

她在他們眼裡該不是成了瘋狂騷擾唐靖遙的女生了吧？

「ＥＴ，你在說什麼？講些我們大家聽得懂的好嗎？」一旁的林煒皺眉開了口。

「老大，你還記得那天的滷肉飯和珍珠奶茶嗎？」張逸廷看向斜對角的林煒，興致高昂的反問。

「什麼滷肉飯……」林燁剛想問他是不是腦袋讓門給夾了，卻忽然想起那天張逸廷傳的訊息，瞬間恍然大悟的嘴巴微張。

「老大，想起來了吧？」張逸廷一臉雀躍。

這是八卦啊！唐靖遙的大八卦，原來那天讓他露出那樣笑容的人就是她！

「嗯……」林燁若有所思的側頭望向徐芝唯，金framework眼鏡後的目光充滿打量。

徐芝唯完全聽不懂他們在打什麼啞謎，但猜測事情八成和自己有關，此時瞧見戴著眼鏡長相斯文的林燁正一臉探究的瞅著自己，心裡不免有點慌，求救般的朝唐靖遙看去。

唐靖遙接收到了她的視線，當下臉色一沉正想說話，一直用手機專注看動畫的另一個室友陳博翔卻忽然開了口。

「你們吃飽了沒？我想回去追新番，那個用手機看很不方便。」他頭也沒抬的，似乎壓根沒注意到身邊的這齣好戲。

「死老三！你這個沒心眼的，眼前有瓜你不吃，回去追什麼新番？」張逸廷拿了一團用過的衛生紙丟他，一臉的恨鐵不成鋼。

「什麼瓜？哈密瓜嗎？我想吃。」陳博翔似乎聽見了關鍵字，立即抬起頭四處張望，表情滿是期待的說著。

「哈你個頭！」張逸廷簡直快被他氣死。

「ET你個王八，騙人很好玩嗎？沒瓜你還叫我！」發現自己好像是遭人給訛了，陳博翔沒好氣的瞪了張逸廷一眼，然後低頭繼續追起手機上的鬼滅之刃。

「……」張逸廷瞬間無言以對。

「噗嗤……」徐芝唯看著兩人的互動，一時沒忍住笑了出聲，在發現眾人同時往她看來後，連忙捂住了嘴急忙地道歉：「對不起！對不起！我不是故意笑你們的，只是真的太有趣了。」

「哪裡有趣啊？」張逸廷第一個哇哇大叫起來，向唐靖遙控訴道：「阿遙，管一管你女朋友，她把快樂建築在我的痛苦之上啊！」

此話一出，徐芝唯嘴角的笑意霎時一僵，而唐靖遙則是目光淡淡地瞥著張逸廷，臉上看不出情緒，而氣氛頓時變得有些微妙。

「怎麼了？」張逸廷還沒發現自己講錯話，一臉懵逼的望著眾人。

林燁推了推鼻梁的眼鏡，無奈地嘆了聲：「我說，你們兩個也有分寸一點，在新朋友面前好歹收斂一下。」然後，他又轉頭看向徐芝唯，歉疚道：「抱歉！讓妳尷尬了。」

「沒關係！我覺得他們還滿有趣的。」徐芝唯反應過來，連忙笑著擺手。

「我們寢室的人都是這樣鬧習慣了，妳別介意。」林燁笑了笑，目光刻意略過正漠然瞅著他的唐靖遙，向徐芝唯說著：「妳也知道，阿遙算是個滿特別的人，我們跟他同寢了這麼久，也沒看他跟哪個同學特別好，或是有什麼朋友，所以ＥＴ看到妳時才會這麼興奮。」

見林燁如此毫不避諱的直接當著唐靖遙的面講他特別，徐芝唯先是愣了一下，轉頭發現唐靖遙沒什麼反應，好像絲毫沒放在心上，這才笑著回應林燁的話，微微頷首道：「沒事的，我也很高興認識你們。」

「那我先自我介紹一下，我叫林燁，資工系，以年紀來講，我比他們大了幾個月，所以妳剛才也聽見了，ＥＴ稱我為老大。」林燁微笑著介紹自己。

「老大你好，我是徐芝唯，阿遙的同學。」徐芝唯向他客氣的打了招呼。

林燁失笑，開口便道：「妳不用叫我老大，妳又不是我們寢……」話還沒說完就被張逸廷插嘴打斷，「老大你就別客氣了，我倒覺得芝唯叫你老大也挺好的，聽起來像一家人，很親。」

徐芝唯本來還沒感到哪裡不對勁，此刻聽張逸廷講著『一家人』，冷不防又想起方才他亂點的那個鴛鴦譜，不禁有些窘迫。

唐靖遙聽見了張逸廷的話，轉頭看向徐芝唯，見她顯得有些侷促，雙唇不禁微微抿起。

同時，林燁瞪了張逸廷一眼，示意他別再亂說話，然後連忙轉移話題，指了指一旁埋頭追動畫的陳博翔，化解尷尬道：「那是老三博翔，電機系，妳也看到了，他唯一的興趣就是追動畫。」

「喔……了解。」徐芝唯非常配合的點頭，假裝方才的困窘沒有存在過。

「至於他……」林燁望向張逸廷。

「老大，我自己來。」張逸廷自行接話，朝徐芝唯咧嘴一笑道：「芝唯妳好，我叫張逸廷，在宿舍裡排行老四，叫我ＥＴ就可以了。」

「逸廷你好。」畢竟只是初見面，彼此還沒那麼熟，徐芝唯真不敢直接喊他ＥＴ，最後仍是稱呼了名字。

聞言，張逸廷不是很滿意，嘟囔抱怨著：「為什麼不是喊我老四？這樣感覺一點都不親了。」

「ＥＴ你腦袋被門夾了嗎？我們平常也沒喊你老四啊！」陳博翔剛追完動畫就聽到他這句話，邊伸了個懶腰邊不客氣的拆他臺。

「閉嘴追你的動畫啦！」張逸廷用手肘頂了他一下。

林燁無奈的搖了搖頭，伸手示意對面的張逸廷靠過來一些。

張逸廷見狀，隨即湊上前，好奇問著：「老大，怎麼了？」

「如果你還指望阿遙教你微積分，你最好也閉嘴。」林燁低聲在他耳畔說著。

一語驚醒夢中人。

打從撞見徐芝唯後，因著唐靖遙竟然有女生朋友的關係，張逸廷感到興奮，就一直在鬧著他們二人，完全忘了自己調侃的對象是宿舍的萬年冰山唐靖遙，而這座萬年冰山偶爾心情尚可時還會指點一下他的微積分，自己這一鬧，極有可能會把自個兒小命連同學分一起給葬送了……

「啊！老大，我跟你講，博翔看的這部動畫很好看，我之前也追過。」為了粉飾太平，張逸廷急忙轉移話題。

徐芝唯還沒弄明白張逸廷這是怎麼了，就聽見始終默不吭聲的唐靖遙突然朝她開了口。

「不是餓了嗎？點餐吧！」他站起身向她示意道。

「喔，好！」徐芝唯連忙跟上。

（7）見過最好那人

經過了和林燁等人一場對話下來，餐廳裡的人潮也少了大半，徐芝唯很快就買到了自己想吃的東西，等唐靖遙也買好後，兩人便一起回到座位上，邊聽張逸廷他們閒聊系上的趣事，邊時不時偷覷著唐靖遙，心中泛甜的吃著飯。

由於有張逸廷這個活寶在，一頓飯吃下來氣氛倒也滿愉快，雖然不是徐芝唯一開始所期待的和唐靖遙兩人午餐約會，但能聽見不少唐靖遙在宿舍裡的事情，她也是覺得很開心。

到了下午一點，由於林燁他們還有課，所以就先行告退了，留下唐靖遙和徐芝唯兩人單獨相處，而這其實並不是徐芝唯第一次和唐靖遙獨處，只是或許有了先前張逸廷那場亂入，又是『女朋友』又是『一家人』的，所以徐芝唯竟感到有些尷尬，目光始終躲閃不敢直視唐靖遙。

而唐靖遙也不知道是不是還在生氣張逸廷亂說話，周遭一直呈現低氣壓的氛圍，臉色也比以往來得沉，就在徐芝唯喝完餐點附贈的飲料後，他立刻就站起身表示要離開。

「走吧！」他話一說完，也沒等徐芝唯反應就拿起餐盤走向門口。

徐芝唯怔了怔，見唐靖遙走了，連忙也拿了餐盤跟上。

兩人倒完廚餘，將餐盤歸位後，唐靖遙也沒多看她一眼，只淡淡說著：「飯吃完了，我先回宿舍了。」

又是沒理會她的，唐靖遙舉步便走出自動門，而就算徐芝唯神經再大條，此時也發現他的態度不對勁了，這一剎那，她竟有種回到了剛開學那時，他一再與她劃清界線的感覺。

她怎能接受這種事情再次發生？

於是，徐芝唯馬上追了出去，而她本以為唐靖遙應該走遠了，她得追上好一段路才追得上他，但才剛衝到門外就看到他站在屋簷下，眼神漠然地望著前方，此時她才發現不知何時外頭已下起了大雨，他們剛剛待在餐廳裡竟是一點感覺也沒有。

唐靖遙發現她跑出來，只是回頭看了她一眼，然後又什麼都沒說的，繼續沉默地瞅著眼前那場大雨。

徐芝唯和他並肩站了一會兒，見他始終沒開口，只得先打破沉默，語調故作輕快道：「沒想到竟然下雨了，可是我們都沒帶傘，怎麼辦？」

她轉頭笑問他，但他卻連看都沒看她。

大概是已經許久沒這樣被唐靖遙無視了，徐芝唯忽地覺得有些委屈，她不知道自己做錯了什麼，而唐靖遙又擺明了不可能跟她說，一想到這，她的眼眶就忍不住有些酸澀，但她還是逼自己吞回眼淚，壓抑住心上的難受。

深呼吸了一口氣，徐芝唯再接再厲的，向唐靖遙開起玩笑：「阿遙，要不要一起跑回宿舍，雨中奔跑感覺還滿浪漫的喔！」

不曉得是她這話中的哪個關鍵字喚得了唐靖遙的注意，只見他突然轉過頭來，看了她一眼，說道：「妳等等。」

唐靖遙一講完話就返身走回餐廳，而徐芝唯則是站在門外一頭霧水的等著他，她不知道他是要幹麼，但他叫她等，她也就乖乖等。

沒過多久，唐靖遙的身影又從自動門後出現，只不過這回他的手裡多了一把傘。

「你去買傘？」徐芝唯看著那把儼然嶄新的雨傘，這才想起餐廳裡的便利商店有賣雨傘。

唐靖遙沒多解釋，只淡淡地道：「妳感冒，再淋雨會生病。」

聞言，徐芝唯愣住了。

原來他是擔心自己會生病，所以才回頭去買傘的嗎？

不知該怎麼形容，可是徐芝唯覺得自己胸口原先的苦澀，此時盡數化成了蜜般的甜，她露出一抹發自內心喜悅的笑靨，向他笑道：「阿遙，謝謝你！」

唐靖遙看著她的笑容，沒講什麼，只是立刻撇過頭去，將傘撐開，然後示意她靠近一點：「過來，我送妳回宿舍。」

「好。」徐芝唯馬上聽話的站到他的傘下，他的手臂貼著她的，在這一刻她不禁有種錯覺，好像她的心也正貼著他的。

雖然有傘，但這場午後陣雨實在大得驚人，明明餐廳離女生宿舍才幾步路，但等唐靖遙送徐芝唯到女宿樓下時，兩人的牛仔褲都已濕了一大半。

「這雨真的好大，還好只有褲管濕而已，衣服沒濕。阿遙，謝謝你！如果不是你……」徐芝唯在宿舍前的玻璃門站定，正想好好和唐靖遙道謝，卻發現唐靖遙不只頭髮被雨淋濕，身體一半也都是濕的，那些沒說出口的話霎時梗在了喉中。

她哪裡能看不出來，他是把傘都給她撐了，所以她只濕褲管，其他地方都沒遭殃，而他卻彷彿是從水中撈出來的。

對上她訝然的目光，唐靖遙輕描淡寫道：「剛說了，妳感冒不能再淋雨。」

簡單一句話，為他的舉動做了完美解釋。

不過，徐芝唯才不管他怎麼說，她的心裡已經決定自行腦補這些動作。

「好了！阿遙，你也淋雨又吹風了，趕快回去洗個熱水澡吧！」徐芝唯心中泛著甜意，笑容也就更顯得嬌美，她笑著催促他離開。

「嗯。」唐靖遙垂眸避開了她的笑臉，點了下頭，轉身又走入雨中。

徐芝唯本想目送唐靖遙走遠，但一陣寒風吹來，她不禁打了個冷顫，眼見唐靖遙往男生宿舍方向走了，她心想著自己可真不能在這種期末關鍵時刻生病，於是也跟著轉身準備回宿舍，打算回去洗個熱水澡，但她才剛走出幾步，就聽見唐靖遙忽然喊住了她。

「徐芝唯！」

「啊？」徐芝唯下意識的回頭，卻發現唐靖遙不知何時又折返回來，站在宿舍外的台階下撐傘看她。

唐靖遙沒馬上開口，而是沉默地注視了她好半晌，才緩緩問著：「妳覺得陸勻恆怎麼樣？」

「什麼怎麼樣？」徐芝唯一頭霧水。

唐靖遙凝視她，問著：「妳是不是也覺得他很好？」

她覺得陸勻恆很好？

這是什麼問題？

徐芝唯不明白唐靖遙沒頭沒腦的問這句話是什麼意思，不過她還是實話實說：「我沒覺得他很好，只是覺得他報告還滿認真的而已。」

「……是嗎？」唐靖遙輕聲反問，但他問這話時眼神並沒看徐芝唯，而是望著地面，所以徐芝唯也不曉得他到底是不是在和她說話。

不過，看著站在雨中的唐靖遙，徐芝唯腦中忽然閃過一個想法，她覺得自己有句話一定要告訴他，於是她又對他笑說道：「阿遙，我真的不覺得陸勻恆很好，因為我已經見過比他更好的人了。」

話聲方落，就見唐靖遙猛地抬頭，儘管瀏海遮住了他的眼睛，但徐芝唯還是可以感受到他目光炯炯直視著她。

「阿遙，你想知道那個人是誰嗎？」徐芝唯回視他，微微一笑，刻意吊他胃口。

唐靖遙沒吭聲，但瞅著她的視線卻挪也沒挪過。

見狀，徐芝唯忍不住笑開了，她雙手放在嘴邊呈擴音器狀，對他喊道：「那個人就叫——唐、靖、遙！」

一字一字的，徐芝唯可以看見，隨著她講完這句話，唐靖遙那張向來沒啥情緒起伏的臉，似乎受了頗大的震撼，目光也霎時難掩驚愕。

方才說的時候不覺得害臊，但此時見到唐靖遙露出這樣吃驚表情，徐芝唯竟忽然感到很不好意思，她不敢再站在原地跟他對望，目光心虛的亂飄，拋下一句『好冷喔要趕快回房洗澡』就慌亂的逃走了，徒留撐傘站在雨中望著她走進門禁區的唐靖遙。

這場雨實在下得太大了，雨聲蓋過了徐芝唯匆匆跑開的腳步聲，只是並沒能掩過猶在唐靖遙耳邊迴盪的，她剛才對他喊的那句話。

她說，她見過最好的那個人——是他。

手中的雨傘擋不住這滂沱大雨，唐靖遙那過長的瀏海都被雨給淋濕了，雨水順著瀏海流進眼睛，使他竟看不清那個站在電梯旁等待的女孩。

他只記得她朝自己露出的笑靨是那樣燦爛，她不敢直視自己羞怯跑走的模樣令人忍不住會心一笑，她是佔據了他一整個年少時光的美好回憶，也是他所不願回想起的那段過去裡最不忍抹去的存在。

他喜歡她，可是他已經沒資格去喜歡一個人。

濕透了的瀏海不經意地扎進了眼睛裡，刺痛襲來，唐靖遙難受的閉上眼睛，眼淚混著雨水滑了下來。

「這瀏海……真礙眼。」他說著。

第七章　贖罪

（1）總是晚了一步

不知是剛好課程的安排，還是故意要折磨他們到最後一刻，管理學期末報告時間安排在寒假前的最後兩堂課，班上八組人輪流上台，但每一組都被砲的體無完膚，包括徐芝唯他們這一組在內。

儘管他們已經盡力做好這份報告了，陸勻恆台上表現得也可圈可點，但有些分析還是不夠精闢，沒能達到系主任期待的標準，所幸系主任也只是給了他們一頓火力全開的批評猛攻，並沒刁難他們更多，最後總算順利的結束報告，當系主任下課踏出教室之後，所有人立時有默契的歡呼起來，就這樣大一上學期筋疲力竭的結束了，寒假宣告正式來臨。

身為住校生，徐芝唯是屬於第一批離開學校的，她的行李早就收拾好了，就等著報告結束後可以直接回家，她把私人物品挑了重要的幾樣帶走，其他的都放在宿舍原封不動，這宿舍是綁了一學年的，下學期開學她還得再回來。

「唯唯，妳會不會走得太快了呀？這才剛考完試，什麼都沒玩到呢！妳怎麼就要回家了。」楚向芯將椅子反坐，趴在椅背上，嘟起嘴不捨的嚷著。

「是啊！唯唯，我和卉妤前幾天才在討論考完試後要不要一起出去玩幾天，怎麼我們還沒決定好要去哪裡，妳就要回去了。」汪以涵也覺得她走得未免太急。

程卉妤沒說話，但點了點頭表示著自己也認同。

「我也很想玩，但是家裡有事，我得早點回去。」徐芝唯無奈的笑了笑，將自己趕著回家的理由簡單帶過，沒想跟她們說實話。

因為母親會擔心的緣故，她不想母親因掛念她而陷入焦慮，所以放假後她沒辦法在學校久待，只得趕快回家，更何況她回去後還有一件很重要的事情要做，實在也沒多餘的時間和她們一起出去玩。

「什麼事這麼要緊，連待個幾天都不行？」楚向芯就是楚向芯，開口就想問個清楚。

「私事。」徐芝唯朝她微微一笑，當室友的這段期間，她已經很了解該怎樣扼殺楚向芯的好奇心，讓她不再繼續往下問。

果不其然，楚向芯很識相，沒再追問下去，只癟了癟嘴不情願道：「好吧！」

「唯唯，真的不能多待兩天嗎？我們好難得可以一起出去玩。」程卉妤一臉懇求的瞅著她，秀眉微蹙，漂亮的臉蛋上透著哀怨神色，令人看了有些不捨。

只可惜，徐芝唯已經對這張賞心悅目的面容心如止水了，她搖頭笑道：「真的沒辦法！如果可以的話，我一定和妳們去。」

「唯唯，妳家裡發生了什麼事嗎？嚴重嗎？需要幫忙嗎？」汪以涵沒纏著徐芝唯留下來，而是問了另一個她比較在意的問題，她擔心徐芝唯家裡是不是出了什麼大事，才會如此匆促的離開。

「沒事，別擔心！」徐芝唯知道她擔心自己，朝她安撫的笑了笑。

「有事妳要說喔！雖然放寒假，但我們還是會接妳電話的。」汪以涵見她都這樣講了，也不再多問，只提醒她還有她們這些朋友。

「我知道，我會的！妳們別想太多啦！」徐芝唯笑著點頭，表示自己明白，而就在這時她的手機震動了起來，她低頭一看，見是自家小舅舅傳訊息來，說是就快到宿舍了，於是她打算先下樓去等他，笑著和她們說了再見：「好啦！我回家啦！我們下學期見。」

「唯唯，bye bye。」程卉妤滿是依依不捨。

「不用下學期啦！唯唯，有時間的話可以約出來一起逛街啊！」楚向芯開口提議，其他兩人聽了也不禁點頭同意。

「好，再說吧！bye bye。」徐芝唯微笑頷首，與她們道別後，便拖著行李下樓，到宿舍門口去等自家舅舅。

也是真湊巧的，她才剛走到宿舍外的人行道站定，就看見張逸廷邊喝著水邊從宿舍前面經過，而她還在想著要不要喊住他打聲招呼時，他的眼角餘光卻先一步瞄到了她。

「芝唯，妳怎麼站在這裡？」張逸廷走近她笑著打了聲招呼，然後才注意到她腳邊的行李，語帶遲疑問著：「妳這是……要回家？」

「嗯，我在等我舅舅來接我。」徐芝唯沒多猶豫的應了是。

「喔……」張逸廷聞言點了點頭，然後像想到什麼，又問：「那妳回家的事情阿遙知道嗎？」

沒想到他會忽然提起唐靖遙，徐芝唯愣了下才笑道：「我之前有跟他提過這幾天就要回家了，只是我沒跟他說是哪一天，所以他大概不知道我今天走。」

其實，徐芝唯是刻意不告訴唐靖遙日期的，雖然她覺得自己想太多，但她實在怕萬一唐靖遙知道她哪天要走，突然跑來送她的話，反倒會讓她捨不得離開。

「這樣啊！那……一路順風，下學期見了，我先走囉！」張逸廷也沒再多問，笑著和她說了再見，示意自己要先離開。

「嗯嗯！bye bye！」徐芝唯也對他揮了揮手。

張逸廷往男生宿舍的方向走，走出了一段距離後，回頭見徐芝唯正望著校門口方向，應該不會注意到自己在做什麼，於是連忙用手機偷拍了一張她拉著行李站在宿舍外等待的照片，然後飛快地打開訊息軟體將照片傳給唐靖遙，同時傳了一則訊息過去。

張逸廷（ＥＴ）：阿遙，我剛遇見芝唯，她說要回家了。

簡單一句話附上一張照片，張逸廷覺得自己已經表達的夠清楚明白了，雖然他還弄不大清楚阿遙對徐芝唯是個什麼狀況，但他確信徐芝唯在阿遙心目中肯定是不一樣的，所以機會他做給阿遙了，就看阿遙自己要不要把握了。

等了好一陣子，眼見時間都已過去大半了，徐芝唯隨時可能會離開，訊息卻一直沒有顯示已讀，張逸廷正想著是不是該打個電話去通知唐靖遙時，他傳出去的訊息旁卻忽然跳出了『已讀』字樣，然後下一秒一道訊息傳了回來。

唐靖遙：知道了。

三個字，沒有更多了，張逸廷又等了好一會兒，見沒有新的訊息再傳來，也沒有人急忙的問自己徐芝唯走了沒，這才總算確定唐靖遙只有這樣的回應。

「你個死阿遙，活該你憑實力單身。」張逸廷無語問蒼天，有種自己這是為誰辛苦為誰忙的無力感。

忽地，身後一道引擎聲由遠到近傳來，張逸廷回頭一看，見一輛轎車停在了徐芝唯面前，然後一個相貌堂堂的男子下車朝徐芝唯走去，動作熟稔的撢了摸她的頭，而她也沒閃開，任由男子揉著她的頭髮，接著她不知笑著對男子說了句什麼，伸手指了指地上的行李，男子便將行李拿起放到了後車廂。

張逸廷瞧著兩人親暱的互動，猜測那男子大概就是徐芝唯方才口中的舅舅。

唉！舅舅都來了，這下還有什麼看頭？

他搖了搖頭，有些遺憾的走回男生宿舍。

阿遙真是太不懂得把握時機了，送別是個多好的戲碼，兩人依依不捨、十八相送，是感情升溫轉濃的多好機會啊！可惜了！

「小舅，你來得好慢啊！外面好冷，你知道嗎？」徐芝唯在一旁看著自家舅舅放好行李，忍不住嘟囔抱怨起來。

「我有讓妳在這裡吹風嗎？好冷不會先在裡面等著啊！」郭俊群啼笑皆非的回頭看她。

「我怕你來了找不到我嘛！」徐芝唯還是不依不饒的念著，並刻意用自已被風吹凍了的手去碰自家舅舅的臉，見他猝不及防的被冰了一下，滿是得意的說道：「你看，我的手真的都凍僵了。」

「妳個豬頭！我找不到妳可以打妳手機啊！誰讓妳在外面等？」郭俊群簡直快被自家姪女打敗，他拉開車門示意她趕快進去，「好了！快進車裡，不然等等把妳凍壞了，妳媽還不殺了我。」

「我媽才不會殺你，你是她最疼的弟弟好嗎？」徐芝唯鑽進副駕駛座坐好，邊拉上安全帶邊吐槽他。

「是！她不會殺我，但妳如果生病了，她肯定會弄一堆什麼牛寶鹿茸五全十全湯的給妳喝，妳下次就盡量在寒風裡等，我看妳怎麼被逼著喝下去。」郭俊群故意拿出徐芝唯最怕的東西來嚇她。

這時的他已經知道幾個月前那鍋補湯是什麼玩意兒了，他知道自家姐姐為了姪女的身體健康一直在四處求補帖偏方，但他就是弄不明白她怎會覺得那種東西能喝得下去？

「小舅，你太狠心了！怎麼可以冷眼旁觀？」徐芝唯一臉控訴的瞪著他。

見狀，郭俊群忍不住笑了，彈了彈她的額頭，語帶威脅：「如果妳下次再傻傻的站在外面吹冷風，再心狠的都有，像是我會幫著妳媽把補湯給妳灌下去。」

「惡魔！」徐芝唯嚷嚷抗議道。

「好了！坐好，回家了。」郭俊群笑著將副駕駛座的車門關上，然後從車頭繞到另一邊坐進駕駛座裡準備開車，在要將車開出去前，他問著徐芝唯：「東西都帶了嗎？車子離開之後不回頭的喔！」

「都拿了。」徐芝唯肯定的應著。

「真的？」郭俊群一邊問一邊將車迴轉調頭，朝校門口的方向開。

徐芝唯本來是挺確定的，但被這麼一問，忽然又有些遲疑了，立刻低頭翻看起自己的背包，想確認是不是重要物品都拿了，而在她低頭的同時車子也緩緩駛出了校門，然後只見一道本來正往宿舍奔跑的身影，在發現車子裡的她時，瞬間定在了原地。

「嗯，我確認完了，東西都帶了。」徐芝唯得意的看向身旁的小舅舅，以至於根本沒發現在自己這一側的後面幾步地方，有個人正目送著她離開。

「帶了就好，我正想說都已經離開校門了，沒帶出來不及了。」郭俊群笑了笑，空出一隻手弄亂她一頭長髮。

車子越駛越遠，直到一個轉彎隱沒在視線之中，唐靖遙就那樣站在他發現徐芝唯的原地，望著她逐漸消失在自己視線之中，此時的他已剪去了一頭過肩的瀏海與頭髮，清爽俐落的模樣一如年少時的樣貌，倘若不是他一身陰沉冷峻氣息仍在，活脫脫就是徐芝唯那張照片裡的男孩走出來。

唐靖遙怔怔的看了好久，久到周圍經過的人都對他投以不解的眼光，然後他驀地笑開了，只是笑容裡卻滲著一絲苦澀。

他抬頭望著灰濛濛的天空，頭一次顯露出自己所有真實的情緒，滿心無奈地想著，難道這就是緣份嗎？無論是當年還是如今，他都只能目送她離開。

然而，唐靖遙也沒能多想，下一秒，當他瞧見幾位設計學院的學生帶著設計圖，彼此嘻笑打鬧的走過面前時，他所有的情緒就又盡數消失無蹤。

他凝視著那些走遠的設計系學生，一道冷厲的聲音同時在他腦海響起，語氣冰冷的——

『唐靖遙你別忘了自己為了什麼而存在，你已經沒有資格想那些了，如今的你不過是個死人。』

（2）他或許能懂得

或許是大一生活實在累得夠嗆，又是回到了熟悉溫暖的家中，徐芝唯返家之後整個人都放鬆了下來，日子在不知不覺間過得飛快，等到她反應過來時，已經離過年剩下不到一個星期了，而同時那個重要日子也無聲無息地來到了眼前。

「唯唯，妳準備好了嗎？準備好了就來幫我拿水果。」郭彩娜的聲音在門外響起，徐芝唯這才回過神來，連忙將剛拿出來放在床上的衣服給換了。

方才一時想事想得太入神，竟沒注意到快要出發了。

「好了！我好了！」徐芝唯急忙應了聲，動作迅速地換好衣服走出房門，順手提起母親放在桌上的一袋水果，她看了一眼，不禁笑道：「媽，這些水果都是我愛吃的耶。」

郭彩娜穿著外套從房間裡走出來，聽到她這話，忍不住微笑說著：「是啊！都是妳愛吃的，也是妳爸愛吃的。」

儘管已經過了許多年，心裡也知道事情都過去了，但是當徐芝唯聽見自家母親提起父親時，她心中還是會微微一緊，畢竟有些事就算不去想起，可骨子裡仍是殘存著記憶，她還是會不自覺的想起某些畫面。

不願憶起不愉快的往事，徐芝唯上前勾住母親的手臂，撒嬌問道：「媽，妳說爸看到我們會不會很開心呀？」

「那是當然的啊！尤其妳爸要是知道妳在大學裡過得那麼好，成績又表現優異，給他拿了個全班前三名回來，他肯定會笑得合不攏嘴。」郭彩娜摸了摸女兒的頭，笑得一臉溫柔。

「那為了讓爸爸更開心，我要不要複印一張成績單燒給他？」徐芝唯調皮的提議道。

郭彩娜失笑，拍了拍她的手，道：「傻孩子，不用啦！我們等等親自告訴他就好了，妳要是把成續單燒給他，就憑妳爸那個丟三落四的老毛病，還不馬上把它給弄丟，到時候要是託夢要我們再燒一張豈不麻煩？」

聽著自家母親講著講著又不忘數落父親幾句，徐芝唯不由得笑開，吐了吐舌頭，笑著應道：「這樣想想也是喔！太麻煩了，算了！」

「好了，妳舅舅也該到了，我們下樓吧！」郭彩娜看了下時間，眼見已經差不多了，便示意徐芝唯拿好水果準備出門，而她時間確實也掐得很準，當兩人踏出大廈時，立刻就瞧見郭俊群等在了外面。

「我剛想打電話給妳們呢！誰知道妳們就出來了。」郭俊群笑著迎上來，接過兩人手上的東西，一邊往車子的方向走一邊說著。

「那當然！我媽厲害，時間抓得剛剛好。」徐芝唯不客氣的吹捧起自家母親。

「是！妳媽、我姊，最厲害！」郭俊群也配合的點頭直誇。

「好了！你們兩個，一大一小的，有完沒完。」郭彩娜好笑的搖了搖頭，然後朝郭俊群碎念了句：「阿俊你也真是的，都幾歲人了，還跟著唯唯起鬨。」

「什麼起鬨？我說的都是真心話好嗎？而且就算我已經都八十歲了，我在姐的眼裡也還是孩子啊！」郭俊群笑應了句，拿手中的遙控器向車子按了解鎖，然後把水果等物品放到後座內側，才對兩人說道：「好了！姐、唯唯，上車了。」

車子在高速公路上平穩的行駛著，徐芝唯百無聊賴地看著車窗外飛快掠過的景色，當熟悉的高樓、工廠一一映入眼簾時，她知道他們已經離K市越來越近了。

儘管對他們來說，K市是個傷心地，有著他們不堪回首的過去，但是她的父親是K市人，基於落葉歸根的傳統思維，父親的骨灰也就安置在K市納骨塔。

其實一開始他們是不會在過年前特地去看父親的，但就忘了是哪一年，母親有天突然跟她說，不可以讓父親一個人孤零零的過年，如果不能一起吃團圓飯，那麼至少過年前要去看看父親，陪父親說說話、聊聊近況，於是自此之後，除了清明掃墓，他們每年都會在過年前去K市看看父親。

看膩了車窗外的景色，徐芝唯收回視線往前座看去，只聽自家舅舅和母親正聊天聊得起勁，她大概聽了一下話中內容，好像是母親在催促小舅舅趕緊找個對象穩定下來結婚，而且還問起小舅舅先前交的那幾任女友怎麼都沒了消息。

大人們的婚姻大事輪不到她操心，徐芝唯很自動的無視那些對話，她拿出手機本想打開社群軟體看看朋友們的動態，但忽地卻想到了唐靖遙。

自她從返家之後，其實她也傳過好幾次的訊息給他，甚至打了電話給他，只是他都不怎麼回訊息，也不怎麼和她說話，就算有接電話有回訊息，多半也就是『嗯』、『喔』這樣的簡短字眼，哪怕她覺得他似乎有些奇怪，問他最近是不是發生什麼事了，他也就回她『沒事』如此兩個字而已。

人與人的互動是有來有往的，任憑徐芝唯的臉皮再厚，面對唐靖遙這樣愛理不理的態度，又沒辦法像之前在學校那樣，他不搭理她，她可以在上課時纏著他問清楚，於是久而久之，她電話不敢再打了，就連訊息也傳不太下去了，而他和她的最後一則訊息便停留在三天前，她跟他分享一個網路上看見的學校附近美食，和他說下次或許可以去吃看看，然後他只回了個『嗯』就沒下文了，也不知道這個『嗯』是他會跟她去吃，還是單純知道了的意思。

徐芝唯猶豫著該不該傳訊息給唐靖遙，因為她的心情有些低落，儘管她向來樂觀堅強，父親又已經過世許久，他們家也恢復了正常生活，而每年過年前的這一趟掃墓也都成了固定行程，但她還是難免覺得心裡不好受。

她望著螢幕上唐靖遙的名字，思及同樣也失去親人的他，一時之間竟有種兩人同病相憐的感覺，想著他約莫能夠理解她，再加上他也知曉她家中所發生的事情，最後還是決定傳了訊息給他。

芝唯：阿遙，我回Ｋ市去給我爸掃墓了，雖說是掃墓但也不過是快過年了，我媽怕我爸一個人孤單，特地來跟我爸說說話而已。

芝唯：阿遙，你說我爸能聽見我們講什麼嗎？我希望他聽得見，這樣他大概就能知道我和我媽有多想他，不然我就得考慮去觀落陰了。

為了怕自己傳的東西看來太過沉重，會讓唐靖遙看到之後心情也不好，徐芝唯還刻意開了個小玩笑，甚至在語末附上逗趣的表情圖案，使訊息稍微顯得輕快一些。

『不知道他這次又要多久才會已讀呢？』

徐芝唯望著訊息暗自猜測，而她為了想等到唐靖遙已讀，就這樣盯著手機盯了一路，可唐靖遙還沒瞧見訊息，他們就已經到了Ｋ市她父親的長眠之地。

（3）悲傷席捲而來

掃墓的過程不外乎那樣，小舅舅幫忙將東西提到父親塔位後，便說他想抽菸，於是就走到樓下去沒陪她們一起，說是這樣說，但她們也心知肚明，每年小舅舅都用這招，說怕菸味不好聞，其實是想留給她們和父親獨處的空間。

徐芝唯熟稔的幫著母親擦拭完父親的照片，將水果等物品一一擺好，然後就和母親一同站在父親照片前，聽母親跟父親碎叨著今年發生了什麼事，好的、壞的、開心的、不開心的，偶爾笑偶爾生氣偶爾掉幾滴淚，就好像父親正坐在她們面前一樣，他們一家人不過是在閒話家常。

待母親說完之後，徐芝唯也告訴父親自己在大學裡遇見了什麼有趣的事，大概提了一下系上的教授和同學，以及大學的原文書和那些管理學有多難，然後趁著母親走去旁邊透氣擦淚沒注意時，她偷偷湊近父親照片前小聲地開口。

「爸，我遇見唐靖遙了，你還記得他嗎？就是那個小時候被我搶了初吻的男孩，也是你以前常說我在偷看的那個男同學。」她邊偷覷著母親的動作，邊壓低聲音向父親說著，只是想起唐靖遙的巨大改變，不免又感嘆了聲：「不過爸……我不知道他發生了什麼事，他變得跟以前完全不一樣了，現在的他很陰沉而且總是顯得很不開心。」

吞了口口水，見母親還在圍牆旁看著遠方擦眼淚，徐芝唯又小聲地問著自家父親：「爸，現在的你應該什麼都知道吧？你會知道原因嗎？如果你知道的話，能不能托夢告訴我？我雖然曾從別人口中聽到有關他的事，但我總隱約覺得事情不是那麼簡單，我試圖走進他的內心，想把不快樂的他從谷底給拉出來，但他卻將心層層上鎖，我根本觸碰不到，又怕自己要是靠得太近，他會再把我遠遠推開……爸，如果你知道原因的話可以告訴我嗎？」

「告訴妳什麼？」

冷不防的，郭彩娜的聲音在身後響起。

徐芝唯回頭一看，才發現母親不知什麼時候已走了回來。

瞧見她驚訝的目光，郭彩娜疑惑的問著：「唯唯，妳在和妳爸偷偷說些什麼？我看妳一直在嘰嘰咕咕的，不知道在講什麼。」

徐芝唯本來正擔心自己講的話會被母親給聽見，此時聽母親這樣說，頓時明白母親並沒聽清自己的話，於是笑了一笑，故作神祕道：「祕密，我和我爸在講悄悄話。」

「古靈精怪。」郭彩娜摸了摸她的頭，然後又走到自家丈夫照片前，依依不捨的撫摸著上頭那張帶笑的堅毅臉龐。

望著母親充滿眷戀的舉動，徐芝唯嘴角的笑意也慢慢淡了下來。

別人總說愛情充滿謊言不可信任，愛情不過是種轉眼即逝的錯覺，但她卻從自家父母身上看見了不曾隨著時間流逝而褪色的感情。

她不知道別人是怎麼想的，但她想或許愛情真會消失，有朝一日身旁最愛的那個人可能會變成別人口中的白飯粒、蚊子血，可也會換了一種方式存在，像是比愛情更深刻、不可切割的親情或是其他情感。

那麼，她對唐靖遙呢？

雖然她對他的喜歡不曾變過，但他們之後會有可能走到這一步嗎？

想起那張冷漠疏離的面容，徐芝唯的心中驀地有些沉重。

掃完墓後，小舅舅告訴她們，有一名住在K市的父親家中親戚知道他們今天會回來，所以剛才特地打了電話約小舅舅和母親過去聊天敘舊，而小舅舅覺得他們確實挺少回來，儘管父親過世了，但怎樣說母親都還算是那個家族裡的人，親戚之間多少還是要走動一下，便也就答應了邀約，只是他怕母親心裡不願意，還是徵求了一下母親的想法，說是如果不想去，他就打電話藉口有事推拒了。

「不要緊，伯公向來最疼仲達，如果仲達還在，大概也是希望我去看看他老人家的。」郭彩娜沒有拒絕，微笑同意了這個邀約。

那些親戚之間的人際關係徐芝唯不懂，她也沒什麼興趣，而或許是想起了唐靖遙的緣故，她突然想去從前的學校看看，於是她向母親提議自己不跟去了，她想四處走走看看，和他們相約晚上七點在附近的火車站外會合。

「不可以！妳怎麼能不去？那可是妳爸爸那邊的親戚，好歹妳也要去打個招呼。」郭俊群不同意，覺得這樣是很沒禮貌的行為。

不過，郭彩娜不曉得是想到了什麼，最不可能同意的她，竟然同意了徐芝唯的提議，當下抬手擋下了郭俊群還想說的話，向徐芝唯溫柔叮囑：「唯唯不想去沒關係，只是自己四處走要注意安全喔！」

「好的。」徐芝唯欣然應是，對小舅舅扮了個鬼臉後，就與他們暫時揮手道別，熟門熟路的四處閒晃去了。

她漫步走到學校附近，透過校外低矮圍牆往內看去，只見學校改變其實並不大，所有教學樓的外觀一如她記憶中，只是可能因為放寒假又加上天冷的緣故，整座校園顯得空蕩冷清，操場上僅有寥寥數個不怕冷還出來快步走操場的民眾，而她探頭看了一下警衛室，就連警衛都包得緊緊的躲在崗哨裡，雙眼緊盯著桌上平板，不知道是在看什麼影片。

還沒來到學校的時候，徐芝唯本以為自己很想念這裡，但真正回來了，她卻發現自己其實並沒特別想念這座校園，她想念的是校園裡自己曾遇見的那個人，那些走廊、那些操場，甚至那些教學樓和福利社，都是因為有那人走過、經過、看過而顯得特別，可如今那個人已經又在另一個地方與她相遇了，所以她對這座校園僅剩的也就那麼一點懷念而已。

「真是愛走路。」徐芝唯取笑著自己，再沒留戀的轉身往街上走去。

學校附近其實沒什麼好晃的，徐芝唯後悔了自己的決定，覺得天冷應該待在室內才是，所以她本想撥個電話給母親，問親戚家的地址在哪裡，她提前過去跟他們會合。然而，當她走出學校外的隧道，轉了個彎又走了一段路，經過一間３Ｃ賣場前時，她卻不禁停下了腳步。

人的感覺就是那麼不可理喻，明明周遭的店家她一點印象都沒有，但這地方卻給了她一種很熟悉的感覺，只是這種感覺不像她剛才走過的學校附近那些路，因為從前念書時常走，所以覺得格外熟悉，而是一種她肯定在這裡遇見或發生過什麼事，誘發出她刻在骨子裡的那股強烈既視感。

徐芝唯望著眼前的３Ｃ賣場，外頭陳列著各式除濕機與暖氣機，她視線隨意的瞥過沒太在意，但就在這時，她瞧見賣場自動門旁貼著一張門牌，門牌上清楚的寫著路名，而她一見那路名霎時如遭雷擊，下意識的急忙抬頭找尋這條路的路標，終於她在前方不遠處看到了，只見那上頭用了放大好幾倍的字體，寫著和３Ｃ賣場外的門牌一樣的道路名稱。

直到此時，徐芝唯才終於確定，她這是走到了父親當年意外身亡的地方。

她速度緩慢的往一旁３Ｃ賣場看去，腦海裡的畫面隨之一幀幀的浮現出來，她記起來了，這裡原不該是3C賣場，而應該是一家雜貨店，當時父親就是將摩托車停在雜貨店門口，告訴她自己要去買雪花冰，讓她乖乖在這裡等，只是他這一去卻從此沒再回來。

徐芝唯並不願意想起這些往事，因為一想起來就很容易深陷其中，上回是有唐靖遙在身旁，她不想讓唐靖遙擔心，就算他會擔心她的機率很低，她也不想嘗試，所以努力讓自己以抽離的角度來描述過去，但眼下只有她一個人，她獨自面對著排山倒海、洶湧襲來的回憶。

血泊、救護車、醫院、緊閉雙眼不再醒來的父親……徐芝唯覺得自己正被過去重重淹沒，充滿傷痛的畫面如同海浪一波接一波的將她捲入回憶深淵，她感到整個人快要不能呼吸，而就在這時，一道遲疑的聲音卻從身後喚回了她。

「徐芝唯？」

（4）真相昭然若揭

坐在咖啡廳裡，徐芝唯花了好些時間才平復心情，待確定那些令人難過的畫面不會再席捲而來，她才總算能夠好好跟對面的人講話。

「嗨，李杰，好久不見。」她微笑望著眼前那濃眉大眼的熟人。

李杰原本正邊滑著手機，邊有一搭沒一搭的攪動著玻璃杯中的奶茶，聽見她出聲，這才將手機放下來，對上她的目光，咧嘴一笑：「好久不見啊！徐芝唯。」

「真巧！沒想到會碰到你。」想起剛才自己在街上失態的模樣被他給瞧見，徐芝唯不禁有些尷尬。

「妳……還好嗎？」李杰也想到了同一件事，關切地問道。

「還好，只是想起一些不太愉快的事。」徐芝唯微微頷首，表示自己無礙。

「既然不是很愉快那就別想了。」李杰豁達一笑，將話題轉移，問她：「怎樣？最近過得還好嗎？」

「也沒什麼好不好，就老樣子，你呢？」徐芝唯同他寒暄了起來，許久沒見的老同學，其實應該是路上點頭問好便各自散去的關係，只是剛剛她的狀況確實很糟，所以他才帶她來咖啡廳休息，如今雖是沒事了，但也不好意思直接走人。

她思忖著，李杰大概也是這樣想，才會這樣和她閒扯。

「跟妳一樣，混吃等死大學生囉！」李杰對她眨了眨眼，幽默的說著。

徐芝唯忍不住笑了，他還是跟從前一樣愛開玩笑。

「對了，阿遙還好嗎？」李杰像是想到什麼，忽然問她。

「啊？」沒料到他會突然提起唐靖遙，徐芝唯愣了愣。

李杰看出她的錯愕，笑著補充：「之前和妳通電話，妳說阿遙與妳同班，所以我就想問妳他過得如何？畢竟那傢伙向來不愛搭理人，我傳訊息給他，好幾天也沒看他回過一個。」

不知為何，聽到李杰這話，徐芝唯頗有種遇見同伴的感覺，她嘆息的點了點頭，應道：「是啊！他都不怎麼回訊息，害我都以為是不是自己手機壞了，連個已讀都看不到。」

似是沒想到她會附和自己，李杰怔了怔，然後才大笑出聲：「哈哈哈……我以為只有自己這麼悲催，沒想到他對妳也一樣喔！這小子還真不怕妳不理他。」

他的笑聲有點大，立時引來旁人的冷眼，徐芝唯注意到了，連忙讓他小聲點。

「好了！你反應別這麼大，大家都在看我們了。」徐芝唯壓低音量提醒他。

「好、好、好！抱歉。」李杰連聲應好，然後好奇問她：「對了，妳還沒說呢！他在學校過得好嗎？那傢伙沒什麼問題吧？」

「是還好，至於問題……他也就是那樣，雖然他願意和我當朋友，但他卻始終跟我保持距離，我覺得他好像藏著什麼祕密，把自己完全封閉起來，而我卻一直窺探不到。」徐芝唯苦笑。

「果然如此……」李杰臉上的笑意斂去，沉吟了起來。

見狀，徐芝唯忽然想到李杰之前和自己說的話，追問著：「對了！李杰，你先前傳給我的那則訊息是什麼意思？什麼叫『別相信自己眼睛所看到的，要去相信自己的直覺』？」

「啊？有嗎？」李杰一臉迷惘。

「有！」徐芝唯用力點了下頭，覺得他大概在裝傻，立刻將手機拿出來，點開訊息軟體，找到許久之前的對話視窗，然後轉過手機給他看，說道：「你看！」

「這麼久的東西妳怎麼還留著？」自己所傳的訊息映入眼簾，李杰不可置信地看著徐芝唯，他簡直太佩服她了。

「我沒有刪訊息的習慣。」徐芝唯愣了一下，解釋道。

李杰沒想到她竟會認真回答自己，忍不住笑了，稱許著她：「嗯，這個習慣真好。」

徐芝唯這才發現自己似乎太較真了，不禁雙頰一紅，氣惱的催促他：「李杰，你別轉移話題，趕快說！你這句話是什麼意思，還有你是不是知道阿遙為什麼會變成這樣的原因？」

話題又扯回唐靖遙身上，李杰嘴角的笑又斂起，他望著徐芝唯好一會兒，見她眼睛直勾勾地瞅著他，一副他今天不把話講清楚，她就不會輕易作罷的模樣，不由得長長嘆了口氣。

「唉……好吧！我就跟妳說吧！不過我話先說在前面，這都只是我自己的臆測，雖然我覺得也八九不離十，但妳千萬別拿這些事去問阿遙。」李杰總算同意告訴她答案，只是還加了但書。

徐芝唯想了一下，儘管李杰說了是他的猜測，但她實在也沒其他方法能知道原因了，所以還是答應了他的要求，點頭應道：「好！我答應你。」

李杰喝了一口奶茶，想了下事情該從哪裡說起，最後他決定直接切入重點，問著徐芝唯：「妳知道阿遙的哥哥是怎麼過世的吧？」

徐芝唯一怔，遲疑道：「你說……靖遠哥嗎？」

「嗯。」

「我知道，思婷有跟我說過，靖遠哥是自殺的，這件事阿遙也承認了。」徐芝唯點了點頭，雖然知道這件事已經很久了，但她每回想起還是不敢置信。

儘管才過去四個多月，但徐芝唯卻覺得迎新那天和唐靖遙的對話，好似已是好久以前的事了，她都要有些恍惚，那天自己是不是真有和他聊過那些事。

應該不是夢吧？要不，她怎能成為他的朋友？

不能喜歡他的朋友。

聽到徐芝唯口中的名字，李杰不禁表情微訝。

哪怕先前就聽徐芝唯提過，她從許思婷口中得知了這件事，但李杰還是不免感到驚訝，他沒想到唐靖遠自殺的事情竟會傳到她們班耳裡。然而，仔細想想，好像也沒什麼不可能，畢竟當年那件事鬧得沸沸揚揚，唐靖遙連學校都待不下被迫轉學了，他哥哥後來的事大家都知道也沒什麼好意外。

「怎麼了嗎？」徐芝唯不解的看他。

「沒事！既然妳知道那事情就好說了，其實事情就是從阿遙他哥……也就是妳口中的靖遠哥自殺後開始的。」李杰對上她的視線，說道：「那時候阿遙已經轉學了，所以一開始我還沒發現他的轉變，雖然約他出來打球時，總覺得他話比以前少了很多，整個人也顯得無精打采，但我只當他是失去親人心情不好，直到後來他越變越奇怪，約他也不出來了，甚至連話都不怎麼跟人說，我去他家裡找他，瞧見他一整個死氣沉沉好似魂不附體，這才發現事情有些嚴重。」

「為什麼會這樣？是靖遠哥的死給他帶來太大的打擊嗎？」徐芝唯猜測著，儘管她沒能看見那時的唐靖遙，但光聽李杰這段敘述她就心疼不已，彷彿能看見那個陽光燦爛的少年，遇上了人生致命打擊，陷入了不見天日的谷底。

（5）用盡一生贖罪

「我們起初都以為是，但後來發現事情沒那麼簡單。」李杰搖了搖頭，娓娓道來：「起初阿遙並不願意說，但我實在沒辦法看他繼續那樣下去，因為他不只放棄了最愛的籃球，還說他要去學畫畫，說他想代替他哥活下去。可這是什麼狗屁邏輯？活著的人思念死去的人我可以理解，但是為什麼要放棄自己整個人生去代替死去的那個人活著？妳說！天底下有這樣的道理嗎？」

李杰想起這件事，越講越生氣，憤慨的問著徐芝唯。

「是有點不可思議。」徐芝唯也有些無法理解唐靖遙的決定，放棄自己的人生，代替唐靖遠活下去，他怎會這樣想？

得到了徐芝唯的附和，李杰心中的氣憤也稍微平復了些，喟嘆道：「不過，後來我知道阿遙為什麼會有那種想法了，只是就算我知道，卻也幫不了他，因為他把自己深深地鎖在了那裡，沒人可以幫他，甚至連他自己都不想救自己。」

徐芝唯聽著李杰的話一陣心驚，追問著：「為什麼？李杰，阿遙為什麼會那樣？你說你知道，是知道了些什麼？」

李杰沒有回答她的話，反倒問她：「徐芝唯，那妳知道阿遙他哥為什麼要自殺嗎？」

「我不知道，我有問思婷，她說她也不清楚。」徐芝唯很老實的搖頭。

「那是當然的，她或許能聽到阿遙他哥死去的消息，但詳情她肯定是不知的，因為當時那件事在我們班傳開後，很快就傳到了導師耳裡，然後阿遙的爸媽就出面了，讓學校把事情壓了下來，知道真相的同學都被下了封口令不可以外傳，否則可能會畢不了業，所以沒能傳出去。」李杰一臉不是很意外，反問她：「妳想想，誰敢跟學校作對？那些事自然只有我們班的人知道了，而後來阿遙也轉學了，哪個人那麼無聊還特地去傳他的八卦？」

「所以到底是什麼事？」徐芝唯追問，這才是她最想知道的。

那個讓唐靖遠自殺，又使唐靖遙變成這樣的真相究竟為何？

李杰嘆了口氣：「唉……這事說來話長，總之就是阿遙他哥和一群朋友在校外惹上麻煩，不小心打死了人，而事情不知從哪個人嘴裡傳出來，班上每個人都在說阿遙他哥是殺人犯。」

「什麼？」徐芝唯瞪大眼，滿是不敢置信。

「其實只是起訴，判決都還沒出來，我們知道這事的人，包括我、阿遙、他爸爸媽媽，絕大多數都相信阿遙他哥是無辜的，但誰曉得……」李杰說到這頓住了話，神情遺憾像是無法再說下去。

見狀，徐芝唯登時領悟過來，推測著：「靖遠哥自殺了？」

李杰抬頭瞅著她，目光帶著悲痛，沒作聲，卻是沉重的點了下頭。

徐芝唯瞬間好像明白了什麼，她問著李杰：「阿遙就是這樣才改變的？」

最親愛的哥哥背上殺人罪名，但罪名還未洗脫就先自殺身亡，外人會用什麼眼光看待自己哥哥？

徐芝唯突然能夠理解唐靖遙的想法，但又隱隱覺得若是如此，那他怎會變成這副模樣，放棄了自己人生，想代替哥哥活下去，真的是為了這個原因嗎？

彷彿是要印證她心中所質疑的，李杰朝她搖了搖頭，否決了她的想法。

「不！不是這樣。」

「那是為什麼？」

李杰沒馬上回答，他垂眸看著玻璃杯中已然見底的奶茶，像在思考什麼，然後才又鼓起勇氣抬頭看向她，破釜沉舟般的說道：「阿遙說……他哥是他害死的。」

「什麼？靖遠哥不是自殺的嗎？跟阿遙有什麼關係？」徐芝唯驚呼出聲。

「唐靖遠確實是自殺的，他燒炭走的，大家都知道，可是阿遙為什麼那樣說，我就不清楚原因了，因為當時無論我怎麼問他，他都不肯說，這個答案還是我在他有次想起唐靖遠而情緒崩潰時問他，他才脫口而出的。」李杰無奈的聳了聳肩，徐芝唯的問題他無能為力。

「怎麼會？」徐芝唯腦中一片混亂。

她不懂唐靖遙怎會說是自己害死唐靖遠的，唐靖遠的死跟他到底有什麼關係？

李杰見她一副百思不得其解的模樣，開口勸她：「徐芝唯，妳不用想了！如果阿遙自己不把真相說出來，我們誰也不會知道，不過他那個回答倒是讓我明白了他為什麼會說代替他哥活下去的那些話。」

「為什麼？」徐芝唯仍是一臉茫然。

「我猜測……倘若阿遙真如自己所言，他覺得哥哥是被自己害死的，那麼妳想想他心中會有多大的負罪感？他對他哥又會有多少愧疚？」李杰逐一解釋著，最後看著她用近乎肯定的語氣說道：「那麼他說要代替他哥活下去，是不是一點也不難理解了？」

聽完李杰這話，徐芝唯怔在原地，霎時說不出話來。

儘管一切不過只是李杰的推測，但徐芝唯不得不說這答案再合理不過，要不然實在無法解釋唐靖遙怎會有如此大的轉變。

覺得自己害死了哥哥，所以要代替哥哥活下去　用盡一生來贖罪嗎？

徐芝唯其實能夠理解唐靖遙的想法，她曾經也和他一樣，覺得自己害死了最重要的人，沒有資格活得好好的，就算活著，餘生也都是背負著罪孽，為了贖罪而活。

只是，最後她沒有和他走上一樣的道路。

李杰瞅著她，嘆了口氣又道：「妳知道那時為什麼我聽到阿遙放棄高分考上的C大視傳系，跑去跟妳讀同科系會那麼驚訝嗎？」

「為什麼？」徐芝唯覺得自己像機械人，重複問著一樣的問題。

「因為阿遙當時曾告訴我，他哥如果還活著，第一志願會是C大視傳系，他說他哥一直很喜歡畫畫，考上那裡，畢業後當個藝術家或設計師是他哥的夢想。」李杰解釋著。

徐芝唯沒出聲，只是用困惑的目光示意他往下講。

李杰深呼吸了一口氣，說著：「當時我知道阿遙拚了全力在考C大，就暗自猜測約莫是這個原因，只是沒想到最後他會選擇放棄。」說到這，他目光炯炯的望著她，又道：「我猜……他會跑去跟妳唸同一個科系，只因為我和他在吃飯時，不經意提到了妳，說聽你們班的人講，妳打算去讀J大企管系，而我唯一沒想到的是，妳都離開了那麼久，他卻還是為了妳放棄了自己原本的目標。」

徐芝唯瞪大雙眼，難以置信的看著李杰，他的聲音其實不大，但一字一句卻如雷響般在她耳邊炸開。

他說……

唐靖遙來讀J大是為了她？

第八章　結束

（1）不該存在的人

夕陽餘暉灑落地面，校園外的圍牆下站著一名少年，微風拂過少年的面容，露出一張俊逸儒雅的臉龐，少年姿態閒適，背靠著圍牆像在等待什麼。

夕陽、林蔭、斑駁的圍牆，襯著模樣好看的少年成了一幅精緻的圖畫。

而當唐靖遙放學從校園裡走出來時，所看見的自家哥哥就是這副模樣。

人人都說他長得好看，殊不知唐靖遠才是真的好看，而且不只容貌出色，就連各方面都勝過他許多，與唐靖遠相較之下，他簡直糟得一蹋糊塗。

唐靖遠聽見了放學鐘聲卻一直沒看到自家弟弟，忍不住便要進學校裡找人，但他才一回頭，就發現自家弟弟正站在不遠處直勾勾地盯著自己看，而也不知是發生了什麼事，一張俊秀的臉上眉頭緊鎖，滿是愁雲慘霧。

唐靖遠走了過去，笑著拍拍他的肩膀，問道：『阿遙，怎麼了？心情看起來很不好喔！』

『哥，我這次段考考差了。』唐靖遙也不想瞞他，立刻如實以告，心忖著自己能有哥哥一半的優異就好了。

『考差又沒什麼，下次加油就好了！幹麼一副好像天要塌下來的樣子？這可不像你！來，笑一個！』唐靖遠雙手捏著他的臉頰，想讓他彎起一道笑靨。

『唐靖遠，你別鬧了好不好？』唐靖遙不高興的揮開他的手，微慍道：『你能不能體會一下我的心情，我又不是你！你那麼優秀，無論怎樣爸媽都不會對你生氣，但我不一樣，我這次排名掉出了五名之外，爸媽一定會很生氣的。』

『阿遙，你說什麼呢？爸媽也會對我生氣啊！』唐靖遠一臉詫異。

『騙人！你表現那麼好，爸媽最疼你，從來也不會對你發脾氣好嗎？』唐靖遙才不信。

『那是因為他們對我發脾氣的時候你都沒看見啊！』唐靖遠不曉得自家弟弟在鬧什麼彆扭，但還是盡力安撫他，溫聲道：『阿遙，爸和媽對我們是一視同仁，我們在他們心裡是一樣重要，沒有什麼最疼我這種事，你別胡思亂想。』

大概是唐靖遠溫和的態度讓唐靖遙發現自己有多不可理喻，他愧疚的看向唐靖遠，道歉著：『哥，對不起！我就是考差了心情不好，不是故意遷怒你。』

『沒關係！我知道我們家阿遙最懂事最體貼了，所以才有那麼多女生喜歡你啊！不過……讓我猜猜，你心裡只有某個女生對不對？』唐靖遠刮了刮他的鼻子，取笑著他。

『唐靖遠，你不要亂說！』唐靖遙緊張地四處張望，深怕被誰給聽去。

『好！我不說，那你笑一個給哥看看。』唐靖遠和他談起了條件。

『無聊。』唐靖遙懶得理他，轉身就要走。

唐靖遠見狀，故作驚訝地指著對面人行道說著：『咦？那個不是徐芝唯嗎？』然後，他作勢要和對面的人打招呼，『嗨！芝唯，阿遙在這裡呢！他說他喜歡……唔！』

他話還沒講完就被猛地折返撲上來的唐靖遙給摀住了嘴。

『唐靖遠！你不要鬧了好不好！』唐靖遙又氣又惱，雙耳紅到彷彿能滴出血。

『唔唔……唔唔唔……』唐靖遠指了指對面又指了指自己，眼神充滿無奈。

唐靖遙聽不懂他在講什麼，但也跟著回頭看向對面人行道，哪知竟發現那邊根本什麼都沒有，別說徐芝唯了，連隻狗啊貓啊都不見蹤影。

『唐靖遠你耍我？』唐靖遙沒好氣的鬆開手。

『我怎知道你會這麼大反應？』唐靖遠無辜的攤手，然後笑問著他：『怎麼？喜歡人家幹麼不去告白？』

『你好煩！』唐靖遙白了他一眼，不打算回答。

『唉唷！跟哥哥說一聲嘛！為什麼不告白？難道……她不喜歡你？』唐靖遠推測著，但想一想又覺得不太可能，他認識徐芝唯也不是一天兩天了，他從她的眼神中可以看得出來，她肯定也喜歡自家弟弟。

那麼……阿遙到底在糾結什麼？

出乎意料的，唐靖遙一聽竟是點了頭，黯然道：『嗯，我覺得她不會喜歡我。』

『你問過她了？』唐靖遠試探的問著。

『沒有。』唐靖遙否認。

『那你怎麼知道她不會喜歡你？』唐靖遠不禁失笑。

『我……我就是知道！』唐靖遙被問倒了，一時講不出個所以然，賭氣的應了聲，然後偷瞅了自家哥哥一眼，嘟囔道：『畢竟我又不是你，如果我像你這麼完美，她肯定就會喜歡我的。』

唐靖遠聽見了，他無奈的彎起嘴角，不懂自家弟弟怎麼那樣愛和自己比較，他伸手摸了摸唐靖遙的頭，目光溫柔地瞅著他，笑道：『阿遙，你很棒好嗎？你別總拿自己和我比，就算我看起來再怎麼完美，肯定也有不好的地方，不是你想像中的那樣美好無暇，至於你……哪怕你現在覺得自己處處不好，但你肯定也有能吸引別人目光之處，甚至一定會有那樣一個人，她的所有視線只受你一個人牽引，你在她的心目中便是最燦爛的那抹陽光。』

『陽光？我嗎？』唐靖遙聽得懵了，遲疑的指著自己。

『對！』唐靖遠點了點頭，溫和的笑看著他，『所以阿遙，你要相信自己是獨一無二的，你很重要，至少在某一個人的心目中，你是不可取代的。』

唐靖遠的笑容溫柔，清風吹過他的瀏海，露出他的眸光暖如春風，而在他的眼裡，唐靖遙看到了自己，只見年少的自己一臉懵懂的望著自家哥哥，腦海裡都是他那句……你是不可取代的。

——夢境戛然而止。

門外傳來激烈的爭執聲，唐靖遙從夢中被吵醒，他還沒聽清楚是發生了什麼事，就見自己房門被人一把拉開，然後母親蘇芸哭著跑了進來，坐在他的床邊掩面嚶嚶哭著。

沒半晌，父親唐允徹也大步的走進房間，稜角分明的臉上滿是怒意，無視他就在一旁，對著母親憤怒吼道：「我不是說過誰也不准進那間房嗎？妳還進去幹什麼？那個不孝子的房間有需要進去看嗎？」

「我去我兒子的房間打掃有什麼不對？你自己不要兒子，難道也不允許我要嗎？那是我懷胎十月生的兒子，他的房間我憑什麼不能進去！」母親邊哭邊朝父親吼回去，而唐靖遙也從他們的對話中得知是在爭執什麼事了。

他嘴角揚起抹諷刺的笑。

又來了！每年都會上演一次的戲碼，這劇本怎麼就沒變過呢？

「兒子？妳兒子就在妳身邊，妳只有這個兒子，沒有那種不孝的兒子！」唐允徹口吻冷厲道。

「你憑什麼說我沒有？阿遠都走了那麼多年，你為什麼還不肯放下？連他的房間這麼多年來都不許我進去打掃，你心裡到底在想什麼？」蘇芸哭得梨花帶淚，她不明白丈夫怎會那麼狠心。

「沒有什麼放下不放下的，反正我沒那樣一個沒出息的兒子！」唐允徹冷冷地丟下這一句話，便氣憤的轉身離開了。

蘇芸彷彿被他那話給刺到，她從床上站起身朝他背影大喊著：「阿遠不是沒出息！唐允徹，你明明知道，阿遠是受了委屈，就連法院都還他公道了！」

「他選擇逃避，懦弱的自殺了，那他就是沒出息！就是殺人犯！我唐允徹沒這樣的孩子！」唐允徹的聲音遠遠地從客廳傳來，話聲方落，隨即響起大門被猛然關上的聲音，看樣子他是出門去了。

見丈夫離開了，蘇芸也不再哭，她抹了抹眼淚就想走出房門，但眼角餘光瞄見了正瞅著她的唐靖遙，不免朝他露出了抹微笑，說著：「阿遙，醒了的話就起來吃飯吧！電鍋裡有熱好的飯菜。」

「知道了。」唐靖遙不帶情緒的應了聲。

蘇芸見他還是那副對誰都愛理不理的模樣，也沒多說些什麼，嘆了口氣就走出房門，好似方才不過是進來演場戲給他看，如今曲終人散，她也沒想多留。

目送著母親離開房間，還貼心的幫他關起門，唐靖遙忍不住低聲笑了起來。

「呵呵……哥，你看見了嗎？爸媽需要的不是我，他們需要的是你，是優秀完美的你，不是一無是處的我。」唐靖遙臉上滿是嘲諷笑意，坐在床上看著自己的雙手，然後將雙手緩緩握緊成拳，直到指甲扎進肉裡泛起了疼，他也沒放手，彷彿是要透過那股疼痛讓自己認清事實。

夢中的唐靖遠對他講的話有多溫暖，那麼夢醒之後對他而言就有多殘酷。

唐靖遠錯了。

他們的爸媽只在乎他，就算他死了，眼中也還是只有他，他們並不在意還活在世上的自己。

什麼一樣重要？什麼獨一無二、不可取代？

全部都是一場笑話，是唐靖遠編給他聽的一個童話故事，在故事裡他以為自己和唐靖遠是一樣的，但到頭來才發現，他連唐靖遠的一根手指頭都比不上。

還成為某個人心目中最燦爛的陽光？唐靖遙覺得可笑。

從頭到尾，不該存在的那個人都是他。

唐靖遙，死的為什麼不是你？

想到這，唐靖遙便無法抑制悲痛的將右手用力捶向牆壁。

力道太大，一陣劇烈的疼痛襲來，但他卻覺得心裡更難受。

正當他打算揮出第二拳時，訊息聲驀地響起，他下意識的回頭看向手機螢幕，只見上頭跳出一則訊息。

——是徐芝唯。

她說她回K市去給父親掃墓了，而她已經好多天沒給他發訊息了。

唐靖遙非常清楚原因，自己刻意的冷漠肯定又傷了她的心，但他有什麼資格去喜歡她呢？既然他沒資格喜歡一個人，那麼又何必拖著她跟自己一同難受。

只不過，他還是下意識地想去點開她的訊息，他想看看她說些什麼，就算是一個字也好，他想再與她多聊一次天，透過小小的對話視窗，假裝著他與她單獨相處，兩人輕鬆自在的閒話家常。

但，他才剛想拿起手機，右手五指關節傳來的疼痛卻提醒了他的立場。

他怎麼能忘記？

活著的自己一點都不重要，他是代替唐靖遠活著，是為了贖罪而活在這個世上的，他沒有半分資格去過屬於自己的人生。

唐靖遙，你害死自己的哥哥、毀了自己的家，已經夠垃圾了，別再那麼卑劣去毀掉一個女孩的生活。

於是，他決定再也不回徐芝唯任何訊息。

（2）一切回到原點

「咦？妳們看！那不是企一B的唐靖遙嗎？他是不是變得跟以前有點不太一樣？他以前有長得這

麼好看嗎？」教室外幾名女生在聊天，瞧見走過去的一名男同學，忍不住低聲討論起來。

「沒有吧！我記得他以前看起來滿陰沉的，而且瀏海還很長，連眼睛都給擋住了，也不曉得他那時候是怎樣，竟然能夠忍受自己這樣，看東西都不會不方便喔！」另一個女生應道。

「嗯嗯！我也有印象！不只這樣，他上學期好像還滿糟的，聽一B的人說他跟系主任槓上，管理學差點被當。」又一個女生附和，然後望著唐靖遙走遠的背影，感嘆道：「只是沒想到原來他長得這麼好看啊！以前都被瀏海擋住了，沒發現他的長相一點都不輸陸勻恆呢！」

「對對對！他真的不輸小陸，而且還是跟小陸不同類型的。」一開始說話的女孩連連點頭，雙眼發亮，「小陸是風趣開朗型的帥哥，他這型的看起來妥妥就是冰山王子那一類啊！」

「沒錯！沒錯！」

女孩們紛紛點頭認同了這個結論，而這些話也落在了剛跑出來要追唐靖遙的徐芝唯耳裡。

她不禁恍惚了一下。

是的，唐靖遙和上學期不一樣了，他剪去一頭過長的頭髮，露出了他那張俊秀好看的面容，但是……這一切卻都不對勁了。

徐芝唯不知道唐靖遙為什麼從大一下開學就一直無視她的存在，她看著此時正從螺旋樓梯往下走的唐靖遙，心中那股自寒假以來的奇怪感覺，彷彿都得到了印證，那就是他又開始無視她的存在。

「阿遙！」徐芝唯想追上去找他，但步伐還來不及踏出去，一道身影就忽然擋在了她的面前。

「唯唯，妳考慮的怎麼樣？下課後要不要和我去吃飯？妳喜歡吃西餐還是中餐？法式料理也可以喔！只是餐廳我要找一下。」陸勻恆笑咪咪地瞅著她，無視她眼中的不耐，自顧自的講著。

「陸勻恆，你是放了個寒假就把腦袋忘在家裡沒帶回來嗎？我不想和你吃飯，我說過很多次了，我對你沒興趣！」徐芝唯再一次拒絕了他。

這是她大一下開學後所遇到的第二件不對勁的事情——她不知道陸勻恆是犯了什麼毛病，從開學後就一直對她猛獻殷勤，而且無論她怎麼拒絕都沒用，好像落在他眼裡都不過是欲拒還迎。

「妳沒跟我在一起過，怎麼知道對我沒興趣呢？更何況不過是吃頓飯而已，同學之間也可以一起吃飯啊！唯唯，我是真的很有誠意約妳，妳別連考慮都不考慮就拒絕我好嗎？」陸勻恆照舊無視她的拒絕，微挑的眼角帶笑，瞅著她游說了起來，一派俊朗的面容上滿是笑意，是能蠱惑人心的那種好看。

美好的事物人人都喜歡，或許平常的徐芝唯還有心思欣賞他這張臉，覺得他長得真是賞心悅目，但現在的她只想追上唐靖遙問個清楚，了解到底是發生什麼事，為什麼他不理她了？所以，她根本不想跟陸勻恆浪費時間。

「我不考慮是因為沒有考慮的必要，請你別再來煩我了。」徐芝唯不曉得自己是哪裡入了這位花心大少的眼，但她真沒興趣成為他的後宮之一。

丟下這句話後，徐芝唯就不再理會陸勻恆，繞過他飛快地朝唐靖遙離去的方向追，但可能是被陸勻恆耽誤的時間太久，等到她追去時唐靖遙已經不見蹤影。

「這到底是怎麼了？」徐芝唯心煩意亂，不明白只是過了一個寒假而已，怎麼一切都變了。

唐靖遙擺明了在躲她，一切彷彿回到了原點，班上有共同科目時，一下課他就消失不見，一點講話的機會也不留給她，更別說訊息或電話了，任憑她訊息怎麼傳、電話怎麼打，他就是不回。

徐芝唯想到沒辦法了，只能透過林熚他們來找唐靖遙，但他們卻說唐靖遙一聽到是她打電話找他，立刻調頭離開宿舍，甚至後來他們為了幫她，沒告訴唐靖遙是誰找他，匡了他接電話時，他卻在聽到她聲音後馬上就把電話給掛了，然後還和林熚他們鬧了場不愉快。

做得如此堅決，儘管徐芝唯不願意相信，卻也知道唐靖遙這次是鐵了心不理她，而為了不讓林熚他們難做人，她也不再請他們幫忙。

「芝唯，妳別難過！阿遙可能只是一時心情不好，他以前也常這樣，過了就沒事了，妳別想太多。」張逸廷雖然不清楚她和唐靖遙之間起了什麼矛盾，但見她鬱鬱寡歡，也忍不住安慰起她。

「逸廷，謝謝你。」徐芝唯朝他勉強的笑了笑。

徐芝唯因唐靖遙悶悶不樂的事，自然也全數落在了楚向芯她們眼中，但她們終究不是當事人，除了心疼徐芝唯，私下痛罵唐靖遙幾句，也不敢在她面前多說什麼，就怕會傷了她的心。

「那個唐靖遙到底在搞什麼鬼？太過分了！」趁著徐芝唯去洗澡，楚向芯壓低聲音忿忿不平的罵道。

「是啊！太過分了！」程卉妤難得也附和了聲。

汪以涵沒說話，只是擔憂的望著浴室方向。

她還好嗎？

（3）不要再當朋友

事實上，徐芝唯並不好，她一想到唐靖遙心裡就悶得慌，偏偏她還沒任何辦法，甚至不知道從什麼時候開始，系上還開始傳出流言蜚語，說程卉妤似乎對唐靖遙有意思，最近時常找唐靖遙說話，害她這些日子看到程卉妤都覺得心中不自在，下意識的躲起了程卉妤，連在宿舍裡都和她說不上一句話。

更煩人的是，在這種時候陸勻恆又一直來添亂，無論她如何拒絕他、罵他，他都是當下面色鐵青的離開，但是隔沒兩天又在她眼前出現，繼續死纏爛打。

烈女怕纏男，徐芝唯自認不是烈女，卻也很害怕人家糾纏。

她覺得好像碰見了男版的自己，然後她不禁暗自猜想，或許她對陸勻恆糾纏自己的厭惡感就是唐靖遙對她的感覺吧？

想到這，她的心情頓時更差了。

日子在這樣的一團糟中飛快流逝，竟也很快的迎來了情人節。

其實徐芝唯對這種節日沒什麼興趣，特別是在她和唐靖遙的關係陷入冰點時，她更覺得這種節日很礙眼，不過唯一值得慶幸的是，陸勻恆今天沒有來糾纏她。

原本她還在擔心像這樣的節日，陸勻恆肯定不會放過她，要不是因為今天班上有共同科目要上，而對如今的她來說，上課是唯一能夠看見唐靖遙的時候，她都考慮要請假一天來避開陸勻恆了。

徐芝唯邊這樣想著邊從系辦前走過，忽然卻聽見有人用擴音器在喊她。

「徐、芝、唯！」

被放大了好幾倍的聲音來自上一層樓，她反射性的回頭，卻瞧見陸匀恆站在往樓上的螺旋樓梯平台處，手中好像拿著捲起來的紅布條，身旁還有兩個男生在幫忙繫著布條繩子，而她秀眉才剛蹙起，還來不及多想他要幹麼，下一秒就聽見他對著擴音器人喊——

「徐、芝、唯！我、喜、歡、妳！當、我、女、朋、友、吧！」

話一講完，就見他放開了手，左右兩側尾端繫了礦泉水的寬大紅布條從四樓向下垂放，而仔細一看，上頭竟印著他剛才所喊的話以及無數的粉色愛心圖案。

徐芝唯霎時臉都綠了。

她下意識地拔腿想逃離現場，卻看見一道身影恰巧從系辦內走出，她定睛一看，那人竟是許久未能被她單獨遇上的唐靖遙，而他似乎也注意到了外面的騷動，抬頭看向紅布條，在瞧見上頭那些字後，眉頭微微擰起。

「阿遙？」徐芝唯遲疑地喊了他一聲。

唐靖遙聞聲回頭，看見是她，臉色一沉，轉身便要走。

「阿遙，等一下！」徐芝唯急忙拉住他的手。

「有事嗎？」唐靖遙冷漠地看了一眼被她握住的手，不帶情緒的問著。

徐芝唯注意到了他的視線，連忙鬆開手，瞅著他吶吶問道：「阿遙，我是不是做了什麼事惹你不開心了？」

「沒有。」唐靖遙淡聲應著。

「沒有？那你為什麼不理我？這些日子以來我不斷地給你發訊息、打電話，甚至下課後去找你，你怎麼連跟我說句話都不願意？」雖然他否認，但徐芝唯心中卻沒有半分喜悅，她苦笑著問他。

唐靖遙沒出聲，看了她好半晌，才閉上眼嘆了口氣道：「徐芝唯，算了吧！」

「什麼？」徐芝唯一怔。

「我想我們還是別當朋友了，妳和我是不同世界的人。」唐靖遙睜開雙眼，望著她淡淡地笑了，那是他們從相遇以來，他鮮少露出的清淺笑容，但此時他說出來的話卻叫她如墜冰窖。

徐芝唯表情愕然，想著自己曾做過的事，追問道：「阿遙，為什麼？是因為我太常找你，讓你覺得很煩嗎？還是我哪裡讓你覺得不好？」

聞言，唐靖遙斂去笑意，語調冷硬的回答：「與妳說的這些都無關，就是我不想跟妳當朋友了。」

「那到底是為什麼？你能不能直接告訴我？」徐芝唯簡直快崩潰，她顫著聲音問：「這段時間以來我一直很努力在做，哪怕你對我愛理不理，要我主動去找你，我也都覺得無所謂！甚至，你要我別喜歡你，我也都做到了！哪怕我喜歡你、非常喜歡你！我也忍著不讓自己表露出來，只因為我覺得能跟你當朋友，能待在你身邊就足夠了，但你為什麼連這點機會都不給我？」

像是沒想到她會說出這些，唐靖遙怔了怔，然後嘴角彎起一抹嘲諷的笑，回應道：「不！徐芝唯，妳喜歡的不是我，妳喜歡的是妳想像中我的模樣，妳喜歡的是妳的幻想，是妳營造出來的那個我，但是那並不是真正的我。」

「那什麼才是真正的你？阿遙，不如你告訴我答案，讓我去接受、去證明，我喜歡的一直都是你，沒有什麼想像，也不是幻想，我喜歡的就只有你！」徐芝唯被他那些話講得心都碎了，一想到自己的真心到了他的眼底竟是這般模樣，她不禁淒楚的苦笑了。

唐靖遙怎能看不出她一臉的受傷神色，但他還是垂眸掩去不捨，淡聲應道：「不用了！徐芝唯，我不喜歡妳！妳說的對！我覺得妳很煩！這才是我真正的想法……妳放棄吧！我不是沒試過，可是我真的沒辦法和妳當朋友。」說到這，他轉頭看向螺旋樓梯圍牆邊上高掛的紅布條，以及站在一旁皺眉看著他的陸勻恆，輕聲又道：「妳看！陸勻恆對妳很好，他很喜歡妳，那才是妳該接受的人。」

話畢，他沒再看徐芝唯，邁開腳步就離開，可是他才走沒幾步，就聽到背後傳來徐芝唯的聲音。

「阿遙！」她喊住了他。

唐靖遙沒回頭，但卻停下了腳步。

他聽見後頭的徐芝唯向他走近了幾步，用著發顫卻異常堅定的口吻對他道：「無論你信不信，我喜歡你只因為你是你，不管你變成什麼模樣，對我來說你都是我從小到大唯一喜歡的人，除了你之外，其他人我誰都不要！」

這些話聽起來彷佛是在和他剛才講的話槓上。

徐芝唯直勾勾地瞅著唐靖遙的背影，只見他好半晌都沒出聲，正當她以為他是不是沒聽清楚自己的話時，他語氣雲淡風輕的開了口——

「那麼我很遺憾。」

話聲落下，他逕自離去，連多看她一眼都沒有。

看著唐靖遙走下螺旋階梯，徐芝唯腦中一片空白，她不知道自己現在應該怎麼辦，她整個人就像被抽乾了靈魂，只能失神的站在原地一動也不能動，而就在這時，她聽見有道腳步聲朝自己飛快跑來，她努力將發散的視線集中，才發現來人是楚向芯。

楚向芯看見徐芝唯一副神思恍惚的樣子，心中不由得又急又疼，她一把拉起徐芝唯的手，氣憤難平的說道：「唯唯，乖！沒事！別難過！不就一個男人，區區一個唐靖遙算什麼？走！今晚我帶妳去找更好的！」

（4）不願佔她便宜

節奏強烈、旋律動感的電子音樂大聲地在舞池中播放著，DJ動作熟練的掌控節奏，昏暗的室內朦朧燈光醞釀著曖昧氛圍，七彩的霓虹燈下男男女女搖擺身體、搔首弄姿，空氣裡瀰漫著一股混雜著菸味、酒味以及難聞嘔吐味的奇怪氣味。

徐芝唯看到有人直接在舞池角落裡吐了起來，她眉頭頓時蹙得死緊，又一次深深地體悟到自己肯定是被唐靖遙的話嚇得不輕，才會跟楚向芯跑來這種地方。

——夜店。

她扶了扶額，心裡滿是懊悔，要是讓她媽媽還有小舅舅知道這件事，她肯定會被扒掉一身皮。

徐芝唯越想越後怕，不敢想像那後果，立刻轉頭向一旁跟其他人玩得正開心的楚向芯說道：「向芯，我想回去了。」

「唯唯，別這樣！出來玩要開心一點，現在還很早呢！再玩一下！等等就回去！」楚向芯聽到她的話，回頭勸她：「妳也一起來玩吧！別在旁邊坐著，我拉妳出來是想讓妳多認識些新朋友，世界這麼大，不是只有一個唐靖遙。」

「我沒興趣。」徐芝唯搖了搖頭，拒絕了楚向心的好意。

她當然知道這世界很大、男人很多，比唐靖遙更好的人都有，可是她偏偏就不喜歡那些人，她的心中只有一個唐靖遙，如同她告訴他的，從小到大她唯一動過心的人只有他。

「唯唯，向芯說得對，妳何必那麼執著？就算唐靖遙不喜歡妳，也還有我啊！如果妳覺得我配不上妳，那還有其他人呢！」陸勻恆不曉得為什麼也跟來了，聽見她們的對話，冷不防開口插了一句。

「誰？誰說我們家阿陸配不上她，那人是瞎了嗎？我們家阿陸這麼好，向來只有別人配不上他，哪有他配不上別人的份？」坐在陸勻恆身旁的男生跟著起鬨。

徐芝唯臉色不大好看，回答著：「陸勻恆，我從來沒說過你配不上我。」

「是嗎？」陸勻恆笑了，拿起桌上的啤酒杯道：「那是我誤會了，我自罰三杯。」

「讓女孩子生氣罰三杯怎麼夠？至少要罰三瓶！」另一個男生笑罵著他，然後伸手真的又叫來了三瓶啤酒。

「好！三瓶就三瓶！出來玩就是要玩得夠爽！」陸勻恆一副沒在怕的樣子。

「唯唯妳看，大家玩得正開心，晚點再回去嘛！」楚向芯向徐芝唯示意了一下周遭氣氛，嘟嘴央求著她。

徐芝唯見眼前的氣氛確實挺歡樂，又被楚向芯這樣拜託，當下也不忍掃興，只得點了下頭，妥協道：「好吧！那就再待一下。」

「太好了！唯唯，妳也來一起玩，把不開心的事情通通忘掉！」楚向芯將坐在角落的她給拉了過來。

「是啊！同學，無論有什麼不高興的事，到了這裡就全部忘記吧！」方才嚷著要陸勻恆喝三瓶的男生笑著對她說。

「唯唯，來！我跟妳喝一杯。」陸勻恆舉杯向她。

徐芝唯皺著眉有些遲疑，雖然她是同意待下來，可是她對自己的酒量並沒有自信，應該說……她根本沒喝過什麼酒，她不知道自己喝酒之後會怎樣。

「唯唯，喝吧！我會看著妳的。」大概知道她在躊躇什麼，楚向芯朝她拍了拍胸脯。

「好吧！」想著都是自己同學，又覺得自己不會喝太多應該沒事，徐芝唯拿起桌上的酒杯跟陸勻恆輕輕一碰，然後仰頭飲盡。

這不知道是什麼牌子的酒，徐芝唯覺得並沒有以前喝過的苦澀，又好像沒什麼酒味，而且喝起來還有些甜，這使她也就沒那麼排斥，於是之後又有幾個人向她敬酒時，她也一一應下乾杯了，甚至自己也忍不住多喝了幾口，就這樣她在不知不覺間已是好幾杯黃湯下肚，等到陸勻恆發現的時候，她已經喝醉了。

「我要再一杯！」徐芝唯將手上的空杯遞給吧檯人員，要他再斟滿。

陸勻恆走近她身邊，聞到她身上散發出來的酒味，瞬間傻眼了，不曉得是誰弄給她喝的，她杯子裡的不是一般酒，而是水果調酒，怪不得一口接一口的喝，他還以為她常喝酒，酒量好得很，原來是把酒當果汁喝了。

「好了！可以了！」陸勻恆用手蓋住酒杯，朝吧檯人員搖了搖頭，要他別再倒了，然後對徐芝唯說道：「唯唯，妳醉了，不能再喝了。」

「我沒有醉！你才醉了！」果真是喝醉了，徐芝唯講出了每個喝醉的人最愛說的一句話——他們都很清醒，是別人醉了。

「走吧！我送妳回宿舍。」陸勻恆哭笑不得，眼見楚向芯也不知跑哪去了，他決定先帶徐芝唯離開這地方，省得再晚宿舍就回不去了。

「要回去了喔？」徐芝唯傻乎乎的望著他，重重的點了下頭，樂呵呵地笑道：「好啊！我也想回家了，回家之後什麼都看不見，也就不會煩了。」

陸勻恆聽不懂她在說什麼，只當作她在講醉話，伸手就要將她拉起來，「好了！走了！」

然而，就在這時，有人卻突然叫住了他。

「阿恆？」

聽到這個不同於別人對他的稱呼，陸勻恆愣了下，隨即轉頭看去，沒想到竟看到了一個好久不見的人。

「陸宇，你怎麼會在這裡？」陸勻恆大感意外，眼前那個笑瞅著他的，不是他的堂弟陸宇還能是誰。

說是堂弟，但其實陸宇和他同年，他倆小時候常玩在一塊兒，同樣調皮的性子常常鬧得家裡雞飛狗跳，只是陸宇上了高中後就被他爸爸給送出國去了，少年心性不定又是天涯兩端，慢慢地也就少聯絡了，兩人已許久不曾再碰過面了，沒想到他竟然回國了，還和自己在這種地方相遇。
「家裡有些事所以回來了。」陸宇無奈的聳了聳肩，笑看著他：「你知道的。」
「嗯。」陸勻恆微微頷首，家族的那些破事他也有聽說。
「你女朋友？」陸宇忽然發現一旁的徐芝唯。
聞言，陸勻恆眸色略深的看向徐芝唯，猶豫了一會兒，最後還是否認了。
「不是！她是我同學。」儘管她喝醉了，但他也不願意在口頭上佔她便宜。
他喜歡她是一回事，耍小動作不是他的風格。
「喔。」陸宇表示明白，然後笑著問他：「有急著走嗎？聊一聊？」
陸勻恆大概知道他想聊什麼，看了一下時間，覺得如果只是說一下話還可以，等一下再送徐芝唯回宿舍應該來得及，於是便答應了他。
「好。」

（5）她的一場美夢

徐芝唯趴在吧檯上，意識模糊間只聽見有人叫她等一下，但她沒聽清楚那是誰的聲音，又是要她等一下什麼，她只覺得很累、很不舒服，整個人頭暈目眩，好似腦袋被人用力的搖晃過，她頭痛得難受，只想有人帶自己回家。
下意識的，她從口袋裡拿出手機想叫小舅舅來接自己，於是她迷濛著雙眼將手機螢幕滑開，然後按下設定好的最愛聯絡人，眼睛閉起趴在吧檯上撥出電話。

手機聽筒裡傳來撥號聲，徐芝唯將手臂屈起，頭側躺在臂彎裡，她懶得用手拿，直接將手機壓在耳朵旁。

「嘟嘟……您撥的電話將轉入語音信箱……」

電話響了許久沒有人接，徐芝唯皺起眉，再打一次。

「嘟嘟……您撥的電話……」

又是一樣，響了許久都沒人接，聽到語音信箱，徐芝唯癟了癟嘴將電話掛斷。

「小舅為什麼不理我啊！」她醉眼朦朧的瞅著手機嘟囔。

「阿遙不理我，小舅你怎麼也不理我？」徐芝唯生起悶氣，又按了重覆撥號，她決定跟他耗上了。

她連續打了四、五通電話，一通接一通，沒人接就掛掉再打，她就是要打到自家舅舅接起來為止，而大概是對她鍥而不捨的毅力投降了，電話最後總算接通，而她沒等自家舅舅開口，先一步軟聲軟語的抱怨了起來：「小舅，你為什麼都不接我電話？」

電話那頭沒答腔，徐芝唯以為是音樂太吵，自家舅舅沒聽見，所以她把頭埋進臂彎裡，聲音悶悶的撒嬌道：「小舅，我好不舒服，你來接我回家好嗎？」

周遭音樂震耳欲聾，男男女女的喧鬧聲此起彼落，還有幾個喝開了的人在吆喝著再來一打，她所處的環境龍蛇雜處，徐芝唯覺得等一下自家舅舅來，她肯定會被他罵死的，但她不管那麼多了，她真的好想回家。

她今天好難過，人難受、心也難受，阿遙說不想和她當朋友了，她又一次被他推開了，她都還沒跟他一起去吃學校附近那家美食呢！

她也還沒問他，為什麼想代替唐靖遠活著，他就當他自己不好嗎？她相信唐靖遠不會希望他變成自己的，她也相信他不會害死人的，他那麼善良美好，怎麼可能會害死自己的哥哥？

電話另一端的人聽到她軟綿撒嬌的話語後沉默了半晌，待聽清楚她身後的嘈雜背景音，嘆了口氣無奈的問她：「唯唯，妳現在在哪裡？」

徐芝唯覺得自家舅舅的聲音聽起來跟平常有些不太一樣，但她渾沌的腦袋沒能讓她多想，她在吧檯張望了一下，瞧見桌上有張meun，直接拿起來看。

「嗯……我在……這個什麼字？喔……魚、魚尾？」徐芝唯醉得糊塗，連字都看不太清，認了很久才認出來。

「電話不要掛，妳在那邊等我別亂跑。」

徐芝唯聽見自家舅舅這樣吩咐，乖巧的點頭應聲：「好，我不……」話還沒講完，徐芝唯就發現電話另一端的聲音消失了，她納悶的拿開手機一看，這才發現螢幕都黑了，怎麼按都亮不起來，竟是沒電關機了。

小舅舅找得到我吧？徐芝唯模模糊糊的想著，而大概是知道會有人來接自己，她感到安心了，整個人就放鬆下來繼續趴在吧檯上。

等會兒小舅舅來就讓他念一下吧！她知道她很不乖，但她只想回家……

徐芝唯不曉得自己昏昏沉沉趴了多久，直到她感覺身旁有人碰了碰自己，只是她全身無力根本無法回應，然後她感受到有人正試圖把她拉起來，將手伸進她的腋下想架起她。

她一開始以為是小舅舅來了，但卻聞到一股濃厚的菸酒味，小舅舅雖然抽菸，但身上菸味總是淡淡的，所以她下意識就想推開來人，只是那人卻突然加了力道抓住她不放，而就在她緊皺眉頭想睜開眼看究竟是誰時，那股架著她的力量驀地消失了，然後她被人安穩的扶回座位上。

徐芝唯覺得那個扶自己回吧檯的人很熟悉，她微睜開眼想看是誰，只可惜夜店燈光灰暗，她只瞧見有個人擋在自己身前，而那道背影看來非常眼熟。

她還想再看更多，可是腦袋昏沉得厲害，只能再閉上眼，而恍惚之間她聽見一道飽含威脅的不善語氣響起。

「小子，你別多管閒事！」

「她是我女朋友。」

一句簡單明瞭的回答響起，說話之人聲音聽來不帶情緒，讓徐芝唯有種熟悉的感覺，不過她沒做他想，她的嘴角微揚，想著之後要跟小舅舅說，她才不是他的女朋友，他都三十幾了、她還這麼年輕，就不怕人家說他拐騙少女，而且他這樣亂說話，她會生氣的，媽媽知道的話也會不高興。

只是，徐芝唯沒有機會說，因為她很快的又沉入黑暗之中，而她做了一個很美好的夢，她夢見父親帶著自己與母親一起去踩船，可愛的小鴨船在美麗的湖上擺盪，四周山光水色、美不勝收，父親笑得一如以往爽朗，母親也溫柔的瞅著父親微笑，他們 家人就和從前一樣快樂。

可緊接著畫面一轉，母親不見了，只剩父親與她坐在船上，笑望著她，溫聲問道：『唯唯，妳在想什麼？』

很普通的一句問話，但徐芝唯卻沒由來的一陣鼻酸，她眼眶泛紅，朝父親懇求道：『爸，我很想你，你可不可以不要走了？我想你一直留在我們身邊。』

父親愣了一下，好一會兒才微笑回答：『好，我以後不會再走了。』

得到父親應許，徐芝唯心中的酸澀消散，破涕為笑，鑽進父親懷裡，臉頰磨蹭了一下父親胸膛，軟軟的撒著嬌：『爸，我好愛你。』

父親模模糊糊的應了個嗯。

徐芝唯滿意的笑了，然後想起了一件事，湊在父親耳邊小聲道：『爸，我跟你說個祕密。』

『嗯？』

『我遇見唐靖遙了。』她說著，為了怕父親忘記唐靖遙是誰，又補充道：『就是以前我常常偷看的那個男同學。』

『……嗯。』

『可是……爸，阿遙他討厭我，他說他不想跟我當朋友，他說他努力試過了，他沒辦法、他要我放棄。』徐芝唯講著講著忽然委屈起來，『爸，你知道阿遙是怎麼說的嗎？他說我喜歡的不是他，只是我自己的幻想，可是他都不知道我一直以來喜歡的只有他一個人。』

講到這，她伸手從懷裡找樣東西，可是卻怎樣都摸不著。

『妳找什麼？』父親問她。

『我找一張照片！爸，我有一張阿遙以前的照片，我把它帶在身上，去哪兒都帶著它。』徐芝唯停下動作，神祕兮兮的說著。

『……妳帶著它幹麼？』

『看啊！』徐芝唯理直氣壯的回答，然後用充滿依戀的口氣對父親道：『爸，你知道嗎？阿遙在我心中就像一顆太陽，在你不在的那段日子、在媽媽生病的那些時候，我都是靠著記憶中像陽光一樣燦爛的他陪我走過來的。』

想起過去，徐芝唯不禁鼻酸，淚水奪眶而出，哽咽道：『爸，阿遙他不知道自己對我有多重要，我真的很喜歡他，只要能待在他身邊，要我怎樣都可以，哪怕他要我完全不能再對他動心，就算再難我也會努力逼自己做到！可是……可是他怎麼可以這樣？他說他不想再和我當朋友……爸，阿遙他為什麼這麼狠心、這麼討厭我？是不是我真的很糟糕，所以沒資格留在他身邊？」

彷彿是要把從遇見唐靖遙後，這段時日所受到的煎熬盡數傾吐似的，徐芝唯越講越傷心，講到最後眼淚已經止不住，不斷地滑落弄濕了父親的胸膛，她哭得抽抽噎噎不能自己，而父親卻一直沒開口。

直到過了許久許久，久到她激動得情緒緩和了下來，她才聽見父親語調乾啞的低聲說著：『唯唯，阿遙他不討厭妳，其實他也很喜歡妳。』

『……那他為什麼不要我？』徐芝唯啞著嗓子問他。

父親的聲音聽來充滿嘆息，對她輕聲開了口——

『因為離開是他所能想到對妳最好的方法。』

『唯唯，忘了他吧！妳值得更好的。』

第九章　真相

（1）有關他的過去

天亮了，窗外陸陸續續傳來晨起人們的交談聲，以及車子發動行駛的聲響，但陸匀恆沒有拉開窗簾，他放任套房內一室昏暗，雙眼眨也不眨的直盯著電腦，分明昨晚在夜店裡狂歡整夜，但此刻他的腦袋卻是特別清醒。

他按著滑鼠將頁面緩緩地往下滑，仔細地讀過那些新聞報導，越看越不敢相信，待得所有內容都看完後，他一臉愕然的往後靠在椅子上，雙手環胸，腦中思緒一片混亂。

電腦螢幕上正放著一張照片，照片裡是一名模樣俊秀的少年，少年有一對漂亮的雙眼皮桃花眼，他笑得一臉燦爛，雙頰露出兩個淺淺的酒窩，伸手勾著身旁朋友的肩膀，是個無論放在何處都能奪人目光的男孩。

儘管已經反覆確定許多遍，從少年的臉上也能多少看出一些那人的神韻，但陸匀恆還是無法相信陸宇傳給他的這張照片，上頭那個眼眸清澈明亮，個性看來陽光開朗的人，竟會是如今的唐靖遙。

這改變也未免太大了吧？

錯愕之間，他忽地想起昨晚的事情。

昨晚……不！正確來說是幾個小時前，他本來要送徐芝唯回宿舍，卻意外遇見了同樣來夜店玩的堂弟陸宇，他想著和陸宇聊一下天再送徐芝唯回去也還來得及，於是便讓徐芝唯在吧檯上趴著休息，然後他挑了個能看見吧檯狀況的位置與陸宇坐下聊天，但因為他們談得太起勁，待聽見吧檯那邊喧鬧起來，才發現似乎是徐芝唯出了事，兩人急忙起身去查看狀況。

孰知，陸匀恆才剛走近就看到了不知為何竟出現在此的唐靖遙，而他正擋在徐芝唯面前，目光冰冷地瞪著身前高頭大馬的醉漢，正當他因看見唐靖遙而感到訝異時，卻聽見唐靖遙說出令他更吃驚的話。

『她是我女朋友。』

面對醉漢的挑釁要唐靖遙別多管閒事，唐靖遙竟連猶豫也沒有的，開口說出徐芝唯是他女朋友的這種話來。

陸匀恆當下臉色就不好看了，他見醉漢一臉自討沒趣的走人，正想上前去阻止準備背起徐芝唯的唐靖遙時，和他一起過來的陸宇卻在看見唐靖遙後，忽然驚訝道：『咦？那不是唐靖遙嗎？』

『阿宇，你認識他？』陸匀恆大感意外的回頭看他，不明白自家堂弟怎會跟唐靖遙認識。

『當然！他是我國中同班同學。』陸宇想也沒想的回答。

『你國中和他同班？』陸匀恆傻眼了，這世界這麼小？

『對啊！不過他二下就轉學了，大概對我也沒印象了吧！』陸宇聳了聳肩，然後有些不敢置信的說道：『只是我還真沒想到他變化這麼大，他以前可不是這樣子的。』

和陸宇這一對話耽擱了阻止唐靖遙的機會，陸勻恆見唐靖遙已經背起徐芝唯往外走，想到他方才都已經當眾說了自己是徐芝唯的男朋友，自己要是再上前去要人，只怕大家會以為自己和剛剛那醉漢一樣都是想撿屍的，而且也會耽誤徐芝唯回宿舍的時間。更何況，他想唐靖遙能找到這裡來，大概也是徐芝唯打電話叫他來的，他應該會好好送她回宿舍才是，所以他就不湊上前去攪和了。

『喔？那他以前是怎樣的？』陸勻恆隨口問了句，但其實他沒有很想知道，他覺得反正大概也跟現在差不多了。

然而，陸宇卻是張大眼睛，態度誇張的說著：『唐靖遙以前？他以前和剛才看到的完全不一樣，以前的他可是我們學校風雲人物呢！』

『他？風雲人物？你少騙人了！就憑他那副德性？』陸勻恆不屑冷嗤。

『真的！阿恆，我沒騙你！國中時的唐靖遙真的人見人愛，他成績好、長得又好看，不只老師們喜歡他，連學校那些小女生都瘋他瘋得不得了，還有人偷偷拍了他的照片在校園裡賣呢！』陸宇說得信誓旦旦，只差沒舉手發誓了。

『真的假的？』見他講成這樣，陸勻恆不禁有些半信半疑。

聽出陸勻恆話裡的質疑，陸宇又強調道：『真的！我可以回去找他以前的照片給你看，國中畢業紀念冊應該還有他一年級的照片。而且，你知道嗎？不只他長得好看，他哥長得也很帥，以前常看他哥來學校接他呢！』

『是嗎？那你再傳給我吧！讓我看看他是怎樣的好看。』陸勻恆還是有些不以為然，敷衍的笑了笑。

『只是……他怎麼會變成這樣啊？』想起剛才看到的唐靖遙，陸宇不解。

『誰知道？大一開學他就這副死德性了。』陸勻恆翻了個白眼。

『喔……』陸宇點了下頭，然後像想到什麼，突然又問著陸勻恆：『對了！阿恆，你是不是喜歡剛剛那個女生？』

『怎樣？你要跟我搶？』陸勻恆笑睨著他沒直接回答，但話裡卻已承認。

『我哪敢啊！』陸宇故作一副害怕。

『知道就好。』陸勻恆得意的揚起下巴。

『那唐靖遙對她有意思嗎？』陸宇又問。

『大概吧？誰曉得呢！』陸勻恆不想多談，畢竟他看得出來徐芝唯喜歡唐靖遙，倘若唐靖遙也對她有意思，那麼他們兩情相悅這種事讓他感覺很不舒服。

『如果是的話，有件事我不知道該不該跟你講，讓你去提醒一下那個女生。』陸宇表情猶豫。

『什麼事？』陸勻恆挑眉看他，示意他繼續說。

聞言，陸宇先看了看四周，見沒人靠近他們，才湊向陸勻恆低聲道：『唐靖遙他們家好像不是很單純，如果可以的話，最好讓那女生離他遠一點。』

『什麼不是很單純？你有話就說。』陸勻恆沒什麼耐心，他最討厭人家講話講一半。

只見陸宇深深地嘆了一口氣，才又開口說道：『唐靖遙他哥是個殺人犯。』

（2）毀了她的美夢

殺人犯？

陸勻恆當時還不信，以為陸宇是喝醉了在和自己開玩笑，他還挖苦了陸宇好幾句，要他編故事也編個有新意的，這樣狗血的劇情是要拿出來騙誰，他的同學竟有個殺人犯哥哥？

然而，當他清晨回家沒多久，看到陸宇為了證明自己沒說謊，返家後馬上找出來傳給他的所有資料後，他不得不信了。

劇情確實狗血，但竟然都是真的。

他關起照片，點開先前閱讀的新聞報導，心裡依舊震撼。

在那個還不注重犯人隱私的年代，新聞上清楚寫著『唐靖遠』三個字，上頭甚至還有張模糊的照片，而那是一張與唐靖遙有幾分相像的臉，跟唐靖遙那張年少的照片一對照，兩人是兄弟的這件事根本無須懷疑。

……徐芝唯知道嗎？要不要跟她說呢？

這是陸勻恆從知道真相後就一直在糾結著的問題。

他覺得基於道義上自己應該告訴徐芝唯，可是當他想到徐芝唯每次看著唐靖遙，以及聽見唐靖遙呼喚她時，那雙眼睛毫不掩飾流瀉而出的喜悅，還有她嘴角揚起的那抹笑意，他不禁有些於心不忍。

告訴她真相到底是為她好，還是毀了她的幸福？

雖然殺人的並不是唐靖遙，但他家的狀況也是該讓徐芝唯知道吧？

陸勻恆正在苦惱間，電鈴突然響了起來。

「叮咚——」

他皺眉看了一下電腦上的時間，早上七點五十分，這個時間會是誰來找他？

懷著滿腹疑惑前去開門，他卻在透過貓眼瞧見門外的人後，眉頭擰得更緊。

「妳來幹麼？」陸勻恆拉開門，表情不耐的看著門前的女孩，他很討厭人家不經自己同意就跑來家裡，雖然他先前讓她來過幾次，但也不代表她隨時可以想來就來，一點基本禮貌都沒有。

簡昕羽沒想到會看見他這麼不耐煩的樣子，愣了一下，隨即又彎起抹甜美笑靨，拿起手上的早餐，柔聲回答著：「阿陸，你餓了吧？我給你送早餐來了。」

「我不餓，妳拿走吧！」陸勻恆直接拒絕，反手就要關門。

「阿陸，等等！」簡昕羽急忙擋住了門。

「妳又要幹麼？」陸勻恆整晚沒睡又在想事情，此刻情緒實在不是太好。

「阿陸，你是討厭我了嗎？」簡昕羽咬著下唇，模樣委屈。

煩死了。

陸勻恆皺起了眉，他最討厭女生來這套，動不動就裝可憐扮無辜。

他在心裡暗罵了聲後，對她講話的態度更煩躁了，「簡昕羽，我不討厭妳，只是請妳以後不要隨便跑來我家來好嗎？」

「好的！我以後會乖乖的，只做讓你喜歡的事。」簡昕羽聽是這樣，心情頓時放鬆下來，開心的露出抹笑靨，然後作勢就要進他房間，「這次你就別跟我計較了，我幫你帶了早餐，我們快進去吃吧！」

「等等！什麼叫讓我喜歡的事？」陸匀恆覺得自己好像聽到了什麼關鍵字。

「就是只做你說可以的事，讓你能繼續喜歡我，不要討厭我啊！」簡昕羽羞怯的垂下臉，一副小女人嬌態。

「不是吧？我什麼時候說過喜歡妳了？」陸匀恆傻眼，他這個當事人怎麼都不知道。

「你是沒說過啊！可是你一直都在做啊！你寒假時不是一直約我出去，甚至還找我來你家嗎？如果你不是喜歡我、在追我，為什麼你要這樣做？」簡昕羽抬頭無辜的睜大眼看他，如實描述。

這下誤會大了！

陸匀恆愕然的瞪大眼，不可置信道：「等一下！我以為妳知道我為什麼一直找妳出去，那是因為我有事情想問妳啊！而且我好像也沒主動找妳來我家吧！我明明都是和妳約下午市區見，是妳自己自告奮勇說早上沒事，我住的地方離妳家又近，可以幫我買早餐過來，然後中午一起出門的。」

這一刻，陸匀恆有種自己誤上賊船的感覺，早知道簡昕羽會這樣腦補，他當初就不會去問她了，找楚向芯或者汪以涵說不定都來得比她好，也知道得更多。

「我……我確實以為你喜歡我嘛！否則幹麼一直約我出去聊天，又肯讓我踏進你家？」簡昕羽被他說得面紅耳赤，卻仍不死心的追問。

「拜託！我根本不喜歡妳，妳難道不知道我一直找妳出去，向妳打聽徐芝唯的事，就是因為我喜歡徐芝唯嗎？我的大小姐，妳也太會胡思亂想了吧！」陸匀恆簡直快吐血，他這是給自己惹了什麼爛桃花。

簡昕羽一聽這話，臉色瞬間一片慘白，她難以置信的看著陸勻恆，不想相信這些話會從他嘴裡講出來。但是，她又有什麼好不相信的，確實如他所說，她早就知道真相了，只是一直在欺騙自己。

她本來就喜歡陸勻恆，打從他開學第一天自我介紹那時起，她就喜歡上他了，後來跟他同組做報告，她更是深受他認真模樣的吸引，徐芝唯在最後那次開會分配任務時，所講的那些話也都是她想說的，他不是空有其表，他是真的很努力。

本來她以為自己和他沒機會了，她知道自己害羞內向，根本不敢和他說話，但在寒假時，他卻忽然打電話給她，約她出來聊天還請她吃飯，他會講笑話逗她開心，也會在逛街的時候溫柔地幫她擋開人群，甚至他還讓她踏進家裡，那個從來沒有其他女生來過的套房。

『他是在分組報告時喜歡上自己了嗎？』

簡昕羽也曾這樣偷偷想過，可很快的她就知道自己想多了，因為陸勻恆和她聊天時經常會談論到徐芝唯，問她徐芝唯喜歡吃什麼、喝什麼？徐芝唯有沒有什麼興趣？最討厭的東西是什麼？諸如此類的種種問題，而她其實也不太清楚，畢竟她跟徐芝唯也不是非常要好的朋友，只是為了能再和他出門，再與他多相處一段時間，她只好盡量回答他的問題。

她以為時間久了，陸勻恆就會發現她比徐芝唯好，更值得他喜歡，因為她比徐芝唯來得喜歡他，而且待他更好，她相信最後他一定會喜歡上她，直到情人節那天來臨時她都是這樣想的。

只可惜，一切都只是夢。

想起那條橫跨了三層樓的紅布條，以及那透過擴音器所喊出的告白，簡昕羽不禁滿腹心酸，那還是她告訴陸勻恆的，她覺得女生最喜歡的浪漫告白方式，沒有一個女生可以抗拒的──當眾向所有人昭告自己的心意。

但是，徐芝唯那個白痴拒絕了，她寧肯喜歡處處不如人，個性古怪模樣陰沉的唐靖遙，也不願意接受陸勻恆的表白。

簡昕羽一邊嘲笑徐芝唯，一邊又為此感到高興，因為她又有機會了，這也是她一大早就來找陸勻恆的原因，她想藉此讓陸勻恆看清誰才是最喜歡他的人，卻沒想到陸勻恆會對她說出這樣殘酷的話來。

為什麼他要捅破她的美夢？

「沒事了吧？沒事我關門了，bye bye。」面對簡昕羽蒼白的面色，陸勻恆絲毫沒有半點憐香惜玉，作勢就要關上門。

「阿陸，等等……唉唷！」簡昕羽回過神來，下意識的伸手擋住，但陸勻恆關門的動作太快，剛好夾到了她的手，雖然不大力，卻還是疼得她痛呼出聲。

「妳手幹麼伸過來？」陸勻恆傻眼，不是都講清楚了，她還要幹麼？

「我、我想拿早餐給你，我買都買了。」簡昕羽抿著唇，邊揉著自己被夾疼了的手指，邊垂眸看著自己手上的早餐。

陸勻恆也不是真鐵石心腸的人，看見簡昕羽的手被自己夾紅了，手上又提著要給自己的早餐，終究還是心軟了，他嘆了口氣，側身示意她進來：「算了！進來吧！我拿藥給妳擦。」

「阿陸，謝謝！」簡昕羽道著謝，她承認自己是用了點心機，佯裝柔弱可憐讓陸勻恆愧疚，但這招確實有用，於是她掩下內心的竊喜，跟著走了進去。

「早餐放桌上，妳坐一下吧！我去拿藥。」陸匀恆要她找地方坐，轉身就去找藥箱。

簡昕羽來過陸匀恆家好多次了，這個單人套房並不大，也沒什麼人來過，所以整間房裡只有一張電腦椅和床鋪。

儘管簡昕羽很想坐到床上，因為覺得那樣跟陸匀恆更親密，但她還是中規中矩的一如以往坐到了電腦椅。

「奇怪！藥呢？」陸匀恆翻了好幾個抽屜都沒看見藥膏，才想起來自己前幾天打球撞傷，所以將藥隨身帶出門了，可能放在摩托車上，於是對簡昕羽說道：「我下樓去車上拿藥，妳等一下。」

「好。」簡昕羽乖巧的點了點頭。

陸匀恆不知是真對簡昕羽受傷一事感到不好意思，還是為了想趕快擺脫她，拿了鑰匙就飛快出門，而簡昕羽一見大門闔上，目光也任意的瀏覽起來，很快的她就注意到電腦螢幕上的畫面。

此時的螢幕上放著的是一張照片，她瞅著照片裡的少年，越看越覺得他的面容很眼熟，於是忍不住動了滑鼠往下看，想找找有沒有什麼線索，卻意外發現那人竟是唐靖遙，而除了照片之外，資料夾內還有新聞報導等等更多內容，她一邊瀏覽一邊不禁瞪大了雙眼。

這八卦……

簡昕羽轉頭看了一眼門口，見陸匀恆還沒回來，想也沒想的就從包包裡拿出隨身碟，那是她存學校報告的，但眼下她要存的卻是有關唐靖遙的這些資料，只見她快速的插入ＵＳＢ，將所有檔案複製到自己資料夾。

當陸勻恆拿完藥回來時，她已經將資料存好，也把螢幕調回了原本模樣，半分蛛絲馬跡都沒露出來。

「喏，給妳！」陸勻恆將藥遞給她。

「阿陸，謝謝！」簡昕羽甜甜的笑了，她一手摸著包包，心裡想著陸勻恆先前那些傷人的話。

他喜歡徐芝唯，那她就毀了徐芝唯。

而她知道徐芝唯最喜歡的人是誰。

（3）他著急的解釋

「唯唯，妳今天怎麼沒去上課？我記得妳早上不是有統計學？」程卉妤咬著三明治盤腿坐在床上問著徐芝唯。

「我請以涵幫我請假了。」徐芝唯尷尬的笑了笑，轉頭繼續假裝認真看小說。

她才不會承認自己是在躲唐靖遙，但其實她不應該躲他，反倒該找他說聲謝謝，畢竟那天是他去夜店將她帶回宿舍的，而她之所以會知道，是隔天醒來後汪以涵告訴她的，說她喝得爛醉如泥，唐靖遙送她回宿舍樓下，打電話讓她來接自己上去。

一想起那晚夜店的事，徐芝唯就恨不得掐死自己。

她到底醉成了什麼德性，才能把通訊錄上的聯絡人看錯，將唐靖遙看成了自家舅舅，打電話要人家來接她回去。

啊！實在不能再想，一想起來她就心跳加速，臉紅到耳根發熱。

事實上，她對那天是唐靖遙帶自己回家一事還有點印象，因為她隱約記得自己似乎是讓唐靖遙給背回來的，她雖然喝得爛醉，但迷迷糊糊間好像有看見自己趴在一個肩膀上，那肩膀有些單薄但靠起來卻讓人挺安心，彷彿她之前也曾倚靠過，哪怕她根本沒有這印象。

「唯唯，妳是不是在生我的氣？」程卉妤忽然小聲的問了句，打斷她的思緒。

「啊？」徐芝唯以為自己聽錯，困惑的回頭看她。

程卉妤與她目光相對，深呼吸了一口氣，鼓足勇氣解釋道：「唯唯，那些謠言都是假的，我沒有喜歡唐靖遙，我只是不高興他對妳那麼差，所以才想去找他碴，誰知道大家就以為我對他有意思。」

「什麼？」徐芝唯怔住。

「唯唯，真的！相信我！我唐靖遙沒意思，妳別生氣了。」程卉妤以為徐芝唯不相信自己，急忙又補充了一句，然後神色黯然的垂眸咬唇道：「妳已經躲了我好幾天了，我不想要妳誤會。」

直到這時徐芝唯才反應過來程卉妤怎會突然說這些話，她笑了笑：「卉妤，妳想太多了，我沒生氣。」

她先前確實有幾天躲著程卉妤，不過那是因為她看到程卉妤就想起那些流言蜚語，心裡覺得尷尬，不知該怎麼面對，沒想到她竟將自己的反應當成生氣了。

「真的嗎？」程卉妤仍有些懷疑。

「真的！不過妳能解釋清楚我還是很開心的，畢竟我還真的有一點點介意那些流言。」徐芝唯用食指和大拇指比了個手勢，表示自己的介意程度，很坦白地回答她。

「所以唯唯妳真的沒在生我的氣？」程卉確認般的又問一次。

「是的。」徐芝唯豪不猶豫的點了點頭。

「唯唯，妳最棒了！太好了！」程卉好開心的跳下床，跑上前抱住徐芝唯。

徐芝唯面對這突如其來的擁抱還來不及反應，宿舍的門就被人猛地一把推開，然後她還沒看到人影，便先聽見楚向芯的聲音傳進來，嚷嚷道：「唯唯，糟糕了！不好了！不好了！」

「芯芯，妳幹麼？」程卉好鬆開抱住徐芝唯的手，納悶的看著衝進門的楚向芯。

楚向芯沒理她，幾個箭步衝上前，搶過徐芝唯手中的滑鼠，邊飛快地打開網頁邊著急道：「唯唯，大事不好了！」

「什麼事情？」徐芝唯被她弄得一頭霧水。

「妳看！」楚向芯點開了一個網頁，示意她看

徐芝唯順著看去，發現楚向芯開的是學校論壇，只是這個論壇平常沒什麼人在用，而楚向芯此時要她看的是其中一則貼文，令她驚奇的是，那則貼文竟然上了熱門，還被推上了置頂。

「怎麼回事？」徐芝唯疑惑的看起文章，而很快的她就知道了原因，目瞪口呆的看完全部內容後，她迅速轉頭問著楚向芯：「這些東西從哪裡來的？」

那則貼文裡盡是與唐靖遙有關的資料，裡頭有他以前的照片，甚至還有關於他哥哥的報導，而發佈貼文的人雖然沒在內文裡說什麼，但文章的標題卻是非常惡意，寫著——『我們的同學是殺人犯的弟弟？』

這人根本就是故意針對唐靖遙來的！

「我不知道，我是剛剛在我們班上看見的，我們班的人正在傳，我一看到就想打電話給妳，只是妳手機沒通，所以我馬上衝回來跟妳說。」楚向芯聳了聳肩，表示自己也不清楚，並說明著自己發現的經過。

徐芝唯這時才想起自己為了躲唐靖遙，連手機也沒勇氣開機，就怕看見唐靖遙傳來什麼給她，於是她立即將手機打開，然後她看了一下貼文發佈的時間，是在兩個小時前，也不曉得已經有多少人看過了。

手機一開機後，立即湧入了許多訊息，多半是在詢問她貼文的真假，但她根本沒有心思回覆，仔細翻看了一遍，確定唐靖遙沒有傳訊息給她後，立刻撥了電話給他，只是電話響了一陣子後就轉入了語音信箱。

「怎樣？他有接嗎？」程卉妤也看完了貼文，猜測徐芝唯是打給唐靖遙，關切地問著她。

「沒有，可能還在上課。」徐芝唯看著時間，猜測他應該還在上統計學，於是決定先去教室附近等他，打定了主意後，她對楚向芯她們說道：「我去找他，拜託妳們幫我想想辦法，看能不能聯繫論壇管理員先幫忙把文章弄下來。」

「好，我們想辦法。」楚向芯點頭答允了她，馬上坐到電腦前，準備找看看有沒有管理員的聯絡方式。

「真不行我就請資安處的老師幫忙！唯唯，妳別擔心，趕快去吧！」程卉妤也表示沒問題，安撫著她。

「好，謝謝了。」徐芝唯向兩人道了謝，立即拿了包包朝門外衝，只是她沒想到才剛跑到宿舍樓下，會迎面而來一個意外的訪客。

「徐芝唯！」陸勻恆見她出現，開口喊住她。

「陸勻恆，我現在有急事，沒空聽你瞎扯。」徐芝唯以為他又要來煩自己，舉步就要從他身旁繞過。

「我是來找妳談正事的。」陸勻恆擋下她，眼見她要發火，連忙補充道：「關於唐靖遙的事。」

「阿遙？」徐芝唯愣了愣，隨即想到一個問題，問著他：「對了！你怎麼會在這裡？現在不是還在上課嗎？」

「我翹課了！剛才上課時有人傳了貼文給我，我看到後就先溜出來了，本想打電話告訴妳，但妳手機不通，才跑來宿舍找妳。」陸勻恆解釋著。

「那阿遙還在教室嗎？他看到了嗎？」徐芝唯著急的追問，她現在最怕的就是唐靖遙知道自己的事被人惡意的昭告天下。

「他應該還在教室吧！我出來時見他臉色挺正常，大概還沒看見貼文。」陸勻恆想了一下回答她。

「那我先去找他。」徐芝唯邁開步伐就要走。

「唯唯，妳等一下，先聽我說！」陸勻恆拉住了她。

「陸勻恆，這件事真的很嚴重，如果讓阿遙知道，我不知道會對他造成多大傷害，我必須趕快去找他。」徐芝唯掙脫他的手，神情嚴肅的解釋著。

「等等！難道這件事妳早就知道了？」陸勻恆此時才注意到徐芝唯口中擔心的都是唐靖遙，而不是對於知道這件事情後的震驚。

「是啊！我早就知道了！我沒跟你們說過吧？阿遙是我國中同學，他家的事我都清楚，只是不曉得到底是誰也知道了這件事，竟然還很惡劣的貼出來。」一想起論壇上的貼文，徐芝唯就忍不住氣到想殺人。

「沒想到……我還猶豫了那麼久……」陸匀恆喃喃地自言自語。

徐芝唯聽不懂他的話，也沒心思弄懂，馬上就又要離開。

「我走了。」

她繞過他就要朝教室跑去，然而才剛跑出沒幾步，就聽見身後傳來陸匀恆無奈的聲音，向她說著：「論壇上唐靖遙那些資料是我的。」

「你說什麼？」徐芝唯停下腳步回頭，一臉的不可置信。

「我說貼文裡的那些資料都是我的，我確認過了，那是我堂弟陸宇，也就是唐靖遙的國中同學傳給我的。」陸匀恆向她解釋著。

徐芝唯一聽氣極敗壞了起來，憤怒的指著陸匀恆罵道：「原來是你貼的！陸匀恆，阿遙到底哪裡得罪你了？你怎麼可以這樣！」

「等一下！妳聽我說！事情不是妳想的這樣！」陸匀恆急著想澄清。

「還有什麼好說的？」徐芝唯根本不聽，她怒極反笑，咬牙切齒瞪著他：「陸匀恆，我以為你只是花心，其實人還是挺好的，但是你怎麼能做出這種事？阿遙哪裡惹你了？你知不知道自己的行為有多惡劣，會對阿遙造成多大的傷害？」

「徐芝唯，妳冷靜一點！聽我說！」陸匀恆知道這下誤會大了，音量忍不住也拔高了起來，朝她喊道：「那些資料是我的沒錯，但我根本沒做這件事！」

「你沒做？如果你沒做，難道資料會自己跑上學校論壇？」徐芝唯以為他是為了想脫罪在強辯，不以為然的冷笑了聲。

「我大概知道是誰用的，我之所以先來這裡找妳，就是希望妳不要聽了別人的話來誤會我，我希望妳能相信我，因為我陸勻恆再怎麼樣也不會做這種陰險的事。」陸勻恆正色，鄭重其事的說道。

徐芝唯沒見過陸勻恆這樣嚴肅的模樣，原本覺得是他做的想法也不禁有些動搖，半信半疑道：「……真的？」

「妳不信的話，等我把幕後的人抓出來妳就知道了，只是我希望那時候妳不要太難過。」想起那個嫌疑最大的人，陸勻恆不禁臉色一沉。

「不要太難過？」徐芝唯不是很明白。

「總之先這樣，妳去找唐靖遙，我先去做一些事。」陸勻恆說著。

「你要去幹麼？」徐芝唯問他。

陸勻恆笑了，狹長的狐狸眼裡閃過一抹精光，嘴角微勾道：「想要讓對方願意伏首認罪，我還有些事情得做。」

見狀，徐芝唯愣了下，這一刻她簡直要相信事情不是陸勻恆做的，因為他臉上那笑容透著一股惡寒，叫人看得都不禁生出怯意，想來那個挖坑給他跳的人如果真被他給逮到，只怕沒有好日子過了。

（4）這不是你的錯

告別了陸匀恆後，徐芝唯走到教室外附近等待著，因為她本來是翹課的，所以一直小心避著不讓教授給看見，好不容易等到下課鐘響，目送教授離開，徐芝唯才走進教室尋找那道熟悉身影。

或許是老天眷顧，她很順利的在座位上找到了他。

「阿遙。」徐芝唯走過去，開口喊了他一聲。

正收著課本的唐靖遙抬頭看見是她，眉頭微微一皺，問道：「妳怎麼來了？不是人不舒服請假嗎？」

「對、對啊！只是我有些事情想跟你說，所以就來了。」聽到自己刻意拿來躲避他的理由從他口中講出，徐芝唯不免有些尷尬。

「嗯，也好，我也有些事想和妳說，找個地方說吧！」唐靖遙點了下頭，難得的主動邀她。

「喔？好！」徐芝唯怔了怔，隨即答應了他的提議，只是不曉得他想和自己談什麼，她心中忍不住有些忐忑不安。

該不是想問她那天喝醉酒的事吧？

想到那天醉酒的自己一路上不知道對唐靖遙做了些什麼，徐芝唯不免又是一陣自我唾棄，誰讓她不懂自制，酒當水一樣的喝，才會鬧出笑話。

徐芝唯邊胡亂想著邊跟隨唐靖遙走到一處較為安靜的地方，待她與唐靖遙都坐下後，她定睛一看，才意外發現所處的露天咖啡座，竟是那天她不經意撞見陸勻恆和財金系系花談判的地方。
……看來這真是一個適合講祕密的好地方。
「妳先說還是我先說？」唐靖遙將背包放在一旁座位，淡聲問她。
「你先說好了。」徐芝唯見唐靖遙神色正常，想他大概還沒看見論壇上的貼文，便決定把自己想說的話給緩一緩。
「嗯，也好。」唐靖遙微微頷首，然後目光淺淺的看著她，輕描淡寫道：「我想和妳說的是……我準備轉系了。」
徐芝唯本已做好準備，猜想唐靖遙是要講她醉酒那天的事，卻沒想到會聽見這個，當下不由得一陣傻眼，錯愕道：「阿遙，你說什麼？」
「我說我要轉系了，我準備去念媒體設計。」她的反應似乎早在唐靖遙預料之內，他面色不改的又講了一次。
「為什麼？」徐芝唯滿是不敢置信，他竟然要轉系？
「沒有為什麼，就是覺得企管系不是我想讀的，我只是回到自己該去的地方而已。」唐靖遙語氣很淡然。
「……是你該去的地方，還是靖遠哥該去的地方？」徐芝唯喃喃問著他。
「妳說什麼？」唐靖遙沒聽清楚，皺眉問她。
「我說……那是你自己想去讀的科系，還是唐靖遠想讀的科系？」徐芝唯目光直勾勾地望進他眼底，一字一句清楚的問著。

那話似是刺到了唐靖遠的痛處，只見他面色一沉，冷道：「這個問題我沒必要回答妳，妳也不用管那麼多，我只是跟妳說，我要轉系了，請妳以後好好過自己的生活，別再來找我了。」

「阿遙，你在說什麼？什麼叫我不用管那麼多？你以為我能眼睜睜看著你毀掉自己的人生，然後假裝自己什麼都不知道嗎？」徐芝唯有些生氣了，她討厭這樣將她遠遠推開的唐靖遙，更討厭放棄了自我人生，只為了唐靖遠而活的他。

「我不想談這件事了，妳不是有事要告訴我嗎？快說吧！我還有很多事情要忙。」唐靖遙擺明不想回應她，要她快把話講完。

「阿遙，你不想談也不行，因為我要講的事情和這件事脫不了關係。」徐芝唯將手機螢幕滑開，找出那則貼文，然後將手機遞到他面前示意他看，「這是向芯傳給我的，有人不知道用什麼手段取得的資料，把你和你哥的事情傳到了學校論壇上，現在已經不知道有多少人看過了。」

她刻意略過陸勻恆的事情，因為她覺得就算資料是陸勻恆的，但錯是錯在把東西散佈出來的那個人，雖然還不曉得犯人是誰，可是她已經相信事情不可能是陸勻恆做的，畢竟陸勻恆剛才講的那些話還有他的態度已足以證明一切。

唐靖遙沒作聲，將網頁緩緩地往下滑，等到全部看完後，他把手機推回去給徐芝唯，臉上依舊沒有表情，冷淡地問她：「然後呢？」

「什麼然後？阿遙，難道你不生氣嗎？」徐芝唯啞然，但更叫她傻眼的，是唐靖遙接下來所說的話。

「這件事我一大早就知道了，有什麼好生氣的？」唐靖遙一臉淡然。

「你早就知道了？」徐芝唯大感吃驚。

「嗯！不知道是誰早上發了簡訊給我，要我上學校論壇去看，所以我一早就知道了。」唐靖遙口吻平淡得彷彿在談論天氣，而不是他的祕密被揭穿。

「阿遙，那你怎麼能夠放任貼文在論壇上流傳？你知道這樣別人會怎麼說你嗎？」徐芝唯急得跳腳，不懂他為何絲毫不懂得保護自己，無法阻止事情發生沒關係，至少要想辦法把東西撤下來，怎麼會就隨它去了呢！

「說我什麼？殺人犯的弟弟嗎？」唐靖遙勾起抹嘲諷的笑，態度無所謂的說道：「那也沒關係啊！隨便他們去說，反正他們想怎樣都隨便，我又沒差。」

徐芝唯震撼的望著唐靖遙，不敢相信他竟是這種反應。

瞧見她的神情，唐靖遙嘴角笑意凝住，眸光微黯，拿起背包就要離開，「沒事了嗎？沒事我走了。」

徐芝唯沒說話，唐靖遙見狀也就真的起身走人，只是他才剛經過她身旁，她卻忽然拉住了他。

唐靖遙皺眉不解地看著徐芝唯，卻見原本垂眸望著桌面的她，倏地抬頭往他看來，輕聲的問了他一句：「阿遙，你是不是認為靖遠哥是被你害死的，你對他有所虧欠，所以就算被其他人指指點點，那也是你該受的懲罰？」

「妳在講什麼？放手！我要走了！」唐靖遙像被戳中了心事，當下就想甩開她的手，而他的反應讓徐芝唯知道自己猜對了，她說到了他的痛處。

想起李杰告訴她的那些話，徐芝唯忍不住眼眶泛紅，站起身直勾勾地瞅著他，沉重地說道：「阿遙，雖然我不知道你為什麼會覺得靖遠哥是被你害死的，但他確實是自殺，而那並不是你的錯，是他自己的選擇，根本不是你造成的，你何必這樣懲罰自己？你有沒有想過，靖遠哥那麼愛你，他會希望看到你這樣嗎？」

聞言，唐靖遙像是被踩了尾巴的小獸，憤怒瞪著她冷聲斥道：「妳說得倒很輕鬆，但妳懂什麼？妳是我嗎？妳是我哥嗎？妳憑什麼講這些話？」

「對！我不懂！我真的不懂！但是新聞報導上都明明白白寫著唐靖遠是畏罪燒炭自殺，你為什麼還要背負莫明其妙的罪名，不斷地自我折磨？」徐芝唯也不甘示弱，憤恨的回視他。

她喜歡唐靖遙，所以連帶著也很喜歡唐靖遠，覺得他很疼唐靖遙、對唐靖遙很好，是個好哥哥，可是此刻她卻不禁恨起了他，想著若不是他自殺，唐靖遙也不會變成現在這樣。

大概是徐芝唯突如其來的怒氣嚇到了唐靖遙，原本怒火中燒的他情緒忽然平靜了下來，他不明白她為什麼比自己還憤怒，他的事分明與她沒任何關係，而或許也是因為這樣，當他再開口時，口氣緩和了許多。

「徐芝唯，妳不明白，我哥真的是被我害死的。」唐靖遙看著她露出一抹苦笑，不知為何，瞧見她為自己忿忿不平的模樣，他竟忍不住道出了那個藏在心中許多年的祕密，「妳知道嗎？如果我哥那天不是為了去買巧克力給我，他也不會碰上那件事，不會被人說是同夥，大好前途全毀，還背上殺人犯的罪名，最後承受不住壓力而選擇自殺。」

故事要從國二那場大雨說起，唐靖遙還記得那一天，他從同學口中無意間得知徐芝唯要轉學了，所以放學特地跑去她家想找她，當時他的想法很簡單，就是覺得想把自己的心意告訴她，然後好好跟她道別。然而，鄰居卻說徐家早一天就搬走了，他沒找到她，反倒淋了一身雨，回家路上又吹了風，於是當晚就發燒了。

他生病的時候向來難伺候，母親帶了他去看醫生，但他本就討厭吃藥，為了哄他把藥吃下去，哥哥背著爸媽偷偷答應他，要去買他最喜歡吃的巧克力給他，作為他乖乖吃藥的獎勵。於是，向來不會在晚上出門的哥哥那天偷溜出去了，然後當他睡醒時，哥哥已被抓進了警局，警察通知他們家，說哥哥和朋友打死了人。

唐靖遠那時才多大，十七歲左右的年紀吧？雖然身為兄長，但那一刻卻像個被嚇壞的小孩，一直嚷著自己是無辜的，沒有跟那些人一起打人，可是那些號稱是他朋友的人卻不知為什麼，一口咬定他是同夥，其中甚至還有那個他曾在唐靖遠畫室裡看過的，他親手畫下的那個『好朋友』。

自此之後一切都變了，爸媽雖然表面說著相信唐靖遠，但對他卻是難掩失望，父親更是生氣的幾乎每天痛罵他，說他為什麼要去交一些狐群狗黨，盡作一些傷天害理的事，罵他沒用、說他這輩子都完了。

如果說爸媽從前對唐靖遠期待有多深，那麼因那事而起的失望就有多大，而那股失望就化成了一把又一把的利劍，不斷地往唐靖遠的心口上砍，將溫暖的唐靖遠砍得鮮血淋漓。

可，唐靖遠面對他的時候卻還是溫柔地笑著，他想安慰唐靖遠，唐靖遠卻反過來安撫他，說自己沒事，要他願意相信自己就好。

根本無需他說，唐靖遙自然相信他，但卻萬萬沒想到，還沒等到一審判決出爐，唐靖遠就選擇走上了絕路。

『阿遙，謝謝你一直願意相信我，你的信任對我來說真的很重要。』

『阿遙，我累了，我想休息了，明天早上我們一起去吃早餐好嗎？』

那是個很平凡的早晨，他起了床想去找唐靖遠吃早餐，實現唐靖遠前一天晚上說的願望，但房門卻是緊鎖的，當他察覺不對勁，找來爸媽拿出備用鑰匙開了門後，卻發現唐靖遠如同睡著一般的躺在床上，雙眼緊閉，只是胸口不再起伏。

爸媽驚慌失措的報警及打電話給救護車，而他則是失神的看著唐靖遠，腦袋裡怎樣也不願相信，昨晚還陪著他聊天講話的哥哥、溫柔笑著說他重要的哥哥、與他約好要一起去吃早餐的哥哥，怎會變成了一具冰冷的屍體。

從那一刻起，唐靖遙就恨起了自己，他明明知道唐靖遠那幾天的情緒不太好，如果他再多一點注意，甚至陪著他一起，是不是唐靖遠不會死了？或者，如果不是他淋雨生病了，那麼唐靖遠就不會為了買巧克力哄他而出門，而唐靖遠如果不出門也就不會碰上那群人，後面便不可能被栽贓打死人，爸媽也不會對唐靖遠失望，唐靖遠依然有大好前途，更不會走上自我了斷的路，所以歸根究柢一切都是他害的。

是他！是他害死了自己哥哥！所以，他有什麼資格活下去？更別說，爸媽向來只在乎哥哥，那麼死的不應該是哥哥，而應該是他才對！

唐靖遠道出了深藏在內心多年的祕密，只是他沒有覺得解脫，反倒再次深深相信自己的確該死，他是個惡魔，害死了自家哥哥，還傷害了自己喜歡的女孩，讓她跟著承受這個祕密。

他想過千百種徐芝唯可能會有的反應，卻沒想到她在聽完之後，竟是苦澀的笑了笑，然後對他輕聲說道：「阿遙，你知道嗎？如果照你這麼說，那麼我爸也是我害死的。」

唐靖遙聞言驚愕地看著她，卻見她表情恍惚的繼續說著：「那天，我爸之所以會出車禍，都是因為我放學時跟他吵著想吃冰，所以他才帶我去街上，然後讓我在車上等，他去買雪花冰給我吃，可是他就再也沒回來了，等我再看見他時，他已經躺在血泊中了。」

「阿遙，我也害死了自己的爸爸，所以我是不是也該跟你一樣，用我的一輩子來贖罪，放棄我自己的人生呢？」徐芝唯望著他，笑容慘澹的問著。

（5）陰霾終會消散

現實的生活沒有過多高潮迭起，唐靖遙資料被人散佈的事很快就水落石出，在陸勻恆找來電腦專業的朋友追查ＩＰ位置之後，發佈那則貼文的簡昕羽連辯解都無法，只能承認事情是自己做的，於是在唐靖遙表明不想追究之後，她被記了一個大過，事情也就這樣揭過去了。

只是，後面同儕之間的影響才是真的嚴重，簡昕羽在學校算是澈底黑了，沒人敢再和她當朋友，誰都會怕被這樣的綠茶婊在背後捅刀。

當徐芝唯知道是簡昕羽所為時，她並沒有如陸勻恆以為的那般難受，心中更多的是不解，她不懂簡昕羽為什麼要去黑唐靖遙，然而在知道一切都是為了陸勻恆，簡昕羽是為了報復她才拖唐靖遙下水後，她嚇得下巴差點都掉了，覺得人心實在比鬼還可怕。

而關於唐靖遠是殺人犯的事情，大概也是有人好奇後續發展，不知道是誰去找出了後面的報導，表示審判結果顯示唐靖遠是無罪的，他不是殺人犯，純粹是那些同夥為了減輕刑責而故意栽贓他，所以唐靖遙自然也不是殺人犯的弟弟。

只不過，雖然大家試圖低調，但這件事最終還是驚動了系上老師，班導及系主任找了唐家父母來談話，聊聊有關唐靖遠的事，也談了一下唐靖遙在學校的狀況，詳細過程徐芝唯不清楚，只知道當唐家父母從系辦中走出來時，臉色都非常複雜，而當他們從她身旁走過時，她依稀可以聽見兩人的對話。

「……老師和主任說的話妳都聽到了，我們家阿遙以前是這樣的嗎？陰沉又難相處？」唐父問著身旁的唐母。

「我不記得了。」唐母愧疚的搖了搖頭，看向唐父道：「但我突然發現我好像很久沒見過阿遙笑了，連話我好像也很少聽他說，這孩子以前是最愛笑也最活潑的，阿遠都說他是顆小太陽。」

唐父聞言目光望向不遠處的企管系教室，深深地喟嘆了句：「到底在我們只顧著為阿遠的事情吵架時，讓阿遙變成什麼樣子了？」

徐芝唯順著唐父的目光朝自己教室看去，而在靠近窗戶旁的那個熟悉位置，唐靖遙也正往他們的方向看來，只見他先看了一眼自家父母，然後才瞧見站在系辦外的她。

兩人目光相接了一會兒，最後他挪開了視線。

冷不防的，徐芝唯想起了兩人那天的對話，當她也脫口道出自己父親意外身亡的真相，向唐靖遙詢問自己是否也該和他走上一樣的道路，放棄自己的人生，只為了贖罪而活下去時，他一臉震驚，然後想也沒想的駁回了她的念頭。

『不可以！』

『為什麼不可以？我害死了自己的父親，我是殺人兇手啊！我應該贖罪、應該折磨自己。』徐芝唯緊蹙眉頭，不解的問他。

『妳父親的死是意外，跟妳沒有一點關係！』唐靖遙生氣的反駁。

徐芝唯沉默了半晌，輕聲回他：『……阿遙，你說我爸帶我去買冰，卻被車撞死是意外，他的死與我無關，那麼靖遠哥為了你去買巧克力，中途遇上那些事，最後選擇自殺那也是他的選擇，與你沒有任何關係啊！』

『怎麼會和我沒有關係？如果不是我……』唐靖遙苦笑了聲，還要再說，卻被徐芝唯打斷了話。

『阿遙，你知道嗎？其實我也曾和你走上一樣的路，在我爸剛走的那一段時間，我天天都在埋怨自己、折磨自己，為我害死爸爸而贖罪，每天醒來都覺得自己不應該活著，但最後我沒有再繼續這樣想，因為我後來明白了，倘若我爸還活著，他肯定會希望我好好活著，而不是為了他的離去折磨自己，我能活得好才是他最想看到的。』徐芝唯目光炯炯的望著他，聲音雖輕卻是格外的堅定。

唐靖遙表情複雜沒有開口，徐芝唯又緩緩說道：『阿遙，我和你一樣，都是代替自己離去的親人活下去，只是我是讓自己過得更好，代替父親去完成那些他沒能完成的事情，為他照顧他來不及照顧的媽媽，為此而努力的活著，但你卻是放棄了自己的人生，覺得只要成為了靖遠哥，就是對靖遠哥最好的贖罪。』她頓了一頓，朝他淡淡一笑道：『阿遙，你錯了！如果你真的了解你哥哥，就該知道如今的你不是他最想看到的樣子。』

徐芝唯覺得自己和唐靖遙就像走在同一條分岔路上，最後在路口選擇了不同方向的旅人，她憑著內心的信念往有陽光的方向走，但他卻一路鑽進死胡同裡去，最後自己鎖在不見天日的牢籠裡。

可是他卻忘了，他本該屬於陽光，他曾是她黑暗中唯一的光亮來源，他的溫暖燦爛曾陪伴著她步過多少低谷，但到了最後怎會是她在陽光下活著，他卻將自己給拋棄了呢？

不過沒關係，他拋棄自己一次，她就將他拉回來一次，如果他的黑暗中無人同行，沒人為他提燈撐傘，那麼以後就由她來，她不會再允許他放棄自己，一次不行那就再來一次，他總會恢復成以前的樣子，總會變回那個笑容燦爛的少年。

只是事實總是殘酷的，徐芝唯雖然想的樂觀，但也知道長路漫漫，現在她只希望自己那天的一席話多少能起到一點作用。

『不知道阿遙到底有沒有聽進去？』她不禁想著。

那天，唐靖遙在聽完她的話後看了她許久，然後就什麼也沒說的離開了，當時她的心中不由得很沮喪，然而當她想起剛才所聽見的唐家父母對話，她忽然又覺得或許也不是那麼難，只要大家一起努力，離從前的那個唐靖遙回來，好像也不是一條太遠的路了。

（6）願你陽光如初

彷彿是冥冥之中的安排，唐靖遙覺得自己上大學後發生了許多事，一上和一下所發生的種種事情，讓他有種感覺，自己的人生似乎在這裡走到了轉捩點，而一切就是從徐芝唯闖進他的世界後開始的。

想起那個總是小心翼翼瞅著她，看似很膽小，但卻一再無視他的冷言冷語，努力接近他、常常喊著喜歡他，卻又為了能在他身邊待著，寧肯隱藏自己心思的傻女孩，他的眉目不禁都溫柔了起來。

唐靖遠的事還是引起了騷動，雖然他很不願意，但父母還是被學校找來談話了，也不知道說了些什麼，但他發現父母對自己的態度忽然跟以前不太一樣。

從前他們眼中只有死去的唐靖遠，終日為了唐靖遠的事情爭吵，但從那天起卻彷彿發現了他的存在，不只對他噓寒問暖，也開始會關心他學校的生活，有時放假回到家，還會跟他聊天說笑，一切就像回到了唐靖遠還在的時候，有種恍如隔世的感覺。

然而，對他影響最大的，或許還是那份沒能收到的生日禮物。

那是鄰近期末考的最後一個假日，他正在宿舍溫習課業，卻意外接到母親電話，說父親終於放下過去，願意讓她踏進哥哥房間整理，所以她想把哥哥的東西收起來，讓他考完試後有空回去幫忙一起整理。

唐靖遙想起那個自從哥哥過世後，長年以來被下令無視，假裝不存在的房間，那個在父親眼底彷彿不去開啟，就能假裝唐靖遠從沒存在過的房間，如今總算能光明正大的打開，他自然願意去幫忙。

期末考完後，他回到家裡與母親一起整理哥哥的房間，而父親嘴巴說著死人的房間何必整理，卻又站在門口看著，不斷地指手畫腳，一下子要他們別丟了哥哥最心愛的畫冊，一下子又碎念那些畫具用不到了，不如捐出去好了，弄得母親邊整理邊跟他鬥嘴，要他安靜別吵。

「幹麼？我又沒說錯，我看阿遠以前最喜歡那些書了，成天帶在手邊看，妳難道好意思把它丟掉嗎？」唐允徹不滿的瞪著自家老婆。

「死老頭，你煩死了！說不整理的也是你，在旁邊嘰嘰喳喳的也是你，你給我去客廳坐著。」

蘇芸受不了自家老公在旁邊煩，決定先把他趕出去，她邊拉著唐允徹往客廳走，邊朝唐靖遙交代了一句：「阿遙你先整理，我去弄水果給你爸吃，堵住他的嘴，等等就回來。」

『好。』唐靖遙淡淡地笑了，他已經封閉自己內心太久，一時之間跟家人這樣互動，他還有些不太習慣。

見父母走出去後，唐靖遙繼續清理哥哥的書櫃，看有哪些書是用不到可以捐出去的，卻在這時瞧見了書櫃最內側壓著一本薄薄的小冊子，他下意識的將它抽了出來。

那是一本學校作業本，國中時學校發的那種，外面寫著『科作業』，然後內頁空白的藍色本子，只見本子外頭是哥哥端正整齊的筆跡，漂亮的『唐靖遠』三個字，筆觸溫柔得就像他的主人。

唐靖遙沒做多想的打開看了起來，就見前面幾頁都是哥哥隨手畫下的素描，其中有幾張都是同一個男孩子的側臉，起初唐靖遙還沒認出來，後來才發現那張臉跟自家哥哥在畫室裡畫下的那張素描是同一張臉，也就是他口中的好朋友——那個夥同其他人栽贓他的好朋友。

想起這不好的回憶，唐靖遙皺了皺眉，快速地翻過那幾頁，然後發現後面有幾張畫的是自己，有打球的、吃飯的、玩遊戲的等等模樣，幾乎各種樣子都有，而他其實也不是很意外，畢竟他知道自家哥哥從以前就很愛拿他練筆畫素描，只是唯一令他感到驚訝的是，那幾張關於他的素描，無論他是在做什麼，臉上都是笑得一臉燦爛。

忽然，他想起自家哥哥曾對他說過的話——

『阿遙，你的溫暖陽光是一種難能可貴的特質，哥希望你能一直保持這樣，無論以後遇到什麼事情，你都不要變，永遠都要做你最真實的自己。』

唐靖遙原以為這些話不過是他的一場夢，但就在這一刻他驀地想起來，那並不是夢，這些話是唐靖遠在自殺的前一晚，與他聊天時摸著他的頭，溫柔地笑著告訴他的。

『阿遙，你錯了！如果你真的了解你哥哥，就該知道如今的你不是他最想看到的樣子。』

徐芝唯的話在耳邊響起，唐靖遙不禁恍惚了一下，而此時他手下則習慣性的翻開本子下一頁，就見上頭依然是一張素描，他與唐靖遠並肩站著，他們勾著彼此肩膀，唐靖遠笑得如春風般溫柔，而他則是咧開了嘴，笑容陽光燦爛。

這張圖似乎只是張草稿，筆觸很簡單，沒有過多手法，而在圖的右下角則寫了幾行潦草的字——

給我最親愛的弟弟阿遙：

十四歲生日快樂。

願你陽光如初，永遠都是最耀眼的那顆太陽。

by你的哥哥　遠

一直繃著的眼淚在這一刻彷彿斷線的珍珠般止不住的落下，唐靖遠抱著小本子緩緩坐倒在椅子上，他哭到不能自己，在這個充滿唐靖遠記憶的房間，他彷彿能看見當年的唐靖遠在書桌前畫下這幅素描後，苦惱的咬著筆尖，皺著眉頭，輕聲地問著自己：『不知道阿遙會不會喜歡這幅畫呢？』

——如同以往那樣擔心著自己的作品不被別人喜歡。

可是、可是他怎麼沒能看見呢？如果他可以提前看到這幅圖，他一定會告訴唐靖遠，他很喜歡這份生日禮物，他很喜歡很喜歡……他也很喜歡他這個哥哥，全世界再沒有像他這麼好的哥哥了。

唐靖遙的眼淚怎麼擦也擦不乾，當年被負罪感壓下的疼痛在一刻盡數甦醒，他覺得胸口像被人掏空，沒有東西能夠填滿那個空洞，他將素描緊緊抱在胸前，好像抱住當年那個溫柔瞅著他笑的哥哥，卻再也感受不到那道溫暖懷抱。

不知道哭了多久，突然他聽見有道腳步聲輕輕往他靠近，然後有隻手溫柔地撫上他的頭，一如他過往鬧脾氣那樣，唐靖遠總輕輕地摸著他的頭。

想到這，唐靖遙的淚水不由得止住了，他抬頭往來人看去，就見母親眼眶泛紅，眸中透著晶瑩淚光，她仔細地看了他半晌，然後將他的頭擁進自己懷裡，哽咽的對他說道：「不哭了，阿遙不哭了，這段時間你辛苦了。」

簡單一句話，卻是卸下他所有武裝的最強大武器，本已停下眼淚的唐靖遙像個孩子般嚎啕大哭起來，在淚水朦朧之間，他似乎看見了唐靖遠無奈的笑瞅著他，手指比了比正在哭泣的他，然後又刮了刮自己臉頰，像在取笑他這麼大的人還哭，真是不害臊。

但他只想哭，哭盡所有壓在他胸口的沉重，那些愧疚、那些負罪、那些失去唐靖遠而他卻忘了哭的時候。

哥，對不起！我辜負了你的期待，對不起……

終幕　總會燦爛如昔

「唯唯，快點！比賽要開始了。」楚向芯催促著慢吞吞收拾包包的徐芝唯。

「好啦！來了！來了！」徐芝唯連聲應道。

「向芯，妳也太誇張了，唯唯都不急，妳幹麼比她還緊張？」汪以涵停下正在追的韓劇，轉頭沒好氣的瞪她。

「妳管我？我就愛瞎著急不行嗎？」楚向芯朝她扮了個鬼臉。

「我不管妳，只是我很好奇，妳今天不是要和卉妤去學生會開會，討論大一啦啦隊比賽籌備的事嗎？怎麼妳還在這裡？」汪以涵看向程卉妤一大早就空了的床鋪，問著楚向芯。

「我可以等等再去。」楚向芯心虛的回著，然後像要堵汪以涵嘴似的，抱怨道：「以涵，妳很奇怪耶！幹麼那麼關心我的事？妳都大二了，與其那麼閒來管我，不如趕快去交個男朋友，不然等到大三妳就沒得救了。」

「楚向芯妳說什麼？」汪以涵作勢起身要拿東西丟她。

「唯唯，我們快走！」楚向芯見狀急忙拉了徐芝唯朝門外跑。

「徐芝唯妳自己去就好，把楚向芯留下來！」汪以涵追到門外對她們喊道。

徐芝唯指著自己被抓住的手，露出一臉無奈表情，她幫不上忙。

「楚向芯，妳晚上就不要回來！」汪以涵沒辦法了，只能對著楚向芯背影烙狠話。

楚向芯沒理她，拉著徐芝唯就急忙朝外跑，邊嚷著：「快快快！電機系跟資工系的比賽要開始了。」

徐芝唯心裡也急，腳步加快了起來，但當兩人跑到操場旁時，比賽還是已經開始了一段時間。

「芝唯，來了啊！過來，這個位置給妳。」林燁看到她，示意她站過去。

「阿遙呢？」徐芝唯走過去，開口就問出自己最關心的那個人。

「正在場上電我們班呢！」林燁苦笑。

聞言，徐芝唯立即往場上看去，她目光搜尋了一下，很快就找到了唐靖遙。

只見此時的唐靖遙留著一頭俐落短髮，俊秀的臉上滿是汗水，被汗浸濕的瀏海貼在他的額頭上，手中運著球向一旁的隊友使眼色，示意隊友幫忙掩護他。

望著眼前的唐靖遙，徐芝唯忍不住笑了，誰還認得出來那個在場上揮灑著汗水，與隊友們默契十足，躲過一個又一個攔截，漂亮運球上籃的人會是曾經陰沉冷漠的他。

「電機系的唐靖遙也太帥了吧！妳們看！他竟然又進了一球，原來三分球也可以投得這麼漂亮喔！」

「是啊！有唐靖遙在，再這樣打下去，看來資工這場輸定了，今天的冠軍說不定就是電機了。」

「唐靖遙真的很帥！好想偷拍他的照片喔！」

身旁傳來一群女生的低聲交談，徐芝唯聽見了，她回頭看去，見是不曉得哪個科系的女同學，正雙眼發亮的看著籃球場上的唐靖遙，激動的聊著天。

「人心易變啊！尤其是女人心。」

正當徐芝唯在看著那些女生時，身旁忽然響起一道帶笑嗓音，她回頭看去，映入眼簾的是染回了一頭黑髮的陸勻恆。

「唯唯妳看，我都站在這裡這麼久了，竟然還沒人發現我的存在，大家眼裡都只有妳家阿遙。」陸勻恆對上她的目光，一臉難過。

「你少裝了！你最好沒發現後面有一堆視線跟著你。」徐芝唯白了他一眼。

「嘖！徐芝唯，妳怎麼對我這麼殘忍，也不懂得安慰我一下。」陸勻恆不滿的湊近她抱怨。

「要安慰找那些喜歡你的人去。」徐芝唯把他給推開。

「不要！我就要找妳！」陸勻恆突然耍起賴，伸手搭上她的肩膀。

「那你先去拿號碼牌吧！」徐芝唯看向他點了下頭。

「去哪拿？」陸勻恆故作充滿期待的問道。

「黃泉路上。」徐芝唯皮笑肉不笑，「你先去下輩子排隊，我再看看你有沒有機會。」

「真狠心！」陸勻恆嘆了口氣，看了一眼場上的唐帆遙，不禁笑道：「雖然還是很不服氣，但妳家阿遙確實出色，才剛轉系過去，系上第一就讓他給拿了，籃球又打得這麼好，輸給這樣的他，我也不算太失敗。」

「你何必拿自己跟他比？」徐芝唯蹙起眉。

「因為他搶走了我喜歡的女生啊！」陸勻恆眼裡閃過一抹黯然，但消逝得太快，徐芝唯根本沒發現，只看到他嘴角不正經的笑，以為他又是開玩笑。

「無聊。」她懶得理他。

就在這時，一顆籃球突然無預警的朝人群飛來，還好死不死的就是朝陸勻恆的方向砸，陸勻恆見狀，連忙鬆開勾住徐芝唯肩膀的手，飛快往旁邊跳開。

場上警告笛聲響起，徐芝唯回頭一看，就見唐靖遙一雙好看的眼眸瞅著她，然後笑著對眾人說道：「抱歉！抱歉！一時不小心，手滑了。」

陸勻恆一聽，不知是想起了什麼，不以為然的咕噥了句：「又來這招。」

徐芝唯聽到陸勻恆的話，轉頭不解的望向他，但這時一道人影卻擋住了她的視線，瞅著面前的球衣，她還來不及抬頭，就聽頭頂上傳來一句問話……

「怎麼來了也沒叫我？」

聞言，徐芝唯抬頭看向眼前人，忍不住笑了，「阿遙，你在比賽啊！我怎麼叫你？」

「對喔！」唐靖遙露出了抹笑容，望向她的雙眼清澈乾淨。

「撿完球快回場上去吧！大家都在等你比賽。」眼見眾人的目光都往自己這邊集中，徐芝唯不由得雙頰一紅，催促著他快回去。

「好。」唐靖遙點了點頭，撿起地上的籃球，作勢走回籃球場上。

徐芝唯見狀正鬆了口氣，卻見唐靖遙忽然又轉身朝她走來，在她面前站定，想到什麼似的開了口。

「對了！唯唯，我剛才忽然想到有件事一直忘了問妳。」

「什麼事？」徐芝唯納悶的看他。

然而，唐靖遙卻沒有馬上回答她的話，反倒對她露出一抹燦爛的笑靨，而徐芝唯雖不懂他這笑是什麼意思，卻也無法避免的被那抹耀眼的笑容給迷了眼。

正當她瞅著唐靖遙發愣時，他卻冷不防的低下頭，當著眾人的面前吻了她。

唇瓣相貼的柔軟觸感傳來，徐芝唯的大腦瞬間當機，第一個閃過的念頭竟然是——唐靖遙的嘴唇怎麼還跟小時候一樣那麼軟？

周遭傳起此起彼落的驚呼聲，大概過了約一分鐘，但或許是更多，總之徐芝唯對時間的概念已經模糊，唐靖遙才離開了她的唇瓣，然後她瞧見唐靖遙雙眼盈滿笑意看著她，眸光璀璨如星，笑容一如當年那般燦爛，而那張剛吻過她的嘴唇一張一闔，吐出一句聽來很熟悉的話——

「徐芝唯，我很喜歡妳，妳跟我回家吧！」

—全文完—

要青春83　PG2544

要有光
FIAT LUX

你總會燦爛如昔

作　　者	青茶無糖
責任編輯	石書豪
圖文排版	蔡忠翰
封面設計	劉肇昇

出版策劃	要有光
發 行 人	宋政坤
法律顧問	毛國樑　律師
印製發行	秀威資訊科技股份有限公司 114台北市內湖區瑞光路76巷65號1樓 電話：+886-2-2796-3638　傳真：+886-2-2796-1377 http://www.showwe.com.tw
劃撥帳號	19563868　戶名：秀威資訊科技股份有限公司 讀者服務信箱：service@showwe.com.tw
展售門市	國家書店（松江門市） 104台北市中山區松江路209號1樓 電話：+886-2-2518-0207　傳真：+886-2-2518-0778
網路訂購	秀威網路書店：https://store.showwe.tw 國家網路書店：https://www.govbooks.com.tw
總 經 銷	聯合發行股份有限公司 231新北市新店區寶橋路235巷6弄6號4F 電話：+886-2-2917-8022　傳真：+886-2-2915-6275

出版日期	2021年7月　BOD一版
定　　價	360元

讀者回函卡

Printed in Taiwan

國家圖書館出版品預行編目

你總會燦爛如昔 / 青茶無糖作. -- 一版. -- 臺
北市 : 要有光, 2021.07
面 ;　公分. -- (要青春 ; 83)
BOD版
ISBN 978-986-6992-73-5(平裝)

863.57　　110009201